好的友情像爱情

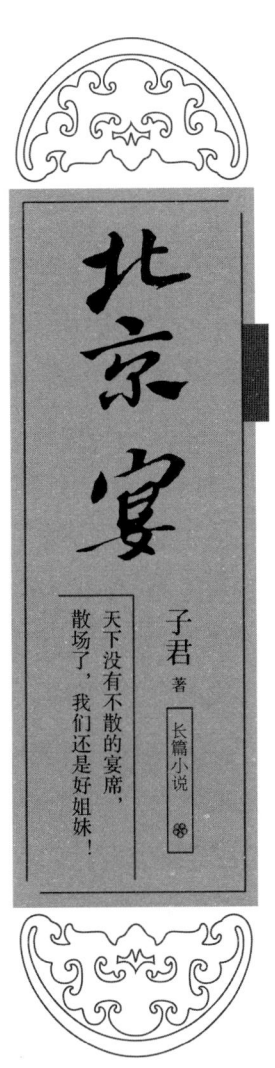

北京宴

子君 著

天下没有不散的宴席，散场了，我们还是好姐妹！

长篇小说

重庆出版集团　重庆出版社

上　那些年，那些有伤的闺密

年小舞：没有女神的童话，算什么童话 / 002

安素：时间变得不那么嘈杂和漫长 / 006

佩娟：后天拼命努力，拗出来的气质 / 010

小Q：连两个小蹄子都一模一样 / 016

碧生：有你很好，没你如何是好 / 018

中　我们共同的敌人是男人和岁月

人生若只如初见，美好又淡然 / 038

如果你想要我，就先满足我 / 062

我一直找你，没想到以这种形式重逢了 / 106

你说你想我，你快说你想我！ / 122

将回忆倒空：她还年轻，他有的是时间 / 142

他的回答第一次没有及时：你喜欢我吗？ / 164

男人多活二十年，就会懂女人 / 186

我是男人，和其他男人一样！ / 217

我是她的女儿，她是我的妈妈 / 234

下　只有你懂我，总能以正确的方式安慰我

为了我，不要死，要活 / 254

这次，她承担不了，她也解释不清 / 277

我的确对不起她，但是我没有对不起你 / 290

碧生不会回来，但我们不是有了彼此吗？ / 312

上

那些年，那些有伤的闺密

年小舞：没有女神的童话，算什么童话

我认识年小舞好多年了，她是个美丽的女人，她总说自己"优雅妩媚，风骚无限"，以至于我清清楚楚地记得认识她的那个饭局——她一个人喝倒了我们公司三个销售一个市场总监，当场就把三百五十万的单子轻松愉快地从她的同事手中拿了过来。其实我并不认为她很美，我更认可安素的清新和邻家——但是她没有灌我，反而替我挡了好多杯酒，可能她知道我就是一文案，一涉世未深的小姑娘，说白了就是因为年轻，被拉到场子上作陪的，对她的单子根本无足轻重，所以她接过了我们领导递过来的酒杯。看着几个人都倒了，年小舞胡乱按了一下桌上的铃，铃音还没结束，服务员便应声走进来。

"埋单。"年小舞像蝴蝶一样挥舞着手中金灿灿的信用卡，让我忽然想起煤老板的门牙……

"那个，那边那个叫什么菜？"我轻轻地问。

"荷塘月色。"

"给我来一份，打包。另算。"我开始翻钱包，服务员微笑地看着我，把嘴角的诡异隐藏在职业的八颗牙龈后。

年小舞愣了一下，柔柔软软地飘过来，一屁股坐在我腿上，单手搂着我的脖子。

"姑娘，出来乐呵，还想着家里的男人？行啊！"

"女朋友啊，可能还没吃饭。"酒气熏天，我稍稍后退了一下。

她愣了一下，在我脸上亲了一口："就凭你想着的是个妞儿，这菜不另算了！姐给你买！"

我就认识了年小舞。年小舞热情，大方，像个艳丽的花妖精，她飞到哪里，花就长到哪里。她没有男朋友，她有自己的房子，车子，就像一个偶像一样出现在我的生活中，带我吃西餐，教我学化妆，如何打扮自己。她逛新光天地，也去动物园大红门。不能否认她确实是个人精，能把一百块钱花出一千块钱的效果。认识了年小舞之后，我经常忘记，其实我就是一个月薪三千五百块无房无车穷得只剩下梦想的"屌丝"女孩。

年小舞很少提自己的事儿，大多是谈客户的各种奇葩和糗事。她喜欢"勾引"她的客户，等男人快上钩的时候，又会做出些"正经女人"的把戏，总让男人欲罢不能地把合同签了。

我问她，年小舞，那些男人都是傻子么？年小舞总是不屑地敲我头，都是商场精英，谁是傻子？但凡这天下的男人，大都牡丹花下死，做鬼也风流。服务买谁不是买？人民币给谁不是给？买的是智慧？买的是舒心！

"小舞君，你能上天，能入地。我偶像，纯的。"我常常花痴地瞅着她，倾诉浑圆赤裸的衷肠。

年小舞："我应该是你书中的女主角。"

我："可是我是个写童话的。"

年小舞："没有女神的童话算什么童话。"

她有时候讽刺我"浑身文艺细菌"赚不了几个钱，年纪轻轻自甘贫贱。有时候羡慕我有自己的乌托邦，活得潇洒快乐。

我一直觉得年小舞一个人就能成一本书，她太精彩，太耀眼了。她像现代版张爱玲，只是并非出身名门，多了点痞气。

年小舞是第一批"80后"，她三十二，大我八岁，曾经有个妹妹，却在早年因为和她玩躲猫猫游戏，不幸掉入水中夭折，这成了年小舞心中一块硬伤。年小舞说，公关没有朋友。这么多年，她只有我一个人，所以她很舍得给我花钱，送衣服化妆品给我也毫不手软。作为一个精明到为了使用团购优惠券一顿饭分几次结账的女人，我觉得她是很喜欢我的。

她说她爱钱，钱是她的梦想。但她羡慕不把钱当成梦想的人，比如我。我才发现，梦想的另外一个好处就是，可以吸引到那些特别会赚钱的人。

她身边都是有钱人，却单身至今，也没有男朋友。她总说她年轻漂亮的时候，挑花了眼，过了三十岁，想嫁人了，才发现好男人都被挑走了。下一次，再让她碰见喜欢的，单身的，她死都不会放过他。

安素时常在我和年小舞逛街时打电话来，清风细雨：陪"交际花"相亲呢？

这就是我从未让她们谋面的原因——我总觉得她们不会喜欢对方。

因为年小舞能把一万多的鞋子，穿在二十五块钱一条的牛仔裤下面，所以，年小舞说过的关于美丽的话，我一般都信。

安素：时间变得不那么嘈杂和漫长

  安素是我的大学室友，我们在一起住了三年半。她并不是这个宿舍的"原住民"。我当时所在的宿舍共四个人，都是喜欢疯玩的丫头，南方的夏天不熄灯，她们可以一夜一夜地玩电脑游戏，看韩剧。那天，我对铺姑娘和网络游戏里的"老公"连战三天三夜，第四天中午我们叫她吃饭的时候，发现她猝死在床上。就在当天，除我之外的两个姑娘都搬走了。我却并不觉得这是什么可怕的事情；也许是小时候屋外就是一片坟地的缘故，也许是从小身体弱，见惯了各种不明不白的东西。晚上，天将黑，一边刷牙一边翻书，忽然宿管敲门，我趿拉着拖鞋开门，安素就站在门口。

  "以后她就住这了。"宿管把钥匙往她手里一塞，不待我反应，便溜掉了。

  "妹子，混哪里的？"我挡着门，含混地呼噜。

  "日语专业的。"

  我拎着《简·爱》，歪着头看着这个面无表情的小美人儿，她终于挤出一丝微笑，虽然不自然，却相当努力。我瞄了瞄她手中的小包。

"这屋刚死人……知道不？"

安素点点头。

"不怕？"

"不就是死了个人。"

说完用手轻轻推了一下门，侧身进屋了。"不过你口吐白沫的样子，确实很吓人。"安素咯咯笑，把行李往桌上一放，小小的一只包，只占了三分之一个桌子，一个十八岁姑娘所有家当。

"你好，碧生，我叫安素，宿安毕生，怕什么的。"

我们就这样在一起了，再没有人搬进这间宿舍。她的衣服种类和款式都少得可怜，一年四季都是牛仔裤，T恤，帆布鞋，简单的马尾上一根黑色的橡皮筋，所有的化妆品就是一瓶大宝洗面奶，冬天干燥的时候，会偶尔抹一点我的妮维雅。我们从未吵过架，红过脸，她不同于一般南方姑娘那么细腻，也没有很重的金钱观念，人很随性，买东西也从不过问价格。有时候走在学校里，会有一辆汽车停下，问：同学，你给补课吗？她总笑笑摇头，说没时间。结果人家还是追问，她便冷漠地走掉了。

她总好奇为什么那些男人要把车停在她身边，并追问她给不给补课。她觉得他们非常不礼貌，又喜欢炫耀。她并不知这句

"补课"的"此中深意",我便也知趣地"欲辩忘言",和她一起笑那些孔雀开屏的男人。

由于不是一个专业,我的朋友也多,我们在一起相处的时间很少,除了晚上在一起睡觉,便是各学各的,各玩各的,从前觉得宿舍是个网吧,安素一来,整个环境忽然变得宁静安谧,有时我在图书馆自习的时候,居然会想念那间宿舍,觉得它像一个港湾一样安宁,温暖。夜晚也变得不那么嘈杂和漫长了。我们都不是喜欢拿"一辈子好姐妹"这种情话招摇过市的女人,但彼此心中早已互为家人。

安素和我同岁。应该是独生子女了,因为从不见她摆放兄弟姐妹的照片,也不见电话联络。关于私生活,她不说,我不问。我一直想有个弟弟,小时候可以被我欺负,长大了可以保护我,是件挺美妙的事儿。认识安素后觉得,有个这样的妹妹,也是极好的。安素极清秀,五官玲珑有致,身体因为常规的舞蹈训练而轻盈,步伐灵跃。安素没有闽南腔,一口标准普通话,比我这个北方人还利索。她看书的时候,侧脸就像剪纸一样,我猜想,她的妈妈一定生得特别美。

我一直好命,虽然平凡,命中相伴的却尽是些好看的女人。

无论是年小舞,还是安素,她们都是我小小世界里盛放的牡丹和水仙。我为数不多的追求者中,很多都是从她们手上"退二线"的。我不以为意，也并不尽心于爱情，爱情故事的成色绝大多数取决于女人的容貌，我并不是主角，也认为资质平凡的姑娘，天生都有着甘为绿叶的心，享受平平淡淡的人生。

但是佩娟不同。

佩娟：后天拼命努力，拗出来的气质

　　佩娟只做了我半年文化公司同事，就跳槽到媒体去做记者了。我做文案，佩娟是媒介，负责撰写媒体稿件。现在的记者，大都只参加活动拿了车马费就走，稿子都是公关公司写，记者们回头要了稿子，发个新闻通稿就行了。佩娟的新闻稿写得很棒，能把软文写得跟新闻似的，没有新闻价值也要造出新闻价值，有点新闻价值的就功能放大，产品信息植入于无形，拿捏到位恰到好处。佩娟写出的稿子，就带有这样一种气质：对，我就是一篇软文，怎么样？你是不是还是很喜欢看？然而佩娟和别人最不一样的，不是这个。别的媒介都只写一份通稿，然后群发给媒体，她不，她几乎给每个不同类型、不同行业的媒体都单独写一份。符合媒体风格的稿子大受记者欢迎——拿钱、上版两不误，他们也都喜欢和佩娟打交道，参加佩娟的活动。每次举办大型活动，他们都会主动找佩娟聊聊。有时候没有费用，他们也愿意给佩娟面子，给几个版面。

佩娟真的很努力，所以，理所当然地，也成了公司里最不受待见的同事。

我之所以注意她，不光是因为她的工作能力强，而是因为，她长得很像我母亲年轻的时候。

那天，佩娟从办公室回来，眼圈儿红红的，不停抽泣。办公室里大家都埋头做自己的事儿，没人上前去问，这是一种常态。虽然早已习惯了公司的人都排挤佩娟，我还是备感惊讶。佩娟就那么抽着肩膀，正对上我探寻的目光，早已盛满在眼眶里打转转的眼泪，簌簌地滚落下来，泪水顺着她尖尖的下巴滴到她的鞋尖儿上。我感觉这次事态很严重，她做我的同事不会久了。

我站起来，在众人讶异的目光中走向佩娟，用纸巾擦了擦她的大花脸。

她怔怔地看着我，目光像把锋利的冰箭，充满敌意地瞪着我，似乎要把心头的恶气全部撒给面前这个半路杀出的臭丫头。小时候，每当爸爸喝醉撒酒疯，隔壁奶奶就把我叫到她家去玩。那时候我年幼，个子不高，脾气却暴戾得很，经常因为小事暴跳如雷，甚至打碎她家的东西。她家爷爷就问奶奶："为什么这样纵容这个野丫头。"奶奶总是心疼地抱着我说："女娃哪有不乖的，可不是心里难受才这样。"

看着佩娟，我似乎看到了小小的自己，眼神随之温柔了起来，可不是，这丫头可不是受了大委屈才这样。

佩娟慢慢放下了敌意，渐渐缓和下来。

"没什么，就是哭了。"她瞬间恢复了往日的"金刚李佩娟"，按住我的手，接过纸巾，擦了擦嘴角的眼泪，响亮地擤了一下鼻子。然后，她忽然忘了什么一样，像只离群的企鹅，在冰天雪地里孤立无援地站着，不知去留。

半长凌乱的头发，通红的眼眶，目光全散开了。

佩娟真的像极了我母亲，她决定嫁给那个我不知道的远方的她的初恋情人，也是这样，那天她站在风雪中的火车站，一副不知去留的茫然，目光散乱。我问她："妈妈，你为什么哭了？"她说："没什么，就是哭了。"然后她一甩头上了火车，我就再也没见过她。

我猛地从椅子上弹起来，上去抱住她，轻轻地。

我开始号啕大哭起来。据佩娟说，我哭了有小半个小时，搞得她丈二和尚摸不着头脑，安慰我半天，居然忘了自己被扣奖金的事儿，只是不停地安慰怀中的我，直到我哭得腿软站不住，她才把我放到凳子上，我俩手拉着手对视，直到办公室下班，人们陆续走光。

她瞅着我，噗嗤笑了，用手捏住我的脸蛋。

"你傻吧？！"她扯扯我的脸，"我要离职，老板说我要走可以，去年绩效一分不给我——可你为啥哭啊？像死了娘一样！"

"绩效？"我狐疑。

"对啊，张悦那小骚狐狸终于把老板给拿下了，怎么也轮不上我做总监了。"

"凭啥？"我捏着拳头，愤愤不平。

"功夫呗——我也想把那王八蛋搞定啊——无奈不会'夹春卷儿'啊，哈哈哈哈！"

"哈哈哈哈哈！"我大笑，摸着佩娟柔软的头发，盯着她的脸。平心而论，佩娟确实是姿色平平的姑娘，她那种因为后天拼命努力而硬拗出来的气质，我想确实是我们那个本科学历都是买来的老板所不能欣赏的。

那之后不到半月，干了三年媒介的佩娟跳槽到媒体，如愿以偿地当上了甲方。可见被挤兑的连锁反应也并不是都那么坏。

佩娟姓李，叫李佩娟。一九八四年生，早早相亲结了婚——不过佩娟着实是朵奇葩——办了婚礼不领证，非要等到老公买了房写上她的名字，她的心才落定。她老公在京城大北边，有宿舍，所以佩娟并不和老公一起住。我一直觉得佩娟没那么爱她的老公，她不会做饭（住在一起之后，我才发现她做的饭非常难吃），佩娟一周去一次她老公那里"例行公事"。倒是老公的工资卡，稳稳地攥在她手里，一个月有一万多，由此可见她的IT男

"老公",确实是个老实巴交实心实意爱老婆的人。

佩娟不怎么买衣服,却深谙各种名包名表,从不轻易下手,逢下手必定"成千上万"。后来一起合租,又发现她是个地地道道的"娘家人",几乎所有的时间和精力都搭在娘家事情上,平时逛街自己几乎什么都不买,大包小包都是给爸爸妈妈弟弟妹妹的,大到箱包,小到牙刷。极少能听到她提起婆家的事情,都是她的妈妈,爸爸,弟弟,有时还连带着自己那些拐弯抹角的七大姑八大姨。

我问她,你真的爱你老公吗?

她总说,我是个穷女孩,有什么办法呢,只能早早看条件差不多就把自己嫁了。其实,法律上她没嫁,心也没嫁人,我总觉得她老公的功能倒像是张饭票。

我不明白,为什么佩娟总是特别在意活得"有尊严,有面子"。她总是抱着一种光宗耀祖的心态,野草般顽强地应对着生活中的困难和坎坷,扛她自己,扛她娘家。佩娟很照顾我,我几乎不怎么收拾屋子,从缴水电费到买生活用品都不用我操心,只要礼貌性地缴点生活费就好了,由此我正式进入了她的"娘家"队伍。有时候她老公过来看她,就带着我一起去高档餐厅吃饭,我别扭,她不,她老公也乐呵呵的,把我当小妹妹宠。我一直都惊讶一个迟迟拿不到结婚证的男人,竟然对一个女人的爱如此深厚，不求回报。后来想想，也许男人对那种跟自己"三心二意"的女人，反而更好。那些"全心全意"的吃定了的女人，往往没意思。再或者，她老公就是傻吧！

如果佩娟有一天要离开她老公，绝不会像我妈妈当年那么迷茫。

她们几个里，佩娟最像姐，最会照顾人。我一直打算，等小Q毕业了，让小Q来和我们同住，小Q的邻家小妹个性，和佩娟一定对脾气。

小Q：连两个小蹄子都一模一样

小Q是我的网友，我们都是海贼王的粉丝，在一个"小小贼船"的聚会上，我第一次见到小Q。

那天我们相约在一个北京大姐家里，大姐娜娜已经是两个孩儿的妈了，听说老公很有钱，但不知道干吗的，娜娜说这套二环边儿上两百多平方米的复式楼他们并不常住，偶尔家里来亲戚朋友来北京，就喜欢住这，交通方便些，搞聚会也是。我到的时候房间已经布满了各种海贼旗、海盗船，以路飞粉为主的"小小路飞"和以娜美粉为主的"小野猫儿"已经开始针对"One Piece"到底是什么进行激烈论战了。交了餐费后，作为少数的罗宾粉，我安静地围观他们热闹的唇枪舌战。我不喜争执，也不喜欢辩论，我生性害怕争吵，他们都说喜欢我，因为我是个难得的与世无争的孩子。

"叮咚……"

门开了，一个穿着乔巴装，戴着鹿角帽的女孩跳进来："皆さ

ん、こんばんは！私、Qです！（大家晚上好！我是小Q！）"

众人内心瞬间被"电击"，目光都聚焦在这姑娘身上——像，太像了！矮小的身材，头戴鹿角小红帽，水灵灵的小牛眼圆睁，上半身的棕色毛衣，下半身红色的小短裤，连两个小蹄子都一模一样！

碧生：有你很好，没你如何是好

谁也不知道每个人将以怎样的方式离开这个世界。心脏病、脑出血、肾衰竭、车祸、触电……我一直都觉得，自己该是死在一列开往远方的、没有终点的火车上，车窗外，四季如春，青草蓊郁，或，皑皑白雪如鹅毛飞舞，然后我轻轻地闭上了眼睛，把身体留在这列火车上，把灵魂留在某个我深深眷恋，频频回首的安详之地。

然而，我却死于一次感冒。甚至，来不及同她们道别。

我叫碧生，毕业于天大中文系。毕业后北漂两年，死于医疗事故：在社区医院打针，过敏抢救无效，死亡，终年二十四岁。

"嘭"地一声，熊熊的火焰从四周喷射而出，轰隆隆的机器声，掩盖了很多悲怆的低泣，似乎呜咽在等待着一个时刻的到来，使这压抑郁结在心中的力量，彻底崩溃。我看着她们，却无法同她们说话。气氛压抑得能在空气中拧出水来——这不是我想要的葬礼，但死人的葬礼从来都是活人说了算。

"碧生……"

哭嚎声，振聋发聩。我环顾四周，仍然没有看见我的母亲——她还是没来，她不会来了。

坐在长椅上，头上扎一个黑色的大蝴蝶结，捧着一个深蓝包，是小Q。她旁若无人地咧嘴大哭，趴在她肩膀上环抱着她，低声呜咽的是佩娟。佩娟穿的这件黑色棉麻风衣，是江南布衣去年的秋冬款，她终于还是买了下来，却穿到了我的葬礼上……

这不是我想要的葬礼，我想欢乐地离开这个世界，不要泪水冲淡我对这个世界仅有的那么一点快乐的回忆。但是我只能呆望，等待火焰结束，然后永远地离开他们。我想再摸摸小Q的头，她是那么脆弱可爱的孩子。

"安素！碧生不要我了！"小Q大叫着，冲着前面穿白衬衣牛仔裤那个瘦瘦的背影。安素背对着我，好像肩膀被挂了两条绳子，直直地从天棚上吊着她似的。微微颔首的颈部，裸露的蝶骨分明，她似乎听不见小Q的呼唤，只是直直地盯着玻璃窗内的火光。

"请你安静些。"安素话中的寒意刺激了小Q脆弱的神经。

"冷漠！无情！"小Q开始失态地高喊，"你不哭为什么不让我哭！"佩娟赶紧捂住小Q的嘴巴："少说两句。"小Q踢了下左脚，我发现，小Q的右脚，没有穿袜子。

安素似乎无所谓，慢慢地转过身，眼泪不知何时已经干了。佩娟赶紧挤了挤小Q，腾出一个位置，示意安素坐过来。安素颤颤巍巍地走到椅子边，缓缓地坐下。

"碧生，你个王八蛋！"

三人惊讶地望向门外——一个脚踩十厘米高跟鞋的高挑身影，从转角处径直冲过来，红色的爱马仕包被一把甩到玻璃上，"嘭"地一声掉在地上。她整个人趴到玻璃上，继续大叫——是年小舞。

"混蛋！混蛋！王八蛋！"她攥紧的拳头，砰砰砰地砸钢化玻璃窗，发出拳头骨肉特有的闷响，让人心悸——这是小舞一贯的风格，我早都想到了。

"说好的西藏呢……说好的……北极星……北极星呢……"她瘫坐在地上，泣不成声。佩娟站起来，想从后面去扶她，却实在扶不起来，就无神地站在她身后，呆滞地看着燃烧的我。

"你是小舞吧，我在碧生手机里见过你照片儿。"佩娟空洞地说。

年小舞闭口，不再骂了，转过头看着半蹲的佩娟，呆呆地望着在佩娟眼睛中跳动的熊熊火苗。

"那个医生呢！老子要告他！老子要告到他家破人亡！"小舞歇斯底里，一把抓住佩娟的裤腿。

"碧生的爸爸……不同意尸检。就让碧生完完整整地走吧。"

"凭什么,凭什么……他凭什么决定!这个瘾君子混蛋王八蛋!"年小舞掩面哭泣,"碧生只是感冒了……怎么……怎么说没就没了……呜呜呜……"

佩娟拉着她的胳膊,哽咽半天,说不出什么来。

火苗渐渐暗下去,我感觉自己越来越微弱。

我看着伙伴们,依依不舍。但是我该走了,伙伴们,你们能不能,能不能不要哭。

安素猛地抬起头,冲我,露出了明媚的笑容。

我讶异地发现了安素竟然能看得见我,赶紧挥手。

"你们要幸福啊!"

安素点点头,似乎听到了我的话。

四人互拨了一下手机,当是留了联系方式,在出站口分别,拥抱的余温散去,佩娟目送三人瞬间融进拥挤的人群,自己却望着阴霾的天空,迟迟迈不动步子。街上高分贝的吆喝"报纸""北京特产",低分贝的询问"住宿么""发票要吗",使佩娟觉得这个熟悉的城市,没一点陌生,也没有一点亲切。心里不断有一个声音问自己:该去哪里呢?

佩娟被忽然窜到眼前的黑影吓了一个激灵,一个彪形大汉正在近距离地俯视自己。

"住宿吗？"

定睛一看，果然大汉手里拿的是一张集合了七天、如家、汉庭等快捷酒店的过塑照片。

"不了，我有……家。"佩娟飘忽地回答，心里浮现出碧生煮饭的热气腾腾的情景。

人高马大的大汉似乎并不善拉客，脸红了。

"你电话……响了。"

"谢……"佩娟还没来得及谢完，大汉已经闪电般地窜到另一个人面前："住宿吗？"

佩娟手指一划，"老公"的电话接通了。

"老婆，到北京了吗？"

"嗯。"佩娟忽然有点想哭，她开始感觉有点孤单。

"老婆，我本来想今天早上到北京，这会就能接你了，但是敦煌这边电视台的领导……"

"我不管，你赶紧回来。"

佩娟狠狠地挂断了电话。包里的手机，"嗡嗡"震动。佩娟不理，径直走向地铁口。随着黑压压的人群，缓缓地挪动，不断被行李箱绊到的佩娟终于失去了最后的耐心，冲着前面拉杆箱的主人吼道："你妈没教你走路要看人吗？！"

前面的人没回头，继续麻木地往前走。周围也没有人说话，乌泱泱一片……大包小裹的，大多数人还要赶个把小时的路，地铁转公交，公交转公交，想想疲惫的旅程，剩下仅有的怨气少得可怜，似乎都不足以引发争吵了。

佩娟自觉没趣，甩了一下肩头的背包，盘算着回家的路程，换乘两站，也要小俩小时，还是保存体力吧。

她回忆着火车上的三个女人，一路无话，却特色鲜明。百合一样的安素，玫瑰一样的年小舞，动漫里走出来的小Q，以前都是照片，这是她第一次见到真实的人。她开始回忆碧生，那个总是带着微笑的姑娘，身边总是有各种朋友围绕，有一种特殊的魔力，把形形色色的人聚集在她的身边，不同职业，不同性格，不同价值观。这些都是她作为一个记者想拥有的东西，但是她却做不到，她也不知道碧生如何做到的，碧生可以把他们都变成自己的朋友，亲密无间地陪伴在她左右。然而碧生不轻易地把各种朋友聚合到一起，就好像妈妈担心孩子会打架、争吵、闹不愉快似的。

碧生喜欢笑，喜欢看书，碧生也喜欢写东西。碧生还帮自己整理过不少采访的稿子，碧生整理的稿子几乎都让她拿了那个月的新闻奖。

"娟儿，我是个没什么梦想的人，只是希望能看着你们都幸福。"

"娟儿，晚饭我做了牛排和意面，早点回来吃饭吧。"

"娟儿，肖顿挺好的，你对他也要好一点。"

碧生，有你，很好。没你，如何是好。泪顺着佩娟的脸淌下来，她不擦，任凭它们肆虐地流淌，地铁轰隆的响声淹没了佩娟微弱的啜泣，坐在她对面的老人闭上了眼睛。

打开家门，熟悉的气味扑面而来。碧生走得匆忙，东西都在。客厅里都是碧生七零八落的鞋——碧生爱鞋，衣服不多，鞋子却各式各样，每个月发了工资就买鞋，扣奖金的时候都拿出来挨着个儿试一遍。

她拧开碧生的卧室门，凌乱的屋子里除了书，还是书。翻开的，合上的，半开的笔记本，凌乱的文字，各种奇奇怪怪的图形，似乎房屋的主人，马上就要回来了似的。

佩娟不觉饥饿，索性收拾起碧生的东西。忽然，她好像想起什么，快步走过去，从书堆中抽出一个红色的文件夹，佩娟飞速地翻着里面的草稿纸，一页，一页……碧生是为数不多的坚持写手稿的作者，她不喜欢用电脑写作。

是碧生一年前开始创作的童话作品——《佩佩和小黑的死亡火车》。佩娟一页一页地翻看，似乎看到了碧生皱着眉头，咬着笔头……

"碧生，你不能总是咬铅笔，太不卫生了！"

"铅笔不是铅做的啦!"碧生狡辩。

"碳就干净了吗?!"佩娟嗔怒道,抢过她的铅笔。

"把我的细菌还给我!"

碧生和佩娟总是因为这个闹成一团:"谁不让我当作家,我就让她永远留在今天!哈哈哈哈!"

眼泪掉在纸上,佩娟赶紧把泪痕擦干。

　　今天,佩佩不是很开心,佩佩的老花不在了。

　　老花是一只花母鸡,前年佩佩生病,爸爸从农贸市场一个淳朴的老伯伯的手里买来的,老伯伯说是只很老的母鸡,不能下蛋了,就拿来卖了。老花来的时候,是直接进了厨房的——外婆正在等着老花,后来佩佩呼天抢地的哭声,把老花从外婆的菜刀下救了出来。佩妈说:"你要留下母鸡,你就要自己照顾,可是你连自己鞋带都要妈妈来系。"

　　"佩佩以后自己系鞋带!"佩佩抹了一把鼻涕。于是佩佩开始自己系鞋带,老花,也留了下来。

　　……

每几页文字后面,都有碧生画的插图,或者精致,或是拙劣，佩佩的形象古灵精怪，长耳朵，穿着绿背心，咖啡色的头发。故事中的佩佩也喜欢画画，佩爸佩妈很爱他。

佩娟一直翻，一直看，故事中的佩佩在小死神的领引下坐上了一列"死亡火车"，想去寻找他老死的朋友花母鸡。在旅途中，他看到了死后的世界，接触了死后的人和动物们，有遗憾，有悲伤，更多的是希望和对生命的尊重。五岁的他，开始渐渐明白了死亡并不是什么可怕的东西……

凌晨两点的钟声响起，碧生的稿纸翻到了最后一页，佩佩的故事还没有结局。

佩娟盯着碧生的最后一幅插图，佩佩安静地睡着了，小死神给他盖上了一片荷叶。佩娟露出微笑。她似乎忽然明白了碧生，明白了碧生为何总是笑，对生活里的一切都不以为意，因为碧生并不害怕生活，她有另一个世界，很美的，只属于她的世界。

她悄悄地放下文件夹，摸出兜里的电话，开始编辑短信，仔细看了两遍，选好收件人，按了发送键。

她把手机扔到床上，再也忍受不住困倦，倒头睡着了。

回到宿舍的小Q习惯性地打开了电脑，颜颜在和距离从不超过一百米外的男朋友煲电话粥，小倩在化妆，地上摊了一大堆衣服首饰，看这浓妆，是要往夜店赶场了。大爽还没有回来，排球队赛事结束后，大爽一般都会和队友不醉不归。没人发现她回来了，或者说，没人在意她已经不在宿舍过夜三四天了。

艺术系的学生，大都如此。每个人都有自己的圈子和生活，不论怎么看，这都不像是美术生的宿舍，倒像是外语系的宿舍——贴着各种外国明星海报。只有小Q一个人的书桌上摆满了各种半成的画、颜料、画笔，还有线团儿和碎布。小Q打开"企鹅"，点开"小小贼船"。

"碧生姐去世了。"她轻轻地在群里打上一句话。

很久很久，没人回复。

小Q接着打："因为一场医疗事故，碧生姐就没了。"

一个陌生的小猪头像回复："谁是碧生？"

小Q接着旁若无人地说："みんな、さよなら。（再见了，大家。）"

小Q轻轻地在"您确定退出该群"上点了"确定"。"咚"一声，她原本想，这样从一个世界中彻底解放出来，但她发现，她做不到。

"滴滴滴……"

是男友钱大兵。

"Q，抱抱！"

小Q飞速打上几个字："大兵，我好难过。你能不能过来陪我几天?"

"啊?亲爱的,全是课啊!哪有那么容易出去啊!乖啊!一放假,我就去北京看媳妇!"

"碧生去世了。"

"啊?怎么这么突然!——别难过啊,亲爱的,你还有我呢!等我考上……"

"你为什么不陪我!我不要你了!"小Q开始撒泼。

那边很久没回话,电话响起来,一看是大兵,小Q愤愤地接通了,没好气:"哪位?!"

"我真的走不了啊!请不了假啊!"那边的大兵可怜巴巴地说。

"那就再也别来了!"

小Q把手机往桌上一摔,后盖开了,电池一下飞出挺远,正碰上想去卫生间的颜颜的拖鞋,颜颜看了一眼地上的电池,没搭理,端着电话进了卫生间。

QQ上的大兵,不断地一闪一闪,大堆的图片,都是可怜巴巴的熊公仔,或者大束的玫瑰花。最后,大兵终于妥协了。

"亲亲,我今天去外面站一宿,发烧了就去跟辅导员请假,好不好?"

小Q露出胜利的笑容,嘴角微微上扬了一下,回了一个"en"。

"我的小祖宗,我的女王陛下……快大学毕业了,还这么任性……"

小Q看也不看，任其自说自话，转身蹲地上捡手机电池，笨手笨脚地安装好，开机。

"叮叮叮……"

数十条短信发了进来。她一个一个删除，直到看见一个稍显陌生的号码，她愣住了，保持着深蹲的姿势，腿渐渐麻了。

小倩不知何时已经走了，厕所里的颜颜不知道何时开始和男朋友激烈地争吵，偌大的争吵声把宿舍衬得更加安静。小Q盯着手机，一脸严肃地坐回凳子上，她仔细地盯着每一个字，胃里一碗酸辣粉翻江倒海。

思虑过后，她开始回复短信。大兵的电话，一次一次打进来，她一遍一遍按掉。认真地编辑着，编辑，删掉，编辑，删掉，最后终于编辑好，发送成功，她把电话调到静音状态。

她脱了衣服，澡也不洗，爬上床，睡了。她实在太累了，她一直幸福地高速行驶在宽广平坦的人生大道上，碧生的离世，是第一次重大事故，她第一次面对死亡。她很快就睡着了，稍稍安稳了些：因为大兵明天就来陪她了。还因为，刚刚那条短信息。

安素没有回公寓，去了一家二十四小时营业的咖啡馆书店"时间长廊"。

她点了一壶铁观音,一坐天黑,手中的书,从第四十五页翻到第四十七页。书店的店员给她不断地续杯,因为她常来,已是老朋友了。店员身材中等,一米七八左右,眼睛很大,很像芭比娃娃,碧生总招呼他"芭比Q"。

"你今天怎么不喝玫瑰茉莉——她——没来?"芭比Q在她对面坐下来,老朋友一样温柔地看着安素的眼睛。安素抬眼看着他,他们很熟悉,但是却从未交谈过。她知道他是Gay,她偶然撞见过他在楼梯间和男友拥吻,她还记得他当时发现她的样子,很平静,很自然。他冲她淡淡地笑了,拉着他的爱人"咚咚"跑下楼了。

"上周去世了。"安素看着他温柔的眼睛,认真地回答,不带一丝悲伤和祈求怜悯的彷徨,认认真真地回答问题。

"原来是这样。"芭比Q把茶壶放在桌上,长睫毛上的泪珠,掉落下来,"她应该是出了事故吧?她是不会自杀的。"

安素感到微微的惊讶,合上书。她不曾知道他和她们有这样的感情,情深意切,以至于要哭泣落泪。

他忽然坐下,双手拉着她的手,他湿润的眸子定定地看她,好像能从中舀出一杯水。

"不要过分悲伤。"芭比Q的手暖暖的,安素冰凉的手感受到强烈的温差,温热起来,她不觉得有被男人猥亵之感,她完全把他看成了一个女子，比女子还女子的女子。这个城市的女人粉妆素裹，娇艳华丽，没有几个能比得上眼前清秀的芭比Q，更没人能比得上简单到见纹理的碧生。

安素摇摇头，闭上眼睛。

"我懂你。你知道的。"芭比Q轻轻地拍了拍她的手背，他的动作很轻，仿佛手中托着盛满美酒的夜光杯。

安素睁开眼睛，什么都没说，他眼神剔透，不带瑕疵。突然之间，他们之间多了一些什么东西，让他们忽然之间达成了某种默契，瞬间明晰了对方的感受，已经无须赘言。他看到了她为世俗不能理解的悲伤和无奈，她也看到了他对赢得她的友情的渴望。

"她知道吗？"芭比Q轻问。

安素摇摇头。

"一直？"

安素点点头。

"我也曾失去深爱之人。"他又流泪了。安素不爱看男人流泪，但此时此刻却无力思考和厌倦，她似乎已经失去了一切可以支配的力气，只想寻找一处私密花园，躲藏在一个只有她和碧生的地方。被人识破和窥视秘密，让她赤裸地暴露在刺眼的日光之下，无处躲藏。她不知如何坦然，又不知该退向何处。

"她喜欢这里。"

"她喜欢叫你芭比Q。"

"她爱喝铁观音。"

安素有一句没一句地倾诉着，从有一搭没一搭到滔滔不绝，绵长的回忆，融进了早已失去温度的铁观音，丝丝入扣的回忆，如同一根根被挑起的青丝，缠绕在安素修长的指间。

我们都有属于自己的秘密，不能随意分享，但却隐隐希望被人戳破，能够有人可倾诉。就这样不知过了多久，当安素闭上话匣子，才发现店里已经没什么人了，对面的芭比Q不知何时已经睡着了，眼睑上金色的眼影退了颜色。

"芭比，我想离开这个城市了。"安素轻轻地摸了摸意识模糊的芭比Q的脸。

就在这时，安素的手机来了一条短信。陌生号码，预览信息瞬间吸引了她，她飞快打开手机。

安素回完消息。芭比Q已经倒在桌上呼呼大睡，轻微的鼾声衬着窗外万里星空。

"北京很久没有星星了。"

女老板走过来，拿了一条小毛毯轻轻地盖在他身上。

窗外下起了小雨，淅淅沥沥，喃喃细语，悄然入梦。

年小舞酒醒的时候，头痛欲裂。她按着太阳穴勉强坐起来，不知身在何处，却觉"身首异处"。枕边的男人，不知去向，她赶紧翻了一下垃圾桶——一只充满精液的避孕套平躺在桶底。她如释重负地呼出一口气，开始寻觅散落一地的衣服，忽然发现桌边放着一张便笺条：

S女士：

　　你是个卸了妆比化了妆更有魅力的女人，谢谢你陪我度过这个对你来说很寂寞，对我来说很快乐的夜晚。我拨了你的电话，尾号6620。

X男士

"操，还X！丫你怎么不说自己是战警？一夜情还搞文艺。"年小舞翻身下床，在浴室里"哗哗"地冲了个爽，望着镜中的自己，各种断了片儿的影像蜂拥而至，百威，灯光，疯狂的人群……哪一个是X，X，X……又是一阵眩晕，她扭身抱住马桶呕吐不止。

她终于妥协了——她已经，完完全全忘记了"X"的脸。

但愿不是个丑八怪。年小舞撩了一下额头一绺一绺湿发，镜中美丽的脸庞被水痕瓜分得支离破碎。光滑的大理石台，她随手拿起一支乳液认了下牌子，"啪"地又扔了回去。

擦干头发，回到床上。发现手机里果然多了一个尾号"6620"的未接来电。她嘴角一挑，刚想删，忽然进来一条短信，来自：李佩娟。

她狐疑地打开短信。

亲爱的碧生闺密们：

见字如面，我是佩娟。刚收拾了碧生的房间。她的书稿《佩佩和小黑的死亡火车》创作已近尾声，我想寻求各位的帮助，出版这本书。如各位有意，请回复，若都有此心，见面详谈。

年小舞踟蹰了一下，脑海中迅速掠过各种和出版社相关的名字和名片……低头回复了四个字："事必躬亲。"

佩娟在第二天中午阳光中碧生的床上醒来，她揉揉眼睛，第一件事就是拿起手机。她总共收到了四个人的短信，除去老公絮絮叨叨的关心道歉认错，余下的三条是：

"我愿继承碧生心愿。"

"我愿意为碧姐姐完成所有插画。"

"事必躬亲。"

佩娟笑了,仰起脸,叶隙间阳光耀眼。

碧生,你该到了吧?你可安好?

我们都好。

中

我们共同的敌人是男人和岁月

人生若只如初见，美好又淡然

要么狠，要么滚。

李佩娟不是第一天认识到这句话带有某种不可忤逆的深刻权威。在北京，她几乎每天挣扎在各种纷至沓来的工作和鸡零狗碎的生活中，已百炼成钢肩提手扛，俨然就是一条女汉大妈操心命，但她依然有颗高傲的心。"好日子并不是这样的"，她一直觉得，自己的生活缺少那么一点尊严，有时候甚至为了点车马费，甚至和公关搞关系，无异于"摇尾乞怜"，这和她豪华的公主梦，差了可不只是一截，是几条街。

然而生活这一袭华丽丽的袍上最大个儿的虱子，不是别的，正是自己的小狗窝儿。碧生走了，这个南五环外小小的五十平方米小两居，一个月三千二百五十元的房租终于让悲伤之中的佩娟无暇矫情便撒丫子狂奔在招租的大马路上——整理遗物，收拾房间，拍照，修图，心里想着是用58、赶集、豆瓣儿同城……还是，在朋友圈找个熟人比较好。

"喂，你好，是李佩娟吗？"

"您好。"

"我是爱嘉地产的。"

"不好意思——你，什么事儿？"一边冷冷。

"我们是租给你房的中介公司。"一边热乎。

佩娟看着墙上的钟，半分钟后，她淡淡地说："嗯，什么事儿？"

"是这样儿，大姐，""大姐"两个字，如一把尖刀直插心头，佩娟飞快心算一下自己的虚岁和实岁，"大姐，听我同事说你的室友已经死了，那你现在另一个房间准不准备租？"

霎时千万头"草泥马"踩着李佩娟的心呼啸而过。这些年，佩娟每次搬家都和中介打交道，她都恨不能脚踩业务员的脖子使劲儿碾几下。每当要和中介打交道时，佩娟都感觉世界瞬间失去了颜色。也奇怪，自己可以和领导干部们指点江山，能和商人企业家高谈阔论，但下了班却免不了要和这些"底层人物"死缠烂打。这是什么命？白粉心，白菜命。

其实佩娟知道，按合同，作为承租人的自己，想要出租房屋是应该和中介打声招呼的。但她似乎故意要忽略这一项似的，她实在疲于和他们折腾，想私自了了这件事儿，况且现在二房东也很正常，情理上讲，和中介也没什么关系。但没想到房产中介如此神通广大，竟然得知了碧生的死讯，并在迫不及待中用一个"死"字彻底戳破了佩娟最后的底线。

"租不租和你有半毛钱关系？"她彻底冷了下去。

"大姐……"

"叫我李老师。"

"哈……好，李……李老师，如果你不通过我们，私自租给别人，那是违反合同的。"

"嗯，我是承租人，你说说，怎么个违反法？"

"合同规定，您和碧小姐是承租人，房屋只能住你们两个人，换别人都是违反规定的。"

"我要往外租，就要给你们钱，对不对？"

"理论上说，是的。不过，姐，你也可以给我点钱，我就当不知道了。我不知道，公司就不知道了。您爱租给谁租给谁嘛！"

佩娟心一拧巴，问候了一遍他十八代祖宗。她知道跟无赖发火，毫无用处，她强压怒火，想先把情况搞清楚。

见她没吱声，中介接着说。

"李老师，走公司也可以，如果你违反规定，公司是有权向你收取违约金的，你……"

"给你钱？！想得美！"佩娟忍不住还是发火了。

"您别生气啊，别生气。这也是规定……所以我说，这不帮您想办法嘛!"

佩娟忽然发现,左手翻着的日历本上的"3月3号"已经被她扯拽得稀巴烂。

"规定?你们还有人性没?"

"您别生气,别生气嘛。这也不是没解决办法,是吧?我也不想走公司给您添麻烦不是。"一副"和颜悦色"仿佛透过电话浮现在佩娟面前,佩娟恨不能撕了他的脸。

"或者要不这样,您不想私下解决也行,我来帮您引荐客户的话,对您的违约金,我可以向公司说明,适当地做调整……"

"不用了。"佩娟回绝。

"不好意思,你说什么?"

"我不想和人渣打交道。"佩娟提高了几个分贝。

"你说谁人渣!"那边的男声因为提高了嗓音,开始尖细起来。

"说你呢!混蛋!"佩娟嚷嚷起来,"就说你呢!人渣!死的怎么不是你?!"

"操,你还骂人?!"

"骂你怎么了?为了几百块钱,一天到晚鬼话连篇,你妈怎么教育你的?告没告诉过你,没文化不可怕,可怕的是没文化还做流氓吗!"佩娟是个记者,说话是她的职业,但是平时都是听得多、写得多,说得不多,一段话下去,佩娟觉得脑袋缺氧差点窒息,她喘了一口粗气:"告诉你,爱咋咋地,老娘不搬家,这房子也甭操闲心!一毛钱也不给你挣!"

"你走着瞧!什么玩意儿……"

"什么玩意儿?对你这种混蛋我就不是玩意儿!"

佩娟摔了电话,电话铃声却不断,佩娟往凳子上一坐,"呼呼"地喘着粗气。本来一格电的手机,终于没电关机了。

骂归骂,毕竟在北京生活了几年,深谙中介的各种手段和小人之心,并非那么得罪得起,他们下三滥的手段多,时间精力也多,自己还是要早做打算,想个万全之策才行。首先,得把老公弄过来,还得多叫几个男人,人少了,怕是会挨欺负。合同也要翻出来看看,是不是有这么一条,若真是争执起来,费时费力,她也真的没有多余精力。那中介无非就是想要几个钱,其实这种小鬼并不难缠,给点小钱打发也就完了,只是自己实在是咽不下去这口气:这帮孙子生儿没……

佩娟瞟一眼墙上的挂钟,猛地想起什么,披上衣服,胡乱抓了一把头发,踩上运动鞋飞奔出门。

最早到酒吧的人是安素。她选了个靠窗的位置,挑了一把伪装成葡萄架的秋千椅。她重新上班的培训机构是份兼职,带晚上的课,除此她还在日本人开的艺术馆做兼职讲解员,两份工作赚得不多，但工作量都不算繁重，每周有三天休息。相对钱，她觉得自由自在更好，然而她的业余生活也不过就是，芭比Q不约会的时候，和她逛博物馆，或在公园散步，陪她一起在河边看书……

"安素！"

小Q一下扑上来，亲昵地挽住安素胳膊，安素措手不及，仓促中干咳了几声后，就挣脱胳膊。

"来了？"安素用声音，拉开和小Q的距离。可惜小Q毫无感觉，热情地又扑上去抱住安素呼之欲出的胳膊。

"你好早啊！我们下午没课！你们这么早就下班了？"

安素没接话，招手示意服务员点东西。

"我今天没班。"安素接过菜单，轻轻地说。递菜单的姑娘英气逼人，左耳骨处嵌了两个骷髅水晶耳钉，瘦瘦的肩膀上挑着一件黑皮衣，十分有型。说是姑娘，完全是看脖颈平滑的弧线，因为瘦，也不见胸。姑娘笑着扯着菜单的一角，安素稍稍用了一下力，菜单微微动了一下，又被微微地拽了回去。

安素抬眼看着服务生，见服务生姑娘正一团和气地抿嘴微笑，调皮地冲她挑挑眉毛。

"让点，还是不让点？"安素没放手，扬起脖子。

"小可爱，要不要帮你推荐？"服务生姑娘似乎没听见安素的话，轻轻摸了摸小Q扎在头上夸张的蝴蝶结，"我们出了新甜点，像你这么可爱的学生妹都可以享受折扣噢！"

小Q这才发现这服务员这么Bling，一听说打折，顿时露出一脸萌态："要的要的！"说着用小拳头不断地击打桌面，娇撒半天，发现安素没反应，这才转头弱弱地问："安姐姐……可以……要吧……？"

服务生姑娘的目光又转回看安素，她扯着菜单的手还没放下，尴尬地悬在半空中。看着小Q可怜巴巴的眼神，眼里写着一行大字：不埋单你娇情个什么。

"嗯，要一块儿。"

"买一送一。"服务生姑娘把菜单收回到怀里，绅士般冲安素点头示意。

"谢谢。"安素把头转向窗外。

小Q顿时雀跃起来："打折，还白送一块儿！好划算！"

服务生姑娘优雅地点了点头，右臂夸张地画了条优美弧线，走了。

"小Q，你看不出来那是个T吗？"

"啊？"小Q张着嘴，仿佛有荧光问号在额头上冒出一片。

安素叹了口气，低头搅了搅自己的玫瑰茉莉，不再理会小Q。

小Q觉得自己好像犯了什么错，但不知道错在哪里。见安素似乎并没有多大兴趣和自己说话，深呼一口气，轻快地从椅子上跳起来，到酒吧的书架上翻杂志去了，时不时仍不忘在缝隙中拿眼睛瞟着安素。安素穿了一件鹅黄色的衬衣，前襟下摆扎进深紫色细长的皮带里，浅紫牛仔裤贴着她纤细的小腿，一直延伸到宝蓝色的高帮帆布鞋。

小Q下意识地低头瞅了瞅自己粉色蓬蓬裙下黑色的大头皮鞋，又上下打量了安素旁边自己的乔巴小书包——自己这个样子，和安素的素雅干练简直一个天上一个地下。安素不过是做兼职，自己要是和职业的白领站在一起……怪不得自己总被HR们Pass，肯定是因为穿着打扮太幼稚了，太缺乏职业气息……

"小Q？"小Q一个激灵，回头一看，是运动员一样的佩娟，这位运动员上下都是名牌，但运动服外面却是一件OL风衣。

佩娟顺着小Q的目光，故作神秘地也从书架的缝隙往外看："鬼鬼祟祟的，帅哥？"

"没……只是觉得，安素姐姐，好像不是很喜欢我噢。"小Q压低着嗓子，露出委屈的表情，"好像因为我要了一块儿打折蛋糕。"

佩娟听完哈哈大笑，亲密地搔了搔她的头，小Q的头发浓密柔软，让佩娟觉得像是在摸一只温顺的小狮子狗儿。

"你这么可爱，怎么会有人不喜欢！"佩娟拉着小Q的胳膊，不容分说，走了过去。

安素看见佩娟，站了起来。

"安素，记得我吗？佩娟。"佩娟落落大方，虽然从前见过安素，还是被她的冰冷气质冻了一下。

安素伸出手："你好。"

果然很凉，佩娟心想。但她话一出口便觉得形势不对，她突然发现安素本意并不是来和她握手的——因为她的目光盯着的是自己的左手："这是手稿吗？"佩娟赶紧把左手的文件夹递了过去。

安素接了稿子，便坐下，一声不响地翻阅起来，似乎再也没有理会旁人的意思了。

小Q和佩娟互相看着对方，做了一个"O"的口型，便静悄悄地坐下来。小Q坐在安素的一侧，佩娟则坐在小Q的斜对面。服务生姑娘端着两块小蛋糕走了过来，一块上面有颗小草莓，另一块上则布满了榛仁。服务生看了一眼认真阅读的安素，默默地把有小草莓的放在了她面前，把有榛仁的放在小Q手边，小Q被故事吸引了进去，并没有留心手边的蛋糕，更没注意它们的细微差别。

佩娟要了一块抹茶慕斯，一个下午就在一杯不断续添的咖啡中，不知不觉过去了，天色不知何时暗了下来，如黑灰的幕布，不均匀地罩在路灯上，步行街上的人群熙攘起来。吉他手嗓音温情轻柔，在佩娟宁静的思绪中跳跃着逆流而上——安素和小Q所沉浸的世界，是碧生的世界，而佩娟的脑子实实在在地活在世俗里：房租，中介，老公小外甥女的教辅材料，弟妹家里最近要换掉的铝合金门窗，三姨家的拆迁款还得张主任催催……

"Hello! Every one!"

木质地板冷不丁发出"咚"的一声，伴着浓重酒气扑面而来。三人的思绪被强拉到了眼前这个花里胡哨的女人身上。只见年小舞一甩亮粉的GUCCI，包身裙上左肩的羊毛披肩瞬间滑落，藏蓝的高跟鞋，似乎稍一用力就能把苟延残喘的木地板戳个窟窿。摇摇欲坠的年小舞每晃一下都是"咯吱"一声叫人胆战心惊的闷响。坐着的人，随着哒哒声，不觉开始安抚腾空而起的心。年小舞不停地摇晃，站也站不稳，像尖尖荷角上一只停不稳的黑蜻蜓。

佩娟回过神儿一把扶住钟摆一样的年小舞，往座位里面扶，年小舞借力一屁股坐在了秋千上，大方地招呼着佩娟："娟儿，来！挨近点！搂搂！"

年小舞脸颊泛红，眼神迷离，不知道喝成这样的年小舞是怎么找到地方的。她还有东南西北吗？

"服务员，来杯绿茶。"佩娟母爱泛滥地看着年小舞，把披肩搭回她的香肩上，"难受吗？"

没过一会儿，茶就端上来了，但年小舞已经一动不动，沉沉地睡了过去。

"碧生的稿子还没写完。"安素看着年小舞,轻轻地说。

"碧生的插画,我想看着修改修改。然后适当地添加一些重要的情节。"小Q低头"哗啦哗啦"地翻阅着插画的部分,忽然抬起头,"我想用水彩上色。"大家互相点点头。

"她后面的文字部分,你们共同来想想办法吧。"佩娟对小Q和安素说,做了个合掌的动作,"我看过了,是个童话,我基本没什么想象力,帮不上什么忙。"

"至少你还能帮着想想。"安素看着睡死过去的年小舞。

"舞姐姐怎么办?谁知道她家住哪里?"小Q问。

又是一阵沉默。

"舞姐姐是做什么的?"小Q又问。

"好像在一家很大的公关公司。"佩娟说。

安素挑挑眉毛,平静地转过脸去。

"嗯,应该是了——你自己看。"佩娟说,看了看桌上年小舞扔掉的车钥匙,"她……她还开车来的?!"

小Q倒吸一口凉气:"牛A!"

佩娟:"酒驾。"

安素:"公关。"

小Q:"有车。"

三人齐声说。

年小舞动了动身体，披肩掉了下来，佩娟再次把披肩围到她身上，还系了一下，年小舞又不动了。

"我是一家报社的记者，住大兴那边——小Q还没毕业吧？"佩娟转移话题。

"嗯，还有不到半年，快了。"说完她叹了口气。

"工作谈好了吗？"佩娟关切地问。

"还没，先把住的地方找到再说吧，眼看要毕业了。"小Q似乎不想谈这个话题，躲躲闪闪。

佩娟眉头一皱计上心来，忽然眼睛一亮。

"我说小Q，要不你过来跟我合租？"佩娟热切地说，一下子抓住小Q的手，"这样咱们大家沟通书的事情，都到家里来，也会更方便些！"

"啊！真的吗？"小Q兴奋得两眼放光，一把抓住佩娟的手。

"是啊！"佩娟的眼睛比小Q还亮，这下挺好，两全其美——既不需要找陌生人合住，又可以有人帮着对付那个杀千刀不解恨的中介。

"我也想啊！但是我工作还没定，租不起太贵的房子……"小Q忽闪着大眼睛，似乎在期待着什么。

"房租好说！你先搬过来。"

小Q早准备好的熊抱立马送了上去。

"太好了！我姐——亲姐！"小Q兴奋地大叫，引得四周集体行注目礼，但小Q完全沉浸在巨大的喜悦当中丝毫无感，想想身边忙毕业的朋友苦哈哈地找房子，住在八百一个月、不到十平方米的隔断间，自己不但不用舟车劳顿就能住上房子——还可以先不用交房租！

郁结在佩娟胸中一上午的那口恶气终于得到纾解。她算了一笔账，小Q还有三个多月毕业，自己帮忙问问哪缺人，小Q的工作一个月搞定，两个月发工资，自己搭点儿总共也就是两千块钱左右的事儿，还是熟人，多少还能分担点家务，也不用担心陌生人合租偷鸡摸狗的闹心勾当——行，不亏。小Q可爱单纯，生活圈子不复杂，安全系数也挺高。

此时的佩娟完全没有考虑小Q几乎为零的生活能力，她眼前实在是有太多亟待解决的乱摊子了。此时沉默了很久的安素忽然若有若无地丢过一句："你们要一起住？"

"是啊！是啊！娟儿姐说我可以先不用付房租！"

"这么大便宜？"安素操着一贯的淡淡的语调，"那今天你请吧。"

小Q被话里面的刺儿扎了一下，尴尬地瞅着佩娟，脑子乱成毛线球儿的佩娟完全把这当成了玩笑，便附和着打趣："好啊！好啊！"

"欺负人……"小Q做委屈状，盯着桌上蛋糕盘里的残羹冷炙，怀里的钱包连上肉了一般，一扯便隐隐作痛。

笑了半天终于停住的佩娟注意到小Q的纠结，马上说："安素，你别欺负小孩子。她没毕业，我来埋单就好。"说着，佩娟开始翻找钱包，手突然一下子被结结实实地抓住。

"让我来！"只见年小舞惺忪着双眼，一甩长发，开始浑身摸钱包。

"醒了？"安素伸过手去，想拨走年小舞掉落在嘴里的头发。不料年小舞大手一挥，金灿灿的信用卡："让我来！怎么能让你结账呢！开玩笑！不行！我来！"说完又"扑通"一声直直地倒了下去，脑门磕在桌子上"嘭"地一声，三个人的心集体"忽悠"一下。

"哎！别睡，你家住哪？"小Q摇摇年小舞的肩膀，小舞又不动了。

"喝醉酒真可怜。"小Q嘟囔着。

"公关公司都这样，"佩娟把掉落的披肩又妥帖地盖在她身上，"也不知道碧生和她是怎么认识的。"

"男人，女人，女公关。"安素轻描淡写。

"不是男人，女人，女博士吗？"小Q哈哈笑着反驳，安素没接她的话，小Q怏怏。

四个人不知道这样过了多久，佩娟接了两个总编辑电话，打开笔记本开始写稿，利索地噼里啪啦。小Q问刚刚帅气的女服务生要了白纸和铅笔，开始在纸上胡乱地画画，她画的是对面聚精会神码字的佩娟。安素起身上厕所去了，一去就是大半天。佩娟不起意，小Q更是不想问。

终于，小Q画累了，伸了一下懒腰，挪到安素刚才坐的位置，这个位置靠窗，外面是人来人往的步行街。小Q发现安素正蹲在街边，旁边站着一个高瘦的背影，背影忽然侧过脸……咦，那不是刚刚那个帅气的服务员姑娘吗？小Q揉了揉眼睛，没错，路灯下微长的短发遮住眼睛，流畅的轮廓弧线从额头到耳畔，水晶耳钉闪着十字的光。真是个标致人物啊！小Q默念，画了一半的草稿推到一边，三两下勾勒了一排路灯，然后是瘦削的安素和颀长的姑娘。暗黄色的时光滞留两人身上，来来往往的人们驻足观望，似乎也感到了这异乎寻常的组合，安静，喧哗，一隅，但人们又匆匆而过，因为这是北京，这是北京一夜。

"我叫碧安。"

"哦？"安素心悸，"碧生？"

"碧安。"服务生回答。

"我有个朋友叫碧生。"安素说。

"楼上的，哪一个？"碧安歪了歪头。

"都不是。"

"你叫什么?"碧安说。

"安素。"安素推掉碧安递过来的香烟,"不,谢谢。"

碧安耸耸肩,把香烟放回到自己嘴里,开始打火。

"你像日本姑娘。"

安素哑然。

"是吗?"

"是的。我在日本待过。但是还是不怎么会说日语。"

"我会说日语,但我从来没去过日本。"安素伸手非常自然地拔掉碧安嘴里的娇子,"我说,不,谢谢。是我不喜欢烟味,谢谢。"

"哈哈,好好。"碧安把安素扔在地上的烟头,轻轻用脚踩灭,叹息,"浪费了。"

"总好过浪费感情。"安素又开始盯着人群,出神。

"你说的那个碧生,是你女朋友吧?"碧安试探地问,也蹲了下来,正好和安素排成一排,两人都很瘦,一高一矮,头发一长一短,像是两个蹲在马路边数汽车颜色的小孩儿。

"不是女朋友,只是朋友。刚刚过世。"安素伸出食指指了指楼上。"她们,"顿了顿,"都是她的朋友。"

"你和她们不太一样。"碧安说,"她们才是她的朋友,你是……"

"安素,走了!"

安素一扭头,年小舞、佩娟、小Q已经站在门口招呼她了,小Q热情地跟她挥着手,似乎并不介意安素看她的时候,总是皱着的眉头。

"那,再见吧。"安素拍了拍碧安的肩膀。

"给你,我的电话。来找我。"碧安给她一串写在烟盒上的电话号码。安素犹豫了一下,还是接了过来,揣进裤子后兜里。

年小舞捂着太阳穴,一个劲儿地道歉,小Q叽叽喳喳地惊叹年小舞的鞋子、包包,佩娟像姐姐一样,温柔地看着两个人。安素走在佩娟旁边,挽着佩娟的胳膊,走了很久,忍不住回头看了一下——碧安已经不在了。安素耸耸肩,转过头,继续往前走,开始有一搭没一搭地参与三个人的谈话,她们要去找年小舞的车,她忘记了她把它停在哪里了……

"那呢,那呢!8387的Mini Cooper!"小Q兴奋地大叫,雀跃地宣布她的新发现。

三人顺着小Q手指的方向,果然发现了年小舞暗红的Mini。但是除了年小舞的车,她们似乎还发现了别的东西——一个酩酊大醉的姑娘。她正被两个男人连拖带拽,几乎快被扛起来了。姑娘显然没有完全失去意识,肢体不听话地无力挣扎,挣脱的胳膊不断地被男人捉住,然后继续被架着肩膀,拖向一辆黑色的"牧马人"。两个男人差不多都有一米八左右,其中戴墨镜的比另外一个看着要结实一些,忽然,车里出来一个个子稍矮一些的男人,大概一米七上下,迎着两个大汉走了过来——情况很显然,碰见"捡尸"了。

小Q惊讶地张开嘴,觉得情况有点不对,安素渐渐松开了佩娟的胳膊,佩娟感受到之后,严肃地看着安素,拽住安素的胳膊,嗫嚅着:"他们人多……"

一直扶着太阳穴的年小舞忽然精神了,愣了一秒之后,把手机往小Q手里一塞:"开到录像功能,对着我。"

年小舞挺了下腰板,脸上潮红,酒劲儿还没全下去,一抖肩膀,把佩娟甩了一个趔趄。

佩娟急了:"小舞,还是报警吧!"

年小舞闷闷地丢了一句:"警察来了,都完事儿了。"她跺了两下高跟鞋,大步流星地向三个男人走过去。佩娟还想阻拦,只听年小舞一声大叫:"许小晴!你个小贱货,让你姐我找他妈一晚上!"

三个男人吓一跳,回头一看,一个醉醺醺的女汉子甩着膀子就过来了。这年小舞还别说,晃也不晃了,笔挺地踩着十厘米的细跟儿"铛铛"杀了过来,一个急刹停在面前,一把抓住不省人事的姑娘，怒目圆睁："看什么看！把我妹松开！"

三人迟疑一下，毕竟是江湖老手，一看年小舞这架势就是来多管闲事儿的，顿时火冒三丈，原本架着姑娘左肩膀的大汉放下姑娘，胸往前一挺，一块阴影从年小舞头顶一直罩到脚底板。

"都出来找乐子的，你丫别找不痛快！"大汉恶狠狠，怒目而视。

"去你丫的！这是我亲妹！我不管我妈劈死我！"

年小舞脸色乌青，杏眼圆睁，甩开膀子索性把掉了一半的披肩全部扯下来摔到地上，左手丝毫没有松开，反而拽得更死了。

年小舞迎着大汉凶狠的目光，完全不甘示弱，眼里满是"我豁出去了，你敢把老子撕两半儿"的咄咄逼人，气势汹涌。大汉回头看了一眼身后的两个哥们，两个男人张着嘴，狐疑地把目光还给大汉。年小舞心里暗自落定三分。不能松，一松就输了，余光瞄到大汉精壮的肩膀，年小舞内心一阵狂跳：这要给我一下子，不死也得半条命。她的胸腔像是有一面停不下来的虎皮鼓，"咚……""咚……"，她努力保持着心脏的节奏，她明白这鼓点儿要稍微一乱，她马上会败下阵来。看着不省人事的姑娘，她绝对不能输……

"你妹妹？！"

僵持对峙了两分钟后，大汉因强壮身体而产生的优越感，终于被年小舞杀破狼般的冲击波攻下一个阵地，但他仍然不是十分相信眼前的年小舞是猎物的亲姐——不过你别说，长得还真有点像——去他妈的，现在姑娘化了妆，都他妈一样……

"你说是你妹妹，怎么证明？"大汉反问。

"证明？！你把我妹给我松开！"年小舞歇斯底里地大叫，"你再不松开老子跟你拼命！"

大汉被突如其来高亢尖细的嗓音吓了一跳，往后退了一步，优越感又后退了一节，一个不小心踩在醉酒姑娘的脚上，姑娘已经完全没有知觉，吭都没吭一声，一摊肉泥一样贴在右边的男人肩膀上。

"许小晴！你他妈喝成这样丢人丢到这里来了！你看我今天不揍你一顿！不打死你我跟你不姓一个姓！"

年小舞趁着右边男人一放松警惕，狠命把姑娘往自己怀里一拉，不料她鞋跟太细，根本承受不了一个醉酒人重量的冲劲儿，往后一个趔趄一屁股坐到地上——姑娘正好扑在她怀里。

年小舞胸前的扣子也开了一颗，鞋也掉了一只，露出一条修长的大腿。

三个男人都看呆了，不知道是因为年小舞的大腿，还是眼前的情景太戏剧化，他们盯着地上的俩女人，一时不知该如何是好。

此时，年小舞往左边一侧头，对着不远处拿着手机录像的小Q大喊："拍你妹拍！敢传上网老娘撕烂你的脸！"

男人们循声望去,只见三个女人站在不远处,其中一个矮小瘦弱的姑娘,正举着手机,朝这边拍摄,不知道拍了多久了。刚才用前胸阻挡年小舞的大汉回头看了一眼身后的俩同伙,一歪头,汉子们茫然地看着他,不知所措。

如此悍妇,让他们不得不相信,他们在酒吧里下迷药确实迷倒了人家的亲妹妹。眼瞅到嘴的肥肉,不吃,这一晚上还能睡着么?怎么想大汉都气不过,愤愤地转回来,想抢姑娘。这时,身后矮小男子拉着大汉的手肘,头偏向一侧录像的小Q,示意:"我们暴露了,走吧。"大汉看着哆哆嗦嗦的小Q愣了一下,骂道:"拍什么拍,没见过吵架!我们是熟人!再拍砸你手机!"

"你们再不走,我就报警。"佩娟举起手机,大声地喊回来。

大汉往地上啐了一口,一回身:"操,晦气。走!"

三个背影快速上了"牧马人","嘭"地关上车门开走了。

年小舞暗自松了一口气,对着车骂道:"别让我再看见你们!混蛋!一帮孙子居然把我妹……"

正骂得起劲儿,胳膊被第一个跑过来的安素扶起。

"亲姐,行了,人都走了。"

年小舞长舒了一口气,发现站不起来,这姑娘死沉死沉地压在身上。

"别扶我,先把这货扶起来,我腿压麻了。"年小舞露出痛苦的表情，眉毛眼睛拧到一块儿。

"小舞姐，你好棒啊！简直是我的偶像啊！"小Q在年小舞周围蹦蹦跳跳，崇拜写了一脸。

"霸气外露。"安素掩嘴，帮年小舞捡回甩出老远的披肩，"还要吗？"

"要！怎么不要！三千多块呢！"年小舞嚷嚷。

"哈哈哈哈！"三个人看着年小舞认真的表情，想起她刚才的悍妇戏码，捧腹不已。

"你不当演员可惜了。"

年小舞嘬嘬嘴："我就中戏毕业的，可不就是演员嘛。"

"这姑娘咋办？"佩娟开始翻姑娘的口袋，什么都没有，手机也没有。佩娟无奈地一摊手，一无所获。

"现在几点了？"年小舞问安素。

"凌晨两点半。"小Q回答。

"往前走走，湖边有椅子，咱们坐着，等着看日出吧。"

年小舞已经站起身来，安素和佩娟扶着姑娘，小Q拎着三个人的包包，站在一边。

"好耶！"小Q雀跃着，蹦跳着往前跑，一副心肺全无的样儿。佩娟无奈地摇摇头，年小舞手拎着高跟鞋，光脚走在水泥路上，不时侧头打量眼前的姑娘，玲珑有致的身材，精致的五官，火红的长裙，活脱脱的美人坯子，但是怎么看都不像是成年人，顶多十五六。年小舞叹口气，世风日下，十几岁的小姑娘，都有人敢动。她努力回忆着，曾经的自己在脑海中不断地刷新，刷成一段一段的蒙太奇镜头。从初中的小美人坯子苦练芭蕾舞，埋头学习，最后进了美女如云的中戏，人生第一场戏后，彻底毁了三观……

姑娘，没有金刚钻，揽什么瓷器活——喝不了就别喝多，想喝多就坐自家地板上喝，出了你们家地界儿，那可就指不定上谁家的席梦思了。你觉得除了你爸，这世界上的大叔都会拿你当女儿？年小舞越想越气，照着姑娘的屁股就是一脚。

"哎！你这小暴脾气……"佩娟连忙口上阻止，因为她抽不出手来阻挡小舞的脚丫。

"熊孩子。"小Q不以为然地冲着无知觉的姑娘，调皮地努了努嘴，用指尖刮了刮姑娘粉红的小脸。这下轮到三个人惊讶，不约而同：说你自己吧？

小Q一蹦一跳地往前去了，五个姑娘，一前一后，前面的小Q跳得欢实，后面的小舞则完全酒醒，拖沓地跟在安素和佩娟身后，像被抢了玩具的孩子一样噘着嘴，一步一蹭，不知何时已重新穿好了高跟鞋。"嗒嗒，嗒嗒……"安素听着后面有节奏的响声，感到前所未有的安宁，碧生走后的第一次安宁，仿佛身后走着的是碧生,你不用回头,也不必看,碧生一定在那里。佩娟抬头看了一眼路灯,又看了一眼星星,手机没电了,明天不知道该如何向老公解释今晚的行踪——直接承认记不住老公的电话号码,似乎也挺让人难为情。

五个人安安静静地兀自前行,似乎她们已经认识很久很久了,似乎这个场景是已经发生了无数次的循环往复。

假若,人生只如初见。

如果你想要我，就先满足我

周末上午，年小舞一觉睡到十点。当她睁开惺忪的双眼，强烈的阳光让薄薄的窗帘变成了巨大的灯罩，光明呼之欲出，晃花她的眼。她伸手一拽窗帘，不料用力过猛，窗帘整个掉了下来，把她埋了个结结实实。

"操……"她胡乱地扯头上的窗帘，长发和窗帘搅在一起，静电啪啪作响。看不见前方，她忽然觉得有点害怕，觉得胸口闷闷的。终于，最后一根发丝恋恋不舍地脱离了充满"吸引力"的纤维窗帘，她松了口气，呆坐在床上大口喘粗气。

一番挣扎，她睡意全无，彻底地醒了。

她从凌乱的长发中，环视周围：这间五十七平方米的整洁公寓，忽然有点陌生起来。她的目光从床上的泰迪熊挪到狭窄的简易茶几，茶几上的酒瓶横七竖八，一瓶喝空的百利被四五个便当盒埋了起来，地上的垃圾桶里却干干净净，空无一物。木质的衣柜，门紧紧关着，里面装满了年小舞美丽的衣裳，每一次上班的清晨，都像是一次大劫案，打开衣柜……不，她不能想象它们呼之欲出的场景……那太可怕了……地上的高跟鞋横七竖八地躺在一起，闪着耀眼的光，年小舞是鞋控，看到美丽的高跟鞋，钱包就是"路人甲"。年小舞心情不好的时候，和碧生一样，会一双一双地试自己的鞋子，试到最后一双，如果心情还是很差，她就收拾收拾去商场。

屋子不大，好歹完完全全是自己的，再也不用搬家了。每个周末醒来的清晨，年小舞都不知为什么会有这种感叹。

目光转了一圈，看到镜中的自己。眼圈乌黑，眼窝深陷，长发凌乱纠结地披在肩膀上，蜡黄的脸，无血色的嘴唇向下弯，像只气鼓鼓的鲶鱼。丝绸的睡衣下，高耸的胸脯让她比较满意。她忽然想起，自己上初中发育较早，被同学嘲笑的往事。

"嘲笑老娘三年，老娘笑你们三十年。"

年小舞哈哈大笑，忽然不笑了。她忽然想到一个问题，那些笑了她三年的姑娘们，都哪里去了？嫁人的嫁人，生娃的生娃，她现在都不上QQ空间了，简直受不了那些华丽艳俗的结婚照，还有那些千篇一律同一个表情总是一下子上传一百多张的宝宝照片……她趴向镜子，仔细地盯着自己的脸，眼睛周围的细纹，已经是雅诗兰黛的小棕瓶也带不走的"顽固派"了。她和它们斗争了太久，也不知道还会不会有胜利的一天。

"二十五岁预约年轻未来——姐已经在未来了,年轻——你在哪里?"

年小舞嘲讽地对着镜子,扒着眼睑,似乎这些该死的细纹统统用手就能抹平似的。大眼睛的姑娘,衰老得都快,这是妈妈说的。说到妈妈……

年小舞拿起床头柜上的手机,拨通老妈的电话。

听筒里响了若干声后,年小舞挂了电话。电话忽然打了进来,一个高亢的女声冲破鼓膜:"喂?小舞啊?"

"妈……"年小舞慵懒地躺在床上。

"我和你爸他们单位的人玩色子呢!"

"叫'你陈叔',好不好?!"年小舞无奈地叹了口气。

"你就不想你妈过得开心!"电话那边传来"哗啦哗啦"的声音,女高音嚷嚷:"小点声,小声点,听不见了我都!我姑娘,在北京呢!"

"好好好好!姑奶奶!"

"你玩什么色子,你玩麻将呢吧!"年小舞用脚蹬了蹬脚下的窗帘,懒得把它挂上去,也不敢直起身,对面楼有个变态,没事儿就拿望远镜往这边看。

"哎呀!你离那么远!妈一天多寂寞啊!"

"你从来没寂寞过好吗?亲!"年小舞没好气地说,眼睛眯成一条线。她能想象母亲如何在麻将桌上，叼着烟卷，叱咤风云一副所向披靡无所畏惧的样子，母亲绝对是条汉子。

"舞儿啊，你那对象的事儿，怎么整呢？"年小舞知道母亲年月芬指的是她牌友拐弯抹角介绍的一个在北京工作的相亲对象。提到这个事儿，年小舞想立马冲过去把母亲年月芬五花大绑了，皮鞭蘸辣椒水，狂抽一顿。这是亲妈吗？连人家情况都不打听清楚了就给自己闺女介绍对象，处了仨月，才发现男的有老婆孩子，而且根本没离婚，孩子两岁了，还在跟妻子纠结财产的事儿，闹得没完没了，一年半载离不成。

"妈……算了……我懒得跟你说这事儿了。挂了。"年小舞叹了口气，她忽然很想她，想她在自己身边，像是佩娟的妈妈那样，每天给她打电话，说说家里事儿，再问问女儿今天的工作，可是母亲年月芬似乎一直没有个母亲的样子，总是风风火火地在麻将场里穿梭。想想当年六七岁的她，随着母亲征战，从一个摆摊卖水果的，到有了自己的水果店，她在饭桌上阅男无数，认识白酒数种。母亲迫于无奈，带她在身边，她从来不问她爸在哪，一问准是"死了"。她也懒得问了。

她总觉得年月芬并不爱她，虽然母女俩几乎一个模子里刻出来的，年月芬三十多岁，年小舞十多岁的时候，像姐妹俩似的。但是，哪有关系特好的姐妹俩？打架也是常事儿。年小舞聪明，漂亮，带着明星梦，一下子考上了中戏，离年月芬远远的，日子总算清净了。她不爱给年月芬打电话，打电话也就是伸手要点钱。等她能自立了，要钱的电话都少了。

"挂就挂！威胁我！兔崽子！"

年小舞本来想让她主动说说关心的话，没想到，年月芬就真的给挂了，毫不留情。

"啊啊啊啊啊！"

年小舞把电话一撇，盯着天花板。忽然她想到一个问题，她会不会像母亲一样，孤独一生，不结婚，和各种男人在一起，然后意外怀了一个孩子，生下来，看着孩子长大，离开自己，然后每天趿拉着拖鞋，头发烫成极细的小卷儿，穿行在菜市场，活像一只发情的母羊。

她摸着瘪瘪的肚子，纠结了半天，还是决定煮点挂面最省事儿。

年小舞长叹一声，双手捂脸，她忽然感到很寂寞，很寂寞，她从前也有各种各样的朋友，同学，同事，同学的同学，同事的同事……当他们一个一个结婚生子没时间搭理她，或者离开北京后，年小舞便仅存碧生一个朋友了，碧生走后她连说话的人都没有了。

"咳……难道，要孤独一生……我再也不买鞋了！赐我一个帅哥吧……"

话音未落，门铃响了起来。

年小舞以为听错了，竖起耳朵，动了动耳根。

"叮咚……"

没错，就是她家了。

年小舞一个轱辘滚下床，盯着深咖色门板上紫红门铃，没错了，就是它。

她打开衣柜，想拿一件衣服披在睡衣上，结果几乎小半个柜子的东西都掉了下来……

"啊……"她躲闪着，快速蹲下将衣服一股脑重新塞回柜子里。踮着脚，趴门镜往外看——一个高个子的清瘦男人，站在门外，手里捧着一束粉色的风信子，正在往门镜里看，见没人开门，抬头看了看门牌号，又开始按门铃。

"我靠！这什么情况！不让买鞋啊！"

"呸呸呸！"年小舞象征性地抽了自己俩嘴巴，看见帅哥还脏话连篇，掌嘴！

"谁呀？"年小舞发出一声怪叫，想故作温柔，却不小心发出了堂子里老鸨阴阳怪气的揽客声。年小舞脸刷的红到耳根，不过毕竟是年小舞，深呼一口气，马上恢复了淡定，无比淡定地问了一句："谁？"

门外的男人愣了一下,耸肩一笑,忍俊不禁,浑厚的男中音隔着门缝挑逗着年小舞每一根寂寞的神经末梢。

"你好,是年小舞小姐吗?"

他还知道我名字?!年小舞使劲儿扒着门镜盯着男人俊朗的脸,千万张名片闪过——查无此人。不会啊,就算是微信"摇一摇"摇来的男人,也不该知道我家的住址啊!年小舞的风流史,都是墙外开花,墙外红,不往家带,是她恪守的死原则。

"你找她干啥?"

"我是林紫的舅舅,来道谢的。"男人淡定地说,边说边把胸前的风信子往门镜处推了推。

林紫,年小舞一下子反应过来。就是前几天在停车场救的女孩儿,后来自己把她送回了家,但是自己连手机号都没给她留啊,这是哪出乌龙……

她犹豫了一下,还是开了门。

男人的脸,随着门"吱呀"地被打开,映入年小舞的眼帘。

男人错愕地盯着年小舞,讶异的眼神,让年小舞迅速捂住自己的前胸——她以为自己走光了——低头一看,粉色的运动服,把胸部遮得严严实实,只是裙子着实短了一些,两条腿就这么暴露在外面,任她怎么拉,裙子就在那里。

男人瞬间收起惊讶的目光,绅士地把花推送到她怀里:"年小舞——是你?"

年小舞忽然被看得不好意思,脸上一片绯红。这时对面的奶奶出来送垃圾,一抬头看见了满脸红霞的年小舞,又仰头看了看高大俊俏的男人,脸上的皱纹瞬间全舒展开了。

"哎呀!找我们小舞啊!"

小舞越过男人的肩膀,亲切地叫了一声:"齐奶奶!早啊!"

"啊啊!都中午了!你们年轻人起来得晚,我们买菜都回来了——对了,我给你带了点你爱吃的西芹和胡萝卜,一会儿过来拿!"

年小舞龇着一口白牙,狂点头。心里狂喜,好加分的奶奶!太可爱了!不料奶奶没走几步,把垃圾放在地上,回头拉住男人的胳膊,亲切地絮叨:"我们小舞啊,是个好孩子啊!我们女儿在国外,平时没少受到小舞的照顾啊!"

男人笑得很开心,盯着齐奶奶,温柔地附和着:"是吗?小舞真是个好姑娘。"

小舞更不好意思了,低着头,内心不断地呐喊,齐奶奶,您简直就是我亲奶奶。

"我们小舞啊,那才能干啊!上次电梯坏了,小舞一个人帮我扛了一小罐三十斤重的煤气罐儿上来,还帮我提了个菜篮子,一口气就上了九层……哎呀,我这个老太太跟在后面,都跟不上,连嘘带喘……"

小舞瞬间石化，瞪大眼睛，咬着嘴唇，一个劲儿拿眼神挑齐奶奶，不料齐奶奶说得太投入，并没领会"小舞飞刀"。

"我们小舞这么好的姑娘，人又漂亮，怎么一拖就拖到三十多了，肯定是眼光太高……真是不应该，不应该……咳，一个姑娘家，在北京不容易……"

齐奶奶暗自神伤起来，拍了拍男人的胳膊肘。

"孩子，你有眼光，有福气！奶奶挺你！"说完，眼睛里闪着晶晶亮亮的光，直直地盯着男人炯炯有神的眸子，"要对我们小舞好！不好！我们可不答应！"

"齐奶奶！您不是要倒垃圾吗？"

小舞已经尴尬得脚心冒汗了，忍无可忍地打断了慈祥的齐奶奶。男人却旁若无人地哈哈大笑，点着头："奶奶放心，虽然我和小舞刚认识，但她确实是个好姑娘。"

齐奶奶频频点头，表示赞同。眼睛眯成一条缝儿，上下打量着男人，又开始连连点头。

"孩子，你叫啥？"

"牧歌。"男人回答，目光真诚。

"好好好，好名字。歌舞，歌舞，般配，般配——那我不打扰你们了！你们聊完，中午去我那吃吧，好不好？"

"奶奶，您快去倒垃圾吧！"

"哈哈哈哈，这孩子，嫌我碍事儿了！哈哈哈哈，我走，我走。"说着蹒跚着，乐颠颠地提上垃圾，进电梯去了，门关上的一瞬间，不忘大声提醒，"中午上我那吃啊！你爷爷炖了莲藕排骨汤！"

楼道终于安静了，牧歌仍站在外面，年小舞直愣愣地挡在门口，额头冒汗。

"呃……我们邻居……关系挺好的……"

"看得出来，你很讨老人家喜欢。"

"还好吧……"年小舞一时不知道该说什么好，只觉得好像脑子中了Bug。

两人僵持了三分钟……

"那个，我进去，方便吗？"

"啊！请进！"

年小舞一侧身，让出一条通道，并做了一个"有请"的姿势。年小舞盯着牧歌走进去的背影，陪着牧歌的目光环视了一下四周，牧歌的目光落在了操作台上一堆餐盒上，顿时，时间又开始凝固了。

年小舞故作淡定："请坐吧。"

她把门后一条高脚凳搬到牧歌面前。

牧歌没有坐，径直走到茶几前，拿起落满灰尘的玻璃花瓶，在水池里洗了洗，把风信子插到里面，拿着花瓶在客厅里转了一个小圈，走到小舞面前，盯着年小舞躲闪的眼睛。她不敢正视他，拼命地往后躲。

"美女，你挡住床头柜了。"

小舞"嗖"一下挪开，牧歌把花瓶稳稳地放床头柜上，随手摆弄了下形状，乖乖坐到年小舞搬的白色高脚凳上，气定神闲地看着坐立不安的年小舞。

"那天真要谢谢你。"

"小事儿，没什么。"年小舞溜边坐到床沿上。她第一次觉得这个五十七平方米的大开间装一个人还可以，两个人怎么这么挤……而且根本不像是她的家而像是他的家了，她坐立不安，连个藏手的地儿都没有。

"林紫是我外甥女，年纪小不太懂事，被家里惯坏了，但本质不坏。"牧歌淡淡地说，好像说的完全是别人家的外甥女。

"我并没有留地址和电话给她呀？"小舞狐疑。

"她看了你车上的小区停车牌。"

牧歌说着从皮包里掏出一个信封，递到年小舞的手里："她爸爸的小心意，收下吧。她实在不好意思来，让我替她表达感谢。"

"啊！不，不，不要！"年小舞一把推开信封，用力过猛，把信封"啪"地一声打落在地上,信封本来没封口,里面的人民币是崭新的,"哗啦哗啦"地倾泻而出。

年小舞"嗵"地站起来,又"嗖"地蹲下去,开始捡钱,连抱歉都不敢说了,她的脸涨得通红,滚滚地冒着热气儿往脑门上窜。年小舞这辈子从来没这么衰过,她默默地认了,不再说话,蹲下默默捡钱。

牧歌起身,走到窗户边,把安全栓扳开,一拉窗户,大风"呼呼"地灌进来,只剩下一半的窗帘鼓起来,霎时间,地上的钞票被风吹起,一只一只的红色蝴蝶,随风起舞,盘旋在年小舞的身边。牧歌回过头来看她,年小舞身着睡衣,凌乱的长发被风扬到身后,清瘦的年小舞锁骨嶙峋,粉色的运动服一边已经被风绞到腋下,她抬胳膊半挡着脸,风灌进来撑满睡裙,迷迷糊糊的年小舞渐渐清醒。她觉得自己衰透了。

"年小舞,你像女神。"

"什么?"

"拜金女王。"

牧歌缓缓地脱了西装外套,扔在床上,浅紫衬衫衬得他棱角分明的脸庞柔和许多。年小舞忽然发现牧歌身型精壮,腰部以上俨然算得上是美男子。见她盯着自己发呆,牧歌一边的嘴角不易察觉地向上挑了一下。他顺势坐在床上,往下一躺,正好躺在自己的西装外套上，后脑勺枕胳膊，侧睨呆若木鸡的年小舞在风中凌乱。

年小舞愣了，彻底被风吹透了，从莫名的娇羞的燥热中清醒过来。这男人要干什么？他是来替侄女感谢她的，她不是故意打散了钞票，可是她正在努力弥补失礼之处，他不帮忙，为什么还要打开窗吹散它们——现在，他竟然躺在了自己的床上！这是干什么？耍流氓？！以为老子什么人？决不能允许这种事情发生在自己家里！老子才是主人！

她浑身来劲，顿时血脉偾张："你这是要干什么？"

年小舞呵斥牧歌，她并不害怕，也无所畏惧，她练过芭蕾，也练过跆拳道，黑带三段，对付一个臭流氓绰绰有余了。

"白天的你也很好看。"牧歌笑了，不看年小舞，开始望着天花板。

年小舞是个"外貌协会"，从来"衣帽取人"，她看得出来，这个牧歌从上到下没有一件衣物低于两万块，根本不像是个街头无赖。但如此轻浮的举止，如此感谢恩人的行为，着实让人费解。她刚刚对他充满了各种美好的印象……年小舞一下子混乱起来，只见牧歌哈哈大笑，拿起手机，自顾自地开始玩了起来。小舞这头"公牛"像看见了红布般，撸起袖子，心里愤愤：果然长得好看又有钱的男人都他妈没好东西。今儿说什么不能让他造次，老子救了你侄女，你还耍起流氓了！赶紧给老子滚犊子！"

年小舞猛一转身，拉开大门，冲着牧歌大声吼道："牧先生，多谢你的好意，请便吧！"

牧歌还是哈哈大笑，不但没动，反而在床上滚了半圈，仰着玩手机，变成了趴着玩手机，对年小舞的河东狮吼根本无动于衷，保持着岿然不动的泰然。

"叮……"

年小舞的手机进了一条短信。

"叮……"

又进了一条短信。

"小舞，你的手机响了，你不看吗？"牧歌懒散地说，一个翻身又仰壳儿躺着，腾出左手把年小舞扔在床上的手机递给年小舞，悬着胳膊的牧歌，似乎悠然自得，好似房子的主人，落落大方，看不出一丝矫揉造作。

年小舞上前两步，恨恨地抢过来，划开手机屏，一条彩信，图片是一张照片，照片是一张字条。

S女士：

　　你是个卸了妆比化了妆更有魅力的女人，谢谢你陪我度过这个对你来说很寂寞，对我来说很快乐的夜晚。

我拨了你的电话，尾号6620。

X男士

年小舞一下子被电击似的，一动不动。瞪大双眼，看着熟悉的字条，脑海中一遍一遍地倒带，回到一个月前的某一天……

牧歌看着发呆的年小舞，轻轻走下床，缓缓地走向她，年小舞的手机响了起来，巨大的铃音吓了年小舞一个哆嗦，陌生的来电尾号：6620。年小舞感觉浑身瘫软，手里的手机忽然变得重了起来，拿也拿不稳当，她止不住地发抖。此时她感到无比羞耻，就好像站在大街上，只穿着内衣内裤，局促地站在人来人往的国贸桥上，而自己，刚刚一步从浴室迈到了大街上。

此时牧歌已经走到年小舞面前十公分处，并没有停下逼近的脚步，年小舞颤颤巍巍地拿着手机，不敢抬头，脑海中闪过厚重的紫色窗帘，偌大的白色的床，一地凌乱的衣服，垃圾桶底部充满精液的避孕套，雾气重重的浴室……纸条，最后的一项是桌上的铅笔纸条，上面写着……

年小舞下意识地后退，后退，一直退到门板处，牧歌一只手轻巧地取走年小舞手中摇摇欲坠的手机，另一只手按在门栓上，关上了房门。

"我是，X。"牧歌燥热的鼻息深深地覆盖在年小舞温热的嘴唇上。

自从小Q搬了进来，佩娟忽然发现，合租变得没那么简单了。小Q不但不会帮忙做家务，而且还经常抱怨佩娟做的饭菜不合口味，挑剔她的穿衣风格等。佩娟是个节俭的姑娘，永远不会多花一分钱。每次佩娟买了超市的特价菜"吭哧吭哧"地搬回家，往往得到的却是小Q的冷嘲热讽：中国大妈。给小Q的超市代金券，让她买些日用品，结果洗发水、沐浴露等生活用品没有买，小Q自己爱吃的零食一样都没少。如此种种让李佩娟无可奈何地数度抓狂。

但是最让佩娟崩溃的，还是早起时分客厅里自己横七竖八躺在地上的鞋子，心疼得要命——因为鞋子上不是多了一块油彩，就是擦掉了一块皮。一开衣柜，想穿的衣服，不是被小Q拿去穿完还没有洗过胡乱地丢在柜子里，就是衣服上多了几块丙烯染料……

钱大兵来了，还能好点，多少能帮着她扫扫地什么的。不愧是"大兵"，能把家里的餐巾纸都叠成豆腐块儿。

"喂？"佩娟一边夹着电话，一边把葱花扔进滚烫的油锅里——"呲啦"——白烟四起。

"李姐，小刘，爱嘉的。"

佩娟心里一沉，拿起铲子"叮当"砸了两下炒锅，恶狠狠地拧煤气阀门。

"有何贵干？"

"我说的还是你隔壁合租的事儿。"

"什么合租的事儿！我妹妹过来住了，用不着你费心了。"

"你妹妹不是承租人，你这样是违反合同的。"那边又开始了一贯的慢条斯理，在这短短的一个月里，这个姓刘的中介使用不同的号码给她打了不下五十个电话，白天一个，晚上一个，她几乎要崩溃了。佩娟几乎每次都是破口大骂，就是不给他钱。中介坚持要为她引荐租房的客户，收取中介费，威胁说要么就要告诉公司她违约，撵走她们。四月份，大学生临近毕业，现在房租涨得厉害，尤其是在这种郊区，房租相对便宜，大学毕业生蜂拥而至，抬得租金一涨再涨，这时候，中介巴不得找个借口把她们轰走，抬高价格再把房子租出去。于情，她疲于工作，根本没有精力和中介搞这些事情。于理，她就是咽不下这口气。那个中介，上来就说什么"你隔壁死了"！

当几百块钱的事儿不是几百块钱儿的事儿的时候，事情就复杂了。

因为取暖费的事儿，她在年前已经和中介吵得不可开交了，这个小刘也知道这件事儿，所以总拿这茬儿威胁佩娟。打发小鬼这种事儿，八面玲珑的佩娟不是没干过，阎王好见小鬼难缠，可这小鬼把佩娟弄得火冒三丈，一个"死"把她得罪得干干净净。每每老公肖顿想拿点钱打发中介的时候，佩娟总是火冒三丈地臭骂他一顿，说他就这点出息："我就给阎王下跪，也不给这王八低头！"佩娟就是死活不干，俩字儿，死扛。

佩娟气呼呼地回到客厅，把铲子往餐桌上一扔，想到肖顿陪自己两三天，就又出差去了，家里一堆烂事儿，委屈地哭起来。

"娟儿姐，又做啥好吃的了，这么香？"钱大兵揉着眼睛，蹭到客厅里，忽然发现佩娟在抹眼泪，一下子精神了。

"姐，咋的啦？谁欺负你了，告诉我！"钱大兵大义凛然地跳到佩娟眼前，仗义地拍了拍胸脯，关切地盯着佩娟，"我最看不了女人哭了！你快告诉我！"

见佩娟还是不吱声，钱大兵忽然软了下去，弱弱地嗫嚅："是不是姐夫……外面有人了……"

"呸！他敢！"

"哈哈哈哈哈！"钱大兵哈哈笑，拍了拍佩娟的肩膀，"料他也不敢！咱们娟儿姐上入厅堂，下入厨房，打二奶，斗流氓……"

佩娟破涕为笑，虽然这笑话很低级，但肖顿可说不出来。佩娟捡起铲子，回到厨房，拧开煤气阀，接着做饭。

钱大兵跟了进来，不依不饶："娟儿姐，到底咋了嘛？大早上就哭哭啼啼的，多不好啊！"

佩娟就这个性子，有什么都不愿意说，能"吭哧吭哧"自己搞定的事儿，绝对不需要别人动一根手指。钱大兵见佩娟不吱声，看到菜板上碗里盛着打好的鸡蛋还没搅，便自告奋勇地搅鸡蛋。搅了一会儿，又开始洗胡萝卜。佩娟看他忙忙活活的，自己也不说个话，顿时觉得怪尴尬的，于是嘟嘟囔囔地把事情的经过一五一十地告诉了钱大兵。

钱大兵听完，瞪着眼睛，瞥着佩娟："这不耍流氓吗！"

佩娟叹口气："有什么办法，就是碰见流氓了。"

"早告诉我啊！流氓怕什么啊！我就流氓！我怕谁！"钱大兵一摔围裙，抹了抹手，拿起佩娟的手机，翻了翻，"姐，这是那孙子的号码？"

佩娟瞄了一眼手机，怯怯地点点头。

"包我身上。"

钱大兵拿起手机出门了，大概过了一个多小时，小Q起床了。到客厅里见午饭已经准备好了，脸也没洗，就坐下端起饭碗，惺忪地问一言不发的佩娟。

"姐，"她现在已经把娟字都省了，也不知道是叫起来亲切还是方便省事儿，"大兵呢？"

"不知道。吃吧，都凉了。"佩娟扒了一口饭，闷闷地说。她确实是不知道。

"噢。"小Q似乎并不在意，夹了一块儿胡萝卜。

佩娟见她只顾大口吃饭，便往她碗里夹了一块裹着鸡蛋的大葱，不料小Q不满地挪走饭碗："人家不吃大葱嘛！"

佩娟嗔怒："你怎么这么挑食！"

"这算什么挑食啦！人家就是不喜欢吃嘛！不要不要！"

小Q开始撒娇，为了防止佩娟强迫她吃大葱，索性九十度转过身去，连鸡蛋都不夹了。佩娟摇摇头，只好自顾自地吃。

不一会儿，大兵回来了。佩娟一开门，吓了一跳，只见大兵身后跟了几个人，人高马大，都是精壮汉子，笔挺地站在外面。钱大兵简单介绍了一下，说都是朋友在北京的哥们儿。佩娟赶紧热情地喊他们进屋坐。

四个小伙儿一看到小Q，齐刷刷行了个礼："嫂子好！"

小Q雀跃起来，咯咯笑着："平身，平身！哈哈哈哈！"倒是一点都不认生。

佩娟把大兵拉到一边，悄声问："这哪来的哥们儿？看着不像好人！"

"真的都是朋友的同学。"大兵嬉皮笑脸地说。正说着，门铃又响了，佩娟刚要去开门，便被大兵拦了下来。

"娟儿姐，你和小Q就坐那吃饭，不用管。"

佩娟被大兵笔挺地按在座位上，大兵把饭碗拿起来，放到佩娟手上，对四个小伙使了个眼色，四个人一起进了小Q的房间。

"哎！你们……"佩娟要阻拦。

小Q夹了一根大葱丢进佩娟碗里，乐呵呵地说道："姐，你别管啦！没事儿啦！屋里又没什么值钱的。"

说话间，门开了，走在前面的是个西装笔挺扎着领带的男人，个子大概一米七，满脸"职业"笑容，身后跟着一个一米六左右的小姑娘，从穿着和举止看应该是附近的打工妹。姑娘穿着白衬衣，中长的头发用一根露出黄色皮筋的黑色皮套扎成一个短短的马尾辫，见屋里的三个人都盯着她看，忽然难为情起来。西装男嬉皮笑脸地冲着佩娟道："李老师，我是小刘，爱嘉带人来看房的。"

佩娟一抽嘴角，把目光夸张地移到大兵的脸上，又夸张地移到小Q的脸上，见小Q吃得怡然自得，佩娟只好低头继续吃饭，好像没这人一样。

小刘一点没尴尬，自觉地带着姑娘往小Q房间走。姑娘感觉气氛有点怪，拉了一下小刘的袖子："要不，我再看看别的吧！你不说好几套呢吗？"

"妹妹，现在房子这么紧俏，哪有那么多合适的给你空着啊？先看看这个吧，来都来了。"

姑娘迟疑了一下，尾随着小刘往里走，小Q的房门紧闭着，小刘的手刚握住房间的门把手，跟在姑娘后面的大兵就不慌不忙地在前面姑娘的耳边轻轻吐了一句："姑娘，怕鬼吗？"

姑娘一个激灵，一转身，撞到大兵身上，瞪大眼睛看着钱大兵，尖细的嗓音格外刺耳："你说什么？"

大兵幽幽地瞅着她的眼镜，做了一个十分明显的口型，重复了一遍："屋里死过人，G—ui，Gui。"

姑娘完全吓到了，直勾勾地看着大兵，小刘不以为然地扭头看着两人。

"我不看了，我不看了！"姑娘叫道。

小刘慌忙拉住她的胳膊："你别听他瞎说！这屋子根本没有死过人！"

"这屋子确实死过人，是我女朋友的闺密叫碧生。我女朋友不怕，现在住在里面，但是，你怕不怕？"大兵低着头，看着只到他肩膀高惊慌失措的小姑娘，"不过你别怕，如果你不进去，就没事儿。"

姑娘一推大兵，绕过他的右肩膀，直直地打开客厅的大门，"噔噔噔"跑下楼了。

众人的目光齐刷刷地落在小刘身上。

小刘见姑娘跑了，顿时火冒三丈，嘴上开始不干不净起来：

"吓唬人是吧？妈的！我就不信这个邪！"说着气急败坏地拧开门。

"我要是你，我就不进去。"大兵一屁股坐在沙发上，吊儿郎当地叼起一根烟，"啪啪"地按打火机。

"我他妈还真不怕鬼！"

小刘一扭身，就要往房间里冲，但是他一下子停住了——四个结结实实的大汉严严实实地堵在门口，抱着胳膊，居高临下地俯视着眼前的"小侏儒"。

小刘脸一白，往后退了两步："你……你们……要干什么……"四个人并没有跟出来，只是站在门口，死死地盯着他，算不上凶神恶煞，但也绝对没有一丁点儿友好的意思。

"你们这算什么！想威胁我？"他扭过头去，反问大兵。这个小刘文化程度一看也不怎么高，装腔作势还可以，一旦害怕，恐惧就完全写在脸上了。见大兵只是笑，并不理他，三个人从屋里鱼贯而出，依次坐到了大兵的身边，把脚搭在茶几上，直勾勾地盯着失措的小刘。屋里最后一个穿黑夹克的男人搬了把椅子，"哐当"一声，放在大门口，一屁股死死地坐了上去，跷上二郎腿，若无其事地扳手指玩，看都不看他。小刘狼狈地被目光逼到餐桌边，转向吃饭的佩娟："姐，这算怎么回事儿？咱……咱有什么不能商量的吗？"小刘忽然扭转了语气。

他实在想不到，这捏了一个多月的软柿子竟然还藏了这么一手,有这么一大帮人!他还以为佩娟是个书念傻了的呆子,绝对不会胡来。小刘努力平复着自己的紧张,看眼前这架势,他们应该不会马上对他动手。

"姐……李老师……咱们有啥可以商量着来,你这样,就不好了。"

佩娟不抬头,拿筷子指了指大兵的方向。

小刘满头是汗,往钱大兵的方向望去。

大兵不慌不忙地掸了掸烟灰,笑呵呵地说:"这事儿吧,好办。"

小刘擦了擦汗,不吱声。

钱大兵站起来,走到小刘面前,忽然收起笑容。

"我也不瞒你说,爷脾气不好,哥几个都是道上的。他们没啥文化,但也都是讲理的人。咱们都是老爷们儿,不像老娘们儿,应该讲点理,你说是不是?兄弟!"大兵一巴掌拍在小刘的肩膀上,小刘微微一倾——佩娟抖了一下,这一下,要是拍在自己身上,估计够呛。

"嗯……是……"小刘都不抬眼瞅大兵,像是说给自己听。

大兵的手,一直没离开小刘的肩膀。

"我对象那屋儿,也确实死过人。她最好的朋友打针过敏,去世了。年纪轻轻的,我对象哭了好几天。人家朋友走都走了,你说你这样逼她两个朋友，硬是要把她们逼走，换了谁，心里都不爽。你说这要撵走她俩的王八犊子，是不是没长心？这事儿，是人干的事儿吗？"

"嗯……是……"大滴的汗珠从小刘额头上滚落下来。

"这事儿，不难办。我也是个讲理人，给你选。要么，我们告诉房东，他房子死过人，你看他还给不给你们代理他的房子——换句话说，你看他这房子还租得出去租不出去。要么，你看，我对象她俩就这么继续住着，你也别三天两头瞎寻思，人活着的时候好好活着，死了就像那屋的人一样，还不是给活人腾地方。兄弟，你说我说得有道理没有？"

钱大兵用手轻拍着小刘的肩膀，似乎在催促他赶紧回个话儿，拍的节奏越来越快了。

"嗯……我之前不了解情况……这样的话……那就这样吧……"小刘站了起来，回身挤出一个微笑给佩娟，"李老师，你说呢？"

佩娟头都没抬。

"李老师同意了，那我……我先走了吧！"

大兵哈哈大笑，一把揽过小刘的肩膀："爽快人！我最喜欢你这样的！来，那边那个兄弟的名片，给你一张，有事儿找我——我知道上哪找你，你也得知道上哪找我啊！"大兵把名片塞到小刘的西服兜里，用手拍了拍名片的位置，朝坐在门口的男人点了下头，男人站起来，故意"吱嘎"一声拉开椅子，把门推开了。

"李老师，以后有事，吱声啊！"

小刘冲出门，头也不回地跑了。

佩娟放下饭碗，面无表情地瞅着大兵，此时，小Q一个箭步冲上去照着大兵的脸狠狠亲了一口："老公，你真棒！"

大兵哈哈大笑，抱起小Q往饭桌上一放："那是！我的小宝贝，兄弟们还没吃饭呢，我出去招呼下，你们吃完碗放那，我回来刷！"

佩娟赶紧招呼众人："别出去了，在家吃吧！我再做点儿！"

"不了不了。"四个男人顿时解除了刚刚一团压抑的严肃，和颜悦色地笑了，"不打扰嫂子了，我们改天再来。"

不等佩娟说话，就尾随着大兵迈出大门。

小Q哼着歌，转着圈，返回到房间里，打开电脑，放了一首"叮叮当当"听不清唱什么的劲爆英文歌。

佩娟默默地收拾着碗筷，看了看房间里兴高采烈的小Q，她很想说些什么，又不知道该怎么说，不是关于小Q碗里的剩饭，也不是关于这次中介事件，似乎也不是因为大兵屡次提到的碧生。

她看了看窗外，刚才的大太阳，说没就没，飘起小雨来。

"刚还是大晴天呢。"佩娟叹了口气，端起小Q的剩饭，默默吃掉了。

安素一走进教室，教室一下子肃静了。第一排最靠左的专座上，那个打扮得非常日系的女孩终于不见了，想必是签证下来了，要么就是放弃了。就在她目光停留的片刻，活跃的"编剧男"大声嚷嚷："彼女は嫁ぎました（她结婚了）！"

"よ（哦）？"安素没有看他，轻轻地点了点头。大家都很喜欢这个日语老师，认真负责，逢问必答。但是只愿意回答有关日语方面的问题，其他一句废话都没有，来也匆匆去也匆匆，从来不参加日语班里组织的小聚会。学员普遍都觉得她有点冷，只有"编剧男"孜孜不倦地逗她说话，见缝插针地拿热脸不断往冷屁股上贴。

"老师，有没有人说过你长得像日本人？""编剧男"见安素"哦"了一声，企图多和她互动。

安素笑笑，摇摇头。

"老师，有没有人说你像美国人？"

大家的目光齐刷刷地射向声源——一个一身户外造型的中年男人。安素循声望去，只见男人坐在教室的最后端，挨着干净的玻璃墙，向后仰着，平头，嘴角带着浅浅的笑容，友善而落落大方地回应着安素一向淡淡的目光。说一个标致的东方人像高鼻深目的美国人,这是多奇怪的审美。大家带着戏谑的目光,把这男人上上下下打量了个遍,七嘴八舌地调侃起来。

"安老师怎么像美国人!明明是东方美女。"

"对啊!安老师是标准的东方姑娘。"

"哥们儿,这是我见过的最烂的搭讪啊!"

最后一句话一出,众人哄笑。

安素收回质疑的眼神,转身接着往黑板上写字:アメリカ人。

"アメリカ人(美国人)。"

安素一边念一边转过头,又重复了一遍,"アメリカ人,美国人。"忽然对上男人的目光,男人并没有跟着念,只是微笑着盯着她的眼睛,那目光纯粹深厚,明察秋毫,似乎能数得清楚她的每一根睫毛,他无声地念了一个词:びじんさん(美人)。

安素看出了他的口型,讶异了一秒钟,忍不住笑了。他的神态确实很有意思,明明戏谑轻佻,但目光却写满真诚,嘴角一丝不易察觉的诡谲。见安素笑靥如花,男人得意地抿嘴,瞬间低调了下去,开始跟着大家大声念"アメリカ人"。

"叮。"

短信进来。安素看了下手机:"安素,我在楼下等你下课,碧安。"

安素继续讲课,声音却逐渐上扬,不知道是因为碧安还是因为那句"美人"。安素向来不因为轻浮的赞美心动，眼前的老男人把她当成涉世未深的小女子，实在无趣。安素余光扫到下面时，打量了他几眼，短短的平头，墨绿色的防风衣，微微皱着的眉头反映出他学得很吃力。看年纪，四十出头，她从前并未见过他，他一定是今天新报到的学生，连桌面上的书都是崭新的。他听得很认真，时不时抬头认真地抄写黑板上的片假名。

两个小时过去了，铃声响起，大家互相行礼，道别。安素把有些毛边的日语教材塞进帆布包，打开杯子喝水。大大小小的学生，路过讲台，热情地和安素说再见，安素举着水杯，点头示意。不断地拿眼睛瞄手机。

安素放下杯子的时候，发现男人挡在了讲台前。

"同学，有问题吗？"安素轻轻地放下水杯，看着眼前一脸倦态的男人。

"安老师，都说日语入门简单，怎么这么难。"

"没事，你才来了几天。"安素看着一脸沮丧的他，心想你这才几天，门都还没看见呢。

"我下个月就要到日本出差了。"男人一摊手，抖落一身无力感。

安素拧紧杯子，抿着嘴，似乎也不知道该如何回答他的问题，只好回给他一个抱歉的微笑。

"安老师，你能做我的家庭教师吗？我高薪聘请你。"男人突然很认真地盯着安素的眼睛。

安素摇头："这里有规定，不能接私活。"

"哦……这样。"看着安素认真的眼神，男人宽厚地笑了，把手里的日语书合上，卷成一个偌大的卷儿，塞进兜里，大半截露在外面。

"安老师去过日本吗？"男人问。

作为一个日语老师，自己最不愿意的就是被问及有没有去过日本，自己讲了人家一口流利的本地话，然而却从未踏足过那片国土，想想还挺可笑的。

安素又摇摇头。

男人接着说："我叫吴辛，陪我女儿来的。我有个想法，我开车送你回家，咱们边走边说，你看好吗？"

"我约了人。"安素望了下窗外，这是二十五层的高楼，她知道她看不见楼下的碧安。

"那我们一起下楼吧，我长话短说。"

安素没说同意，也没说不同意，开始往外走，吴辛和她并肩走出教室。

"新来的老板就傍上了。"补习班前台姑娘的话不咸不淡飘过来，也不知安素听见了没有，安素轻盈地朝直梯走去，并不介意。

"老板口味变了,喜欢不化妆的。"吴辛绅士地冲她们挑了挑眉毛,跟上安素。

"何必呢。"安素侧脸看看他,一副无所谓有无所谓无的表情。吴辛手插在兜里,一派潇洒自由。

"安老师,既然你没去过日本,我带你去。"

"为什么带我?"安素淡淡回了吴辛,日本这个词是最能触动安素的一个词。她一直攒钱,想去看看日本的富士山、樱花,去买武内直子的漫画手稿。

吴辛似乎并没有在开玩笑,严肃认真:"我可以带你去日本。"他的语调很轻,但每一个字落到安素心里都重重地砸出一个坑。

安素望着电梯旁边的玻璃墙,九点,灯火通明的夜北京才刚刚开始一天的生活。偌大的电子屏,艳丽的三线明星扭动着丰满的腰肢,手里拿着一盒减肥茶。转瞬汇成一幅飘逸的水墨画,画家的名字,占了足足四分之一的画面,完美地破坏了美感。没等安素看清楚那行名字下面的小字,一瓶硕大的金龙鱼一比一占了满屏,然后是购物广场,狂欢的人群……

"安老师?"吴辛唤了她一声。

"我不伴游。"安素目光缥缈,声线平稳。"叮",电梯来了,安素刚想往里迈——满员了……甚至再也进不下一个清瘦寡淡的安素。

吴辛冲人满为患的电梯点点头,示意他们可以关门继续下行。满脸不耐烦的油腻胖子,似乎还没来得及看清楚吴辛的点头示意就"啪啪啪"地按了几下关门键。

"你误会我了。"吴辛扭头对安素说,"我是说,我走之前,你教我一个月,然后,作为条件,我带你去日本,承担你的一切差旅费用,包括签证我都可以帮你办,权当学费——到了日本,你想去哪,就去哪,我谈完生意,和我一起回来即可。"

安素似乎不太相信眼前的男人的话,天上掉下的馅饼,安素向来不接。她和碧生有个约定,攒够了钱,两个人一起去日本,凭她们的微薄工资,总是很难。钱总是被用掉,自己换房子,碧生生病,洗衣机坏掉了,朋友急用钱求帮忙……但是她们的梦想,似乎在眼前男人的眼里,是那么不足挂齿的小事一桩。那种风度和金钱带来的底气,冲击了安素,也微微烧灼了安素的自尊。

"安素——"安素闻声一动,见碧安满头大汗,笑呵呵地站在步行楼梯入口处,腰上系着初见时穿过的小黑皮衣。碧安似乎并没有看到安素身边的吴辛,径直地走了过来,双手扶住安素的肩膀,自然地卸掉她肩膀上的帆布包,背到自己后背上,冲着安素没心没肺地笑了起来。

"等你不来,我就爬楼了!"

安素耸肩笑了，宠溺地推了一下碧安的肩膀，把手中的水杯也递给碧安，向身边的吴辛介绍碧安："我朋友，碧安。碧安，这是吴辛，学员。"

"你好。"吴辛友好地伸出藏在衣兜里的手。

碧安没有接，大笑着说："你好啊！不好意思啊，我手上都是汗！"随即不好意思地往身上擦了擦，像个大男孩儿。

吴辛愣了一下，收回手："你是……女孩子？"

"对啊！"碧安大方地回答。

"我还以为是个小伙子。"吴辛笑了，伸手往上衣兜里摸了一下，递给安素一张名片。

"安老师，我今天是陪我女儿来的。明天就不来了，我说的事情，你考虑下。"

"嗯。"安素收起名片。

吴辛潇洒地挥一挥手，往教室的方向走去了。留下安素和碧安，碧安盯着安素手里的名片——

鑫盛国际远洋货运集团股份有限公司　吴辛

碧安问："没职位？"

安素没作答，看着吴辛的背影，吴辛并不算高，一米七五左右,却比一米八几的男人更有气势,虽然出口都是温柔语调,带着关怀和询问,多使用谦逊的疑问句式而不是祈使句,却带着压倒性的感叹号。安素明白这样的境遇对于很多女人都是一个机会,并且,可遇不可求。但可惜,她对他,一点兴趣都提不起来。

碧安:"安素,我不喜欢那个人。"

安素:"唔,我也是。"

年小舞把车停在路边,拨通安素的电话。

"If you want me, satisfy me..."

无论她身处热闹的商场,还是深夜一个人带着满车厢的酒气开着"二奶车"晃荡在午夜的大街,安素的手机彩铃总是让年小舞瞬间安静下来,Season 的演唱带着那种她不曾有过的深情,这种深情似乎让灵魂离开身体,盘旋在身体的上方,幽幽地注视着宿主。这总让年小舞想起那个褐色头发,棕色眸子的流浪歌手,她曾看过那个电影,那时她在香港,刚失恋,在夜场流连,她久坐于狂欢的人群之上,欲哭无泪。

爱情总因为懂得太多看得太透,才魅力尽失。

"小舞——"碧安的声音传过来,年小舞微微惊讶了一下,她惊讶的不是碧安,还有背景音里的流水和电视声。尽管她已经看出了安素的不一样,但她还是没有过问碧安的事,年小舞比一般女人更懂得尊重他人私生活。她甚至惊讶，佩娟和小Q竟然没有发现这件事。但此时此刻，她真的很想和安素说说话，因为年小舞发现碧生走后，她寂寞极了。而这三个人中，和"傻白甜"、"中国大妈"比，安素是个倾诉的不二选择。她心烦极了，但她知道此时安素不方便。

"哦，小碧啊，我没啥事儿，想问问安素最近有事儿没，没事儿改天去唱歌。"年小舞故作轻松。

"嗯，好。一会儿我叫她给你回电话。"

"不用了，你们……玩吧。"说完这句话，年小舞觉得浑身一阵酸麻，从脚底板，到头顶，"我说……你们继续……"年小舞狠拧了一下自己大腿，飞快地说："我喝多了，先挂了。"

年小舞果断地掐了电话，舒一口气，却忽然听见警笛的声音，扭头一看，骑着摩托车的交警和她并行，示意她靠边停车。年小舞的心"咕咚"一沉……

"停车。"交警大喊道。

交警隔着窗户不时地往里面看，车里的漂亮女人一副魂不守舍的样子，摇开的车窗里酒气冲天……他不停示意她赶紧靠边停车。

年小舞一边减速，一边看着交警，缓得不能再缓地往路边靠，迟早要停下的……可是停下了怎么办……自己虽然没喝醉但是喝了半瓶红酒，铁定通不过酒精测试的……扣分，扣车，扣驾照，重新学习……"哐当"一声，年小舞一下撞上了前边一辆奥迪Q5！没错，Q5，惊魂未定的年小舞一眼就认出了这款自己最喜欢的车。顿时灌满了铅的心全变轻了——被人摘走，喂狗了。

年小舞"哐"地推开车门，踩着高跟鞋直奔奥迪扑了过去——自己的右前车灯和奥迪的后车灯都撞碎了，一地橘红和银白的碎壳，不分彼此地躺在一起。她扶着保险杠感到一阵眩晕！一拖再拖迟迟不汇款的客户！突然蹦出来的交警！出现消失出现又消失无影无踪的X！

今天是耶稣受难日吗……啊……

"你这个同志怎么回事？你还穿高跟鞋开车?!"

年小舞头晕目眩，眼前一黑坐在地上……滴答滴答……血流了下来……她开始哭，她吓哭了，她怕血……当她断定是她自己流的血，她忽然感到交警不那么可怕了，她的第一个念头是——白血病！这是她的脑袋中闪过的第一个名词！

交警见惯了装可怜的美女，看她蹲在地上不动，不以为然，摘头盔夹胳膊下面就冲她跑了过来。现在的人真不得了，以为半夜一点就能随便闯红灯么？这年头长得好看的女人都懂得装可怜逃避惩罚——哭什么哭啊！不就是撞了奥迪吗？又不是劳斯莱斯！赔点钱就是，好歹开的是小汽车……我自己的车还是电动的呢……

年小舞哭得越来越响,北京入夜之后,比起白天的喧嚣,静谧得多,马路上年小舞的哭声就尤为犀利了,她本来音色就高,号哭起来简直是响彻云霄。

交警不敢靠前,她哭了足足五分钟,见哭声渐微,踟蹰上前:"同志!你闯……唉呀妈呀!"交警吓得往后退了一步——只见满脸是血的年小舞梗着脖子,正用支离破碎的目光无助地盯着他,年小舞直发,此刻已经乱作一团,被脸上的泪和鼻孔里源源不断的鲜血粘黏在下巴上——活见鬼!

毕竟交警也是见过世面的人,但是大半夜遇见个鬼哭狼嚎满脸是血的女人——他真的害怕了。交警不敢上前,目瞪口呆地站在原地,心忽悠悠悠直颤——今天是他第一天值夜班,因为是新调来这片的,刚一上任,就给安排了个大通勤。走,她违规了,摄像头拍着呢……不走,这是人是鬼啊?要是个鬼,小命都没了!这路上连个走道的都没有!想到这,他打了个激灵,往后退了几步,借着昏黄的路灯,想探个究竟。

年小舞见交警往后退了几步,继续抽泣,直勾勾地盯着他。

这回小交警彻底害怕了,跟跄着又往后退了几步。

"你……你是人是鬼……你……"

"咔嚓咔嚓"一连串的拍照声,年小舞和交警都愣了一下,循声望去——只见一个西装革履的男人拿着手机,至少连拍了十几张。

来了个活人，交警松口气，克制内心的惶恐，仔细打量拍照的男人，三十左右，超过一米八的个子，一身黑色的西装——手里的手机还开了闪光灯，这一下一下，应该是没少拍。交警渐渐找回了点精气神，郑重地说："别拍了，你干什么？"

男人放下手机，一歪头，努着嘴指了指年小舞，乐呵呵地说："拍警察打人啊！"

交警一下子怒了："谁打她了！她自己流血的！"

男人看了看年小舞，年小舞揉了揉眼睛，定睛一看，这男人不是别人——正是日思夜想却不给她打电话的X！牧歌！

年小舞搞不清楚情况大骂一声："混蛋！王八蛋！"

交警以为在骂自己，顿时怒火中烧，指着年小舞："你讹人是不是？告诉你，这里有监控录像！"

"交警同志，你新来的吧？这里的监控录像据我所知，坏了有一年多……"男人把手机塞进口袋，又忽然好像想起什么似的，又掏了出来，"对了，我今天还没发微博。"

"你……"交警仰头看了看摄像头，不知道是不是如男人所说坏了很久……万一坏了……这下可好，前面的女人不知为啥满脸是血，自己不明不白地站在面前，还有人拍了照要发微博……自己今天可是第一天上班啊！家里动了所有能动的关系，可算把自己从门头沟调到东城了，这叫什么事儿啊！

"警察同志，姑娘都这样了，这次就算了吧。"牧歌息事宁人地说。拿在手中的手机又滑进口袋里，蹲下靠近年小舞，拿出纸巾开始擦她脸上的泪痕和血迹，越擦越花——最后牧歌自顾自哈哈大笑起来。

"你不能扬扬头吗？"说着牧歌用手掌稍稍用力扳动了一下年小舞的额头，年小舞恶狠狠地瞪着他，但是并没有忤逆他，把头微微扬起，确实觉得舒服多了，这时牧歌又抬起她的两只胳膊，让她高高地举着。看着她滑稽的表情，涕泗横流的脸颊，这哪里是年小舞，年小丑还差不多。

"年小舞，你能更丑一点吗？"牧歌戏谑地说，一边用力擦她的鼻子。

"滚……"年小舞已经没有多余的力气了。

交警看着被撞坏的奥迪车灯，若有所思。

"交警同志，别担心，我们认识。"牧歌伸手掏了一个遥控器，"滴滴"奥迪车亮了起来，"她撞的也是我的车。"

交警最后的疑虑被打消后，一言不发地走向自己的摩托车，戴上头盔，"突突"开走了。

"舞小姐，走吧，送你去医院。"

牧歌边说，边双手从身后架着她两条胳膊，想帮她站起来。

"哎！我怎么办?!"一个尖锐的女声在二人身后响起来。

二人往后一看，一个衣着暴露的女孩儿，右手掐腰左手甩包，不满地朝牧歌直嚷嚷。大眼睛水灵灵的，没怎么化妆，清纯可人的模样和一对爆乳强烈的反差让人措手不及。女人的高跟鞋不矮，个子却不高，顶多一米六。

"我靠，你成年了吗？"年小舞嚷了一句，忽然发现姑娘并没理会她，吼的是牧歌，眼睛狠狠地剜着自己。

"医院我可不去，你决定吧。"姑娘唧唧歪歪，仿佛拿住了牧歌似的，似乎觉得他铁定是会选择和自己回去滚床单。

牧歌笑呵呵地看着她，丢给她自己的车钥匙："去玩吧！"

不料女人踩了一脚他的车钥匙："谁要开你的破车！"她朝地上啐了一口，一甩头，"叮叮当当"地走了。年小舞顿时觉得，和她清纯的脸颊相比，那硕大的胸部已不足以抵挡她彪悍的走姿。至于女人离去时嘴里的"贱货"，她也不想追究是不是自己了，她觉得好累，像是块软糖，整个人都快化在马路上了。

她稀里糊涂地上了牧歌的车，在舒缓的音乐中不断地睡，不断地醒，又睡。到医院，坐在椅子上，被抽血，坐在椅子上，被推进CT室，坐在椅子上……她的头昏昏沉沉的，不知是困了，还是怎么，怎么也精神不起来。不知过了多久，她被牧歌推醒。

"检查结果出来要两个小时,你想回去睡,还是在这等?"

年小舞迷迷糊糊地盯着牧歌的脸,忽然死死地抓住牧歌的胳膊,泪珠断了线似的滚落下来:"我要等!我要等结果!万一我得了白血病,我好早点知道!早早考虑后事,想想我妈怎么办!我要等……要等的……多晚都等……"她开始啜泣,眼泪和鼻涕不时地流进嘴巴,她还是不停地说。牧歌无奈,自己就是随口一问,年小舞这反应有点太过激了吧?他本能地伸出手,抚摸着年小舞的头发,丝丝的冰凉,似乎也使他感到此时年小舞的凉意。年小舞一把拉住牧歌停留在自己发丝上的右手,放到自己胸前。

"你知道吗?像我这样的女人,在北京漂着,没亲戚没背景,还是个二十出头的黄毛丫头,就天天上班挤两个多小时的地铁——不对——公交,地铁,再公交——三十岁了,我终于有了自己的房子和车,可是人……怎么……说没就没了呢!"年小舞呜咽着,断断续续,"我总觉得我长得漂亮,我就能当明星,后来才知道,跟人家睡了,人家也不一定捧你当明星!我就老老实实工作吧……工作怎么了?工作挣钱自己养自己,挺好的!我不靠姿色,一样能赚钱养活我自己。后来才发现,根本……根本他妈……不是这么回事儿……人家还是拿你当花瓶,你还是得靠你是个漂亮姑娘,要不那些臭男人就不签你单,不买你的账,不让摸,不唱歌就不给结账……你们这帮臭老爷们儿……你们……丧尽天良……"年小舞松开牧歌的手，攥拳头开始凿牧歌的胸口，敲得一阵"咚咚"闷响。牧歌不动弹，只是定定地看着她，眼前的年小舞好像已经吓傻了。她砸累了，一下子倒在自己身上，呼天抢地。

"碧生年纪轻轻的就走了……碧生，我是不是要去找碧生了……我还这么年轻……呜呜呜呜……我妈妈怎么办呢？……她也……也不容易……我死了，我妈怎么整呢……我还没结婚，我还没接她来北京呢……"虚弱的年小舞已经一口标准的东北家乡话了，她无力地贴着牧歌，似乎要不断地倾诉，不断地倾诉，怕自己说话的机会，越来越少了，因为，她就要死了。

"小舞，别说了，你不是白血病。"牧歌也不知道该怎么办，只能顺着安抚她，他发现她的眼睛已经肿得核桃一般大了，妆早就花得不像样子，但是他见过她素颜的样子，那个在风中长发凌乱，双手护胸，红着脸的姑娘。那个姑娘似乎和眼前的姑娘没什么分别。

"肯定是……我天天喝酒……才得白血病……"年小舞的泪，又大滴大滴地滚落下来。

年小舞断断续续地说一会儿，哭一会儿，边说边哭，最后终于睡着了。

医院里肃穆祥和，值班的护士在走廊里走来走去，不时地去对面的屋子查看睡着了的还吊水的病人，有快结束的，就在旁边耐心地等着，快打完了，就把病人叫醒，拔针。在北京，这里的人们，凌晨四五点钟，打着吊针，这里有全国最好的医疗资源，及时确诊及时治疗，这里的人们，对自己的珍视和对死亡的畏惧，也超越了任何一座城市。

清晨，年小舞醒来，阳光刺眼，她缓慢地睁开眼睛，她一眼发现盖在身上的是牧歌的黑色西装。她皱了一下眉头，疼痛欲裂的脑细胞一段一段地回放昨夜的事情，她木讷地看着眼前的西装，留下的字条，留下的西装……忽然一个邪恶念头在脑中瞬间产生，她一个激灵坐起来，破口而出："姓牧的！操你妹……"

"妹"字没出口，她发现一个拿着夹子的护士和牧歌就站在她旁边，错愕地看着她。

"妹……子我的检查结果怎么样了?"年小舞捋着口型对着护士捏了把汗。

护士撇撇嘴。

"火大，以后少喝酒，流鼻血要记得及时仰头止血，你昨天失血过多了都!"护士迅速地从夹子里抽出几张单子，"检查结果和开的药都给你先生了，你回去慢慢调养吧，多注意休息。"

"谢……谢……给你添麻烦了……"年小舞下意识地盯了一下牧歌的手，倒吸了一口冷气——一大包大大小小的药，除了西药，还有牛皮纸包，看样子是中西医结合。

上了车的年小舞，又开始昏昏欲睡，丝毫不顾及哈欠连连的牧歌，仿佛真如护士所说，他是她的先生似的，有送她回家的义务，她已经完完全全把自己撞了人家车的事实忘得干干净净毛不剩了。

上了三环，因为早，通畅得很。

牧歌扭头看着熟睡的年小舞，年小舞一脸疲惫，黑眼圈和倦态让她像极了一只大熊猫。她嘟着嘴，一副很不满意的样子，可能是睡姿的关系。年小舞比一般三十几岁的姑娘要显得年轻许多，他很怀疑常年酗酒的年小舞，怎么保养的自己，难道那些败家娘们天天研究的化妆品真的有用吗？年小舞口中的其他事情，他都不愿意去回忆了。那些商场上的蝇营狗苟已司空见惯，只是不知道每一个女公关，是否都像年小舞这样，鼻子出个血，就把后事都安排了，还想着自己的妈妈该怎么办。

"妈妈"这个词，离自己好像很近，又很遥远。

车飞驰在朝阳之中，牧歌不愿想，不愿回忆，只是想心无旁骛地往前看，但是他的目光，却时常被副驾上的年小舞牵引着。

这不好，他叹了一口气，把原本盖在年小舞身上的西装拎起来，扔到后排座上。

我一直找你，没想到以这种形式重逢了

佩娟是个时间观念很强的人，这是当了多年记者培养成的习惯，参会、采访，从来不迟到，每个月公司的三次不打卡和迟到机会，佩娟也几乎不用。二十多年出行的记录中，从来没有误车的记录，连冬天的早晨都没有因为赖床而晚于六点四十起床。这样变态地管控时间的女人，往往非常讨厌没有时间观念的人——她老公，肖顿。

佩娟早早就到了约好的地点，崇文门地铁D口的闸机处，等了有足足十五分钟，就在她一遍一遍的未接电话中，远远地看见老公肖顿大包小包从远处跑跑颠颠地移动过来。肖顿人还没到，佩娟就大声喊："行不行啊你！我等你快半小时了！"隔空打牛，把肖顿红白相间的脸蛋儿抽得啪啪直响，肖顿跑得更快了。眼前的媳妇应该是刚参会回来，米色的半长风衣，咖啡色的高筒靴，头发梳成光洁的麻花辫，白金的水晶耳环——这是佩娟出席重要场合的标配，也是佩娟最贵、最上档次的一身衣服。

肖顿赔着笑脸，乐呵呵地瞅着眼前小半月没见到的老婆，心里满满都是歉意，恨不能一路跪过去，抱住媳妇的大腿，被踢开，再过去，踢开，再过去……

"老婆，嘿嘿。"肖顿把手里的大包高高抬臂奉上，"老婆大人，这是我托同事从韩国带回来的时装和化妆品，请老婆大人笑纳。"

佩娟看着大大小小的包裹，惊讶了一下，犹犹豫豫地接过来："这么多?"

"是啊! 老婆喜欢，好不容易抓到个出国的……"肖顿得意地等着表扬。

"人家的行李箱都给你装东西了吧?"佩娟虽然高兴，还是拿着腔，让人听不出高兴不高兴。

肖顿早知道佩娟会是这个反应，明明喜欢，却还总绷着脸，好像不怎么满意似的。一把抢过紫红色的大包，扛在自己的肩膀上。空出一个手，拉着佩娟冰凉的小手："老婆，走，老公给你买房子去!"

不知是肖顿的声音有点大，还是"房子"这个词汇太敏感，引来周遭侧目。很多被小伙拉着的姑娘，投来钦羡的目光，佩娟瞪了他一眼，有点心虚地降低了语调："我都饿了，咱们先吃饭再看房吧。"

"好嘞！老婆喜欢吃牛排，走起吃牛排！"肖顿把佩娟的手装在自己衣兜里，朝地铁出口往外走。

拿了号，排了半小时的队，两人终于抢上了一个二人的位置，佩娟差点没和领班干一架，那领班稀里糊涂的，竟然让排他们后面的人先领位吃饭了。遇见这种事儿，佩娟眼里可从来容不下一点沙子，非让饭店经理给她道歉不可，搞得肖顿尴尬不已，争执了一顿之后，才疲惫地坐下来，一点吃饭的心情都没有了。

"佩娟儿，你为啥总争那些无关紧要的事儿？"肖顿叹了口气，只看菜单不看她。

佩娟感受到了肖顿的不愉快，也不多说什么，知道这事儿哄哄也就过去了。她心里还有别的事儿，不知道如何开口，她盘算来盘算去，总还是觉得难开口。她略带委屈地看着肖顿，抿着嘴，"哗啦啦"地翻菜单。不到半分钟，肖顿果然败下阵来，把菜单往佩娟的手上一扣，偷偷地掐了佩娟的手背一下，嘻嘻地笑着用息事宁人的口气说："好啦，别生气了。我这不是也希望你一天高高兴兴的么。"

佩娟勉强地挤出一个微笑："咳……怎么高兴啊，一天不是这事儿，就是那事儿，活得没尊严。"佩娟把菜单下面的手往回一抽，重重地叹了口气。

"你看你，又来了，怎么这事儿那事儿的，咱们不是挺好的吗？房子也要买了，我还带你来吃西餐……"肖顿最不喜欢佩娟总是把这句话挂在嘴边，他追佩娟的时候，佩娟大学刚毕业，人单纯得很，特别容易知足，特别喜欢笑，自从结了婚，上了班，便开始唉声叹气的，总是怨气十足。不过这比起她弟弟，比起她一家子的七大姑八大姨……

"我弟想借钱，买房。"佩娟脱口而出。

肖顿的心一下子揪了起来。他一见佩娟就觉得不对，果然又是她娘家那些乱七八糟的破事。肖顿比佩娟大六岁，比佩娟早来北京几年，聪明能干，攒了一点钱，他父母把天津市区的房子留给了这个老小儿，搬到乡下养鸡养鸭，安度晚年去了。按说肖顿的大哥、二哥都在乡下，一个姐姐远嫁青海，过得都不如肖顿，但是肖顿是老疙瘩，是老两口的心头宝贝儿，生他的时候，年纪也有些大了，对他更是疼爱有加，加上这个小四儿聪明伶俐，从小学习就好，虽然条件有限，老两口更是不遗余力地一直供着，好吃好喝不亏待地让他戴了一顶硕士帽。

肖顿的父亲生活殷实，原是本本分分的农民家庭，肖顿的母亲是个老知青，下嫁给他的时候，比肖顿的父亲大四岁，因为肖顿他爸，他妈和他姥姥家少挨了不少饿，所以二人恩爱得很，五十多年的婚姻，脸儿都没红过。儿女们家和万事兴，无风无浪，过得富足太平。这也造就了肖顿安于现状的性格，是佩娟接受不了的两个"缺点"之一,还有一个让佩娟更接受不了的,是肖顿对自己家庭的"疏离"。

说到疏离,倒也并非完全如此。只是佩娟的弟弟实在不怎么争气,从小就顽劣不成器,到了二十多岁,连个高中文凭都没混上,倒是长得英俊潇洒,架不住身后的无知少女一拨又一拨,最后玩出了事儿,女方怀着身孕,闹着要结婚,这才慌慌张张地要结婚。女方家里非要房子,其实小县城里的一套房子在北京人眼里,根本都不算个钱,无奈货真价实的农民家庭出不起这个钱,便唆使弟弟冲"混得好"的姐姐要一些,说是借钱,其实权当救济,也无还钱的可能。佩娟是个极孝顺、极重感情的人,每逢遇见父母为难地一皱眉,她一定会怀着"报恩"的大义,凛然地甩出自己的工资卡,解决家里的燃眉之急。然而,自己的私房钱在家中盖房、添置家电、亲戚应急等不断的"补贴"中消耗殆尽了,这次弟弟借钱买房子,佩娟明知肖顿厌烦极了自己家中的"诸事不顺",思来想去还是硬着头皮开了口。

她实在没有办法,当初家里供了她一个大学生,家徒四壁的父母已近倾家荡产搭上了血本,现在她在十里八村的乡亲眼里,也算是个"事业有成"的能人了,怎么能不出这个钱?不出,肯定要被左邻右舍戳脊梁骨。

"老公……我知道咱们现在也用钱,毕竟比弟弟那情况能稍好一些……"佩娟底气不足，瞬间气短，她不喜欢这样的自己，但是如今大局面前，只有唯唯诺诺了。

肖顿沉默良久："媳妇儿，你真想好了吗？"

"我已经答应弟弟……借他十五万。"

肖顿更沉默了，不言语。

佩娟缓缓地说："老公，现在家里条件不怎么好，弟媳妇儿肚子里的孩子也不能再拖了。我实在是没办法，这是我亲弟弟，不能眼看着不管吧？"

服务员端上来两份牛排，一份沙朗，一份菲力，肖顿拿叉子把自己的菲力牛排，叉到佩娟的盘子里："给你，我不爱吃这个。"

说完低着头，吃牛排旁边配的一小撮意大利面，表情难看，但还是吃下去了。

佩娟知道肖顿带她来这，纯为让她开心，他一点也不喜欢吃西餐，谈恋爱的时候，佩娟喜欢吃肯德基，他就买个盒饭悄悄拎进去，陪她一起吃。她现在还记得，肖顿在大口大口嚼盒饭的时候，周围异样的目光。她骂他土，他就憨憨地笑，不以为意。肖顿虽然不在农村生活，但对自己的农村身份有认同感，不像佩娟。

佩娟看他不说话，恼羞成怒，敲了一下盘子："你倒是说话呀！用你的时候，你怎么哑巴了？"

肖顿稀里呼噜把配菜和面条吃光，抹抹嘴，咳嗽了一声，不看佩娟，低低地说："佩娟儿，咱们结婚四年了都没领证，不就差这一套房子吗？这四年，我们一直在辛辛苦苦地赚钱，你想过为了什么吗？"

"让双方两家的生活更好——"佩娟迫不及待地回答。

肖顿苦笑："佩娟儿，那只是你的想法。我只想我们的小家庭能生活得好。你一直说，没有房子，我们没法生孩子。你看，我把天津的房子也卖了，凑凑这些年的积蓄，我们现在马上要有属于自己的房子了。佩娟，我不是反对你对你家人好，但是好要有个度……"

"对家人好，还需要有个度？"佩娟激动起来，把叉子往盘子里一扔，"你倒是说，怎么个度！"

盘子清脆的响声引起周围一阵侧目，西餐厅本来是安静的地方，二人的争吵声，本来就叨扰了周边亲昵的情侣、私语的生意人，这一声巨响，终于让周遭不满起来，拿眼神责备二人的粗鲁。

佩娟自觉失礼，马上一一回之以抱歉的目光。

"佩娟，每次你去逛街，都是给你爸爸、妈妈大包小包地买，你藏在柜子里，其实我不是不知道。我也不是心疼花钱，我只希望我的老婆对自己好一些，多给自己买点自己喜欢的东西，而不是脑子里都是你的爸爸、妈妈、弟弟、三姑四姨——你明白吗？过日子，是两人的日子。你这样袒着你的娘家人，我觉得有点过……"

佩娟想说话，被肖顿抬起的手掌压了回去。

"娟儿，我真的不是什么富二代，我也是普普通通的男人，我的家庭也是普普通通的家庭，我们没有办法三天两头无偿地资助、救济你爸爸、妈妈、弟弟，以及那些七大姑八大姨家里一天到晚没完没了的事儿……娟儿，我看着你很累，我很心疼，可我觉得犯不上。"

肖顿叹了口气，盯着佩娟的眼睛："那我呢？我算不算你的家人？还是，仅仅是你的提款机？"

肖顿站了起来，把一千元的现金放在桌上，用盘子压好。

"我不去看房了，你先自己去吧。"

肖顿没等佩娟说话，转身就走了。留下佩娟一个人，目瞪口呆。她没想到，平日把她当成宝贝捧在手里怕碰着，含在嘴里怕化了的肖顿，会对她说出这样的话来。其实她不是没有想过，聪明的肖顿会不会知道她总是偷偷给娘家花钱，自己的私房钱到底有没有被发现过，那些朋友送的单位发的好东西总是莫名其妙地就搬到爸爸、妈妈家或者弟弟的出租屋去了……

佩娟的眼睛红红的，眼泪没有掉下来，她不容许自己随随便便哭，她已经学会了如何控制自己的眼泪。她一块一块地割自己五分熟的牛排，电话响了："喂，你好？"

"李姐，我是中介的小张，你今天还来看房吗？业主半小时后到。"

"嗯，稍等。这边有点事儿，估计也要一小时吧。"

"那好，您尽快吧，不好让业主等太久。"

"好。"

佩娟挂了电话，埋单，还是准备去看那套二手房。作为记者的佩娟内部消息是很灵通的，有上面的消息说二套房即将要加收房产税，具体数额不知道多少，但是自己年纪在这，岁月催，父母催，公婆催，要生孩子，这房子必须落消停了，这是自己当初对着毕业证发下的毒誓：决不让孩子生在北京的出租屋里。可能是这誓发得有点狠，而肖顿并没有房子。但她心里明白，这男人是肯定买得起房子的，结婚前，佩娟已把肖顿的上上下下，祖祖辈辈翻了个遍，家谱到家产，弄了个通透。她忽然想起闺密曾经问她的一句话，问她为什么嫁给肖顿，她回答："像我这样长得一般，又没什么才华的穷女孩，还能怎样呢？"

佩娟八岁才上学，复读一年，一九九八年大学毕业已经二十四岁，是村里的大龄青年了。肖顿是拐弯抹角的亲戚介绍的，佩娟觉得肖顿老实巴交，又疼自己，就先结了婚。工作了之后，才发现世界很精彩，工作一下子把她黑白的生活涂得五颜六色，但现实也在不断地泼冷水，她渐渐清晰地认识到，自己并不是想象中那样才华横溢，而是一个资质平凡的姑娘。她像牛一样"吭哧吭哧"犁地，却经常被池塘里天生会游泳的天鹅取笑，她韧性地默默地耕耘。她懂，自己要加倍努力。

她神游着，泪痕渐干，不知不觉到了看房小区。

小张热情过度地迎了上来，佩娟对中介天然反感，一副僵硬、面瘫的样子，木然地听着一些通俗毫无美感的词汇从小张的口中天花乱坠地蹦出来，带着腹腔陈腐的韭菜面条味。

门一开，佩娟刚迈进一只脚，迎面沙发上坐着的房主先生缓缓地从沙发上站起来。佩娟觉得这个矮个子的谢顶男人似曾相识……

"李老师吗？章柏松！"男人先认出了她，边说边伸出右手。

但佩娟说什么也想不起来眼前这北京土著是谁，脑子现在乱糟糟的，像一团打结的毛线球。

男人似乎一点都不尴尬，笑呵呵地看着她："哈哈，贵人多忘事。李老师，恒泽能源，章柏松。"

佩娟一拍脑袋，恍然大悟。她赶紧一咧嘴，硬是拉开一个亲切而又抱歉的羞涩笑容来。

"章主任，对不起，对不起……你看我……"

"哈哈哈哈，没事儿，没事儿，正常，李老师每天见人太多，不记得也正常。"章柏松驾轻就熟地给佩娟开脱，边说边把她往屋里让。

中介小张赔着笑，尴尬和惊讶全写在脸上，比佩娟的表情还纠结。不难看出，这样的熟客，一看就是老相识了，把他踢了简直是轻松加愉快的事儿。

"小张，你看，这是李老师，大记者。她以前采访过我。"章柏松客客气气不无惊喜地给小张介绍佩娟，"你看，真是缘分，缘分——李老师，要买房子吗？我听小张说，是一对夫妻，怎么就你一个人？"

听到"缘分"，佩娟还能跟着笑，听到"夫妻"两个字，按捺不住，笑容抹了个干干净净。佩娟熟络地拉着章柏松坐下，客套了几句，旁边的小张已经把尴尬完完全全地搬到了脸上，想微笑，硬是扯着嘴角，一副哭笑不得的表情。

章柏松识趣地站起来，冲佩娟说："你先看看我这房子——这是我父母的一套房，常年不住，也荒废着好些年了，我要把小儿子送出国念小学，想着把这房子卖了，权当教育经费。"

佩娟心不在焉地环视了一下二十平方米左右的卧室，落了灰尘的家具、四角床都是老式的，但都是实木，价格不菲。

"我爸就在这走的，但是人老了，走了，也没什么不吉利的。你介意吗？"章柏松如实相告，小张擦了一把汗。章柏松瞅着小张笑了，"小张，你放心，李老师要是买了我的房子，中介费我一分不少你。"

小张乐了:"哎呀!您看您想到哪里去了,我压根没这么想过——"

"既然小张都这么说了,那我可真不给了!"佩娟似乎恢复了点精神,开始逗起小张来。都怪这些中介!

"哈哈!姐你真会开玩笑……再说我们这代理的房屋看房都要签字的,合同是有法律效……"

佩娟一扭身,像是没听见小张的话似的,直直地奔卫生间去了,小张讨了个白眼,无趣地闭嘴。

佩娟象征性地看了一圈,什么也没看进去。满脑子搜集着曾经采访章柏松的事儿,那是她刚入行的时候,那时候社里的老记者忙不开,让她一个人带着老记者拟好的提纲去采访恒泽能源的办公室主任章柏松,具体的问题和过程她都不记得了,只记得他是儒雅的男人,其貌不扬,但字字珠玑,而且没有一点官架子,和蔼得很。她印象很深的是,他办公室里好几柜的书,都不是样子货,每一本都用心地看过,不整齐地插着小书签,书签上还有密密麻麻的小字……

"李老师,房子怎么样?"章柏松出现在身后,从镜子里佩娟看着章柏松正非常慈祥地看着她,像老父亲看着女儿那样,有种说不出的亲切。

"嗯,挺好的。"佩娟敷衍着说,心里盘算着它的价格。

"你先看好，如果李老师想买的话，我在价格上可以从优。"

佩娟被看得有点不好意思："章主任，这样多过意不去，我先回去，跟我老公商量一下。"

"噢噢，对，好好和老公商量一下，买房子是大事儿，现在年轻人苦，买套房子不容易，不像我们那时候，单位分房。"

"章主任，谢谢您理解。"

佩娟看了下手机："章主任，您电话没变吧？"章柏松掏出张名片放到佩娟手里。

门外沙发上坐着的小张，已经完全不理会二人，连看都懒得看了。佩娟问了些常规的问题后，又简单地问了下价格，觉得没什么需要了解的之后，对章柏松说："章主任，那我先走了，回头我考虑一下，再让小张联系您吧。"

小张嘴角抽动了一下，心想，你们都是"大人物"，还跟我联系个屁。

章柏松客气地把他们送到楼下，看着他们消失在小区门口，才转身上了楼。

坐在公交车上，佩娟心无旁骛，满脑子都是肖顿晚餐时候的话。她摸了摸自己的眼角：干干的。她又揉了揉自己的胸口：似乎也没什么特别的感觉。结婚三年多，她第一次怀疑起自己对老公，到底有没有爱，有的话，多少……城乡结合部的公交车，总是颠簸，一颗心被颠得酥酥麻麻的，渐渐没了知觉，任凭身体一上一下，有节奏地摆动。

"喂？安素吗？"

"嗯，是我，怎么了，娟儿？"

"我最近有点缺钱。"佩娟咬着下嘴唇。

"多少？"

"嗯……"佩娟顿了顿，"五万吧……"

"我说，你卡号多少？"

佩娟愣了一下，有些踟蹰："回头……我短信你？"

"好。在上课。"

"嗯，谢谢你，安素。"

"嗯，挂了。"安素挂了电话。

佩娟似乎觉得屁股有点麻，挺好，总算有点感觉了。

忽然一条短信进来，是章柏松：

  孩子，感觉今天你的心情不太好。年轻人不要被眼前的挫折吓倒，人生就是如此，有起有落。房子我也不着急卖。有时间来我办公室坐坐。

一种温暖油然而生。她翻着肖顿的短信，都没有新留言。又打开QQ，还是没有，佩娟眼眶终于湿了。她盯着玻璃上憔悴的面孔，对自己说："娟儿，你要靠自己。"

她轻轻地把手放在玻璃上，那张支离破碎的脸庞上满脸的泪，她想擦去玻璃上那个姑娘滚落的泪珠，却怎么也擦不干净。

"还没到家吗？"章柏松又来了一条信息。

佩娟："还没，章主任。"

章柏松："之后我去你们报社开会，发现你不在了，原来跑去结婚了啊！"

佩娟："哦，那次采访结束我就换了工作——我一毕业就结婚了。"

章柏松："早了。幸福吗？"

佩娟："还好。一言难尽吧。"

章柏松："我一直找你，没想到以这种形式重逢了。"

佩娟讶异地拿着手机，盯着屏幕上的一行字，揣测它的内涵。

章柏松："有困难尽管和我开口，希望这一次不要和你失去联系。"

佩娟笑了，一股莫名其妙的欢喜从心底悄悄生长。

手机响了，佩娟心"怦怦"跳，以为是章柏松，定睛一看原来是肖顿。她任由电话孤零零地响了三声，挂断了电话，又不死心地按了关机键。忽然想到，这样就可能看不到章柏松的短信，又开了手机。

她忽然涨红了脸,不明白自己的心思了。一个从前的采访对象,邂逅于一场普普通通的会议中,原本没有任何念头的自己,只因为对方一句话就感到莫名的欢欣和喜悦。可能是佩娟太久太久没有得到过这种没有要求和条件的"欣赏",也从来没有享受过大人物来自私人的关心,总之,有些理由让佩娟的心怦然起来。章柏松是项目部主任,职位不高权力却很大,坐上这个位置的男人,谨言慎行,不会随随便便关心起一个人。佩娟隐隐感到章柏松的话,并不是客套的溢美之词。

这么优秀的男人——难道对我有意思?

佩娟笑了,看了几遍短信后,关掉了手机。她不需要再看手机了,她已经摸透了它们真正想表达的东西。

要真的是,那还真是第一个。

你说你想我，你快说你想我！

短短一个月，春天还没来，夏天就来了，突然间就热得不行。安素写不出《佩佩和小黑的死亡火车》的结局，并不妨碍四个人约定俗成的聚会。四人聊天的内容已不再局限于碧生的童话，渐渐延展到各自的工作和生活。星期六的午后，四个人或是散漫地坐在芭比Q的咖啡书店里，或是后海碧安的小酒吧中。星期六，成了四个人不可或缺的新北京生活。小Q美工笔在纸上发出的沙沙声让人心神宁静，年小舞和佩娟有一搭没一搭地"闲篇儿"，工作，裙子，大多是长得好看又有钱的男人。关于着装，佩娟似乎总和年小舞差一个季节——时装周。安素总静静地瞄着什么，看着看着眼珠就不动了，发呆。大家初以为安素是最不常来的，但，她从未爽约。

佩娟出于职业习惯，电脑不离身，无论何时都挂着微博、QQ，是最不容易失去联系的一个，无论谁有事情，第一个能找到的总是佩娟，所以她俨然成了周六聚会里的"常用联系人"。而总神游在另一个世界的安素瞧不爽的,就是浑身不着调的小Q,每次聚会,小Q总是黏在小舞和佩娟身边,尽量少靠近安素,避免"点炮"。

今天异常热,热得常年精力旺盛的年小舞都开始瞌睡,她托着下巴,直发垂落,扫得佩娟胳膊直痒痒,佩娟刚想把年小舞的头推走,不料年小舞干脆放弃"托举",直接枕到佩娟肉肉的手臂上,当成枕头黏着死不动地儿。佩娟气得吹胡瞪眼,可惜迷糊的年小舞完全沉浸在日光下空调的冷气之中,舒舒服服地打起鼾。

佩娟点了一杯免费续杯的咖啡,喝多了——人世间最痛苦的莫过于,你身处百无聊赖的午后慵懒的阳光之中,却毫无睡意!只能刷微博刷空间,同时还忍受着一条酸麻的右手臂——并且,只能用你的左手点鼠标!

忽然佩娟一个激灵坐了起来,瞬间抽回右臂。毫无防备的年小舞"嘭"地一声磕到了桌子上。

"啊——"年小舞捂着脑袋,从迷离到恼怒,哭腔骤起,"陛下!疼啊!"

佩娟完全没有理会雷声大作的年小舞,"啪啪啪"地狂点鼠标。

年小舞嘴噘得老高,对面小Q从散乱的颜料和废纸堆中抬起头,"咯咯"直笑,被年小舞狠狠瞪了一眼,马上低头假装认真画画,憋得满脸通红。小舞对面熟睡多时的安素蒙眬地醒来,惺忪地看着俩人,完全茫然了。

小舞忽然发现佩娟的表情极严肃,原本细长的眼,像是塞进了弹珠,撑得浑圆。年小舞不满地把脸凑过来,想看佩娟到底看到了啥新闻这么惊悚,嘴巴还嘟囔着:"你激动个毛线!"

忽然年小舞"腾"地坐直:"我靠,艳照……"

佩娟发狠的眼神像是一张大手,"啪"一下堵住年小舞的嘴,年小舞识趣地捂上自己嘴巴,心里嘀咕:这哥们尺度大啊!脑海中忽然闪过牧歌的裸体……她好像还没拍过他,但这货不会拍她……再看了眼屏幕,这角儿脑残,发上QQ空间——

"你这么激动……莫非……你老公?"年小舞脱口而出,瞬间石化。

"呸!"佩娟发狠,眉头像要拧出水,"你老公!"

"对,你们还没领证儿呢。"年小舞不屑。

这时小Q蹦蹦跶跶地跑过来,想凑热闹,不料佩娟"啪"一声把笔记本合得严严实实,用不耐烦的目光盯了她一眼:"小孩子看什么看?!画你画去!"

小Q不乐意了:"凭啥不让人家看!"

"少儿不宜!你快起来!"年小舞一心想往下看,小Q一来扫了佩娟的兴,害自己也看不成了,便忙不迭跟着驱赶小Q。

"人家都二十一岁了还少儿?"

这声抱怨引得周围一片讶异的目光：小姑娘，你明明是个初中生好么？

小Q还以为是自己声音太大了，满脸通红地蹭回到自己的座位上，赌气似的朝二人努努嘴，表情不屑，不过她也不敢忤逆年小舞，只好继续画画，发狠地按着纸，温柔的笔触变得极其不友好。年小舞推推佩娟的胳膊，沙哑着问："谁呀？"

佩娟轻轻地打开电脑，露出为难的表情，瞅了瞅小Q，又瞅了瞅电脑屏幕。

"这不钱大兵么？"轻描淡写地来一句。安素不知何时站到两人身后的。她丝毫不理会二人的错愕："小Q这种没长开的，根本满足不了他的兽欲。"

"安素！"佩娟提高了分贝。年小舞闻听，手指不听使唤，飞快地点着"下一页"，这"小小妖姬"真没少发啊……年小舞看了下页面，总共一百六十多页，照这么翻下去，翻到手酸还得半小时。

小Q听到大兵的名字，狐疑地站起来，佩娟赶紧又合上电脑。小Q站到了三人面前："安素姐姐，你说大兵？"又把目光转向小舞，小舞避开所有人的目光，假装自己不存在。

安素面无表情，冲佩娟说："让她看。"语气不容拒绝。

佩娟神情犹豫不决，但双手死死地扣着电脑，似乎在用身体掩护着一个定时炸弹。她知道这个炸弹迟早要爆炸，只不过她不想亲自引爆它,血光之灾实在残忍……

"佩娟,让她看。"安素重复了一遍,小Q已经完全慌了神儿,紧张地看着佩娟和年小舞。

佩娟沉思了片刻,四个人都盯着桌上被佩娟搂得严严实实的笔记本。

小Q下了决心似的伸手搬佩娟的笔记本,看似死死护着笔记本的手并没有多大力气,任凭小Q轻而易举地拿开了。小Q坐在刚才安素的位置上,轻轻地打开电脑,三个人一直盯着她的表情,一动不动,鼠标点到了第三下,泪便从小Q的脸上滑落下来。大幅的床照,大兵裸着上半身,怀里抱着一个浓妆、翻翘着睫毛嘟着嘴的姑娘,这个姑娘只穿了一件薄如蚕翼的内衣,若隐若现的乳沟,软绵硕大的乳房撞得小Q的头"嗡嗡"直响……女人的裸背,大兵的覆盖在上面的手……手上戴着的还是和她一起买的桃花心木指环……

小Q毫无悬念地开始哇哇大哭,佩娟赶紧坐过去把小Q揽进怀里,"啪"地合上笔记本。年小舞忽然反应过来知道自己该怎么做了似的,破口骂起娘来:"他妈的!看我不废了他丫的!"

"人渣,渣啊,我们瞎了眼啊……"佩娟一时不知道该说什么好。

"……"

听年小舞滔滔不绝脏话不重样地骂了将近十五分钟后，安素才叹了口气，在年小舞旁边坐了下来。

这时，年小舞的手机响了起来，年小舞一看，手机显示的是北京号码，气不打一处来："谁呀？"

"呦喂，哪来的火神娘娘啊！"牧歌的声音像灭火器一样，不但熄了年小舞的火，还一下子把她给凿晕了，年小舞眼冒金星，拼命佯装不快活："烧了你这阎王的大殿！"

"是吗？泄泄火？"牧歌颇不以为意。

"老娘今天没空陪你滚床单。"

良久，电话那边没声音，心慌慌的年小舞也不挂，就这么举着电话。

"怎么，今天不顺心么？"

年小舞重重地叹了口气，看着面前哭惨了的小Q，心情复杂。确实，牧歌每次见她，不是酒店，就是她家，虽然他们干柴烈火很是和谐，但她并不满足于这种关系，牧歌条件好是显而易见的，单做床伴，实在可惜。但牧歌除了带她吃饭，甚至都不送她一件礼物，现在算什么？情人？姘头？炮友？……年小舞唯一能确定的是：她想接到他的电话，听到他的声音，让他抚摸自己的身体，并且不再愿意接受其他男人的调情了——这是一件值得思考的事。似乎，自从遇见牧歌之后，她除了陪客户，酒吧都不怎么去了——怕撞见牧歌。

"你什么事儿?"年小舞低落地说,直勾勾看着小Q面前的笔记本,脑海中一张张地都是牧歌和其他女人的床照……是啊,牧歌就是一个那样的公子哥啊,到处找乐子,不断地找寻快乐的浪子——当然,自己也好不到哪里去。

If you want me, satisfy me.

"没事儿,就是想你了。"那边吼了过来,短暂的沉默之后,"再见。"

牧歌挂了电话,留年小舞独自发愣。

"恋爱了?"安素扭头。

年小舞知道,牧歌那一嗓子不止穿透了她的耳朵。

"不知道。"年小舞叹气。

"俩傻子——你比她还强点。"安素朝小Q一撇嘴。

"你不懂,这可是条大鱼,我要抓住他。"年小舞眉飞色舞,恢复元气。

安素站起来转了一圈,约莫五六分钟的样子,不知道从哪儿弄的一盒用了一半的纸巾,丢到小Q面前。

"大小姐,别哭了。"

小Q被"突然袭击"的纸巾盒吓了一跳,忌惮地瞅着安素,哆嗦着一张一张地抽纸巾。

"安素,你温柔点行么?"佩娟不满安素的行为,皱起了眉头。

"哦。"安素耸了耸肩膀,一副无所谓的样子。

"我今晚出差去趟湖南,小舞,你晚上来我家住吧,陪小Q。"佩娟抱着小Q,冲着低头看短信的小舞说,年小舞似乎并没有听到佩娟的话。

"我去吧。我辞职了,闲得很。"安素拿眼睛瞟了下年小舞,"哪天钱大兵来了再让她去,直接打残。"

佩娟惊讶,瞅瞅拿不起来的小Q,似乎也没别的办法。

"我大概去一周,食材我都准备好放冰箱了,够两个礼拜,冷藏格里有蛋糕和蔬菜,冷冻第一层有速冻水饺,红袋是猪肉芹菜,蓝……"

"知道了,妈。"安素摆摆手。

"你会做饭吗?"

"煮面吧——饿不死。"安素一摊手。

年小舞收了条短信,回过神来,准备再骂十块钱的时候,发现小Q不见了,剩下两个都饶有兴致地瞅着她,不禁羞红了脸。

"我……"

"去吧,真的喜欢,要抓住,小舞,姐挺你。"佩娟握了握年小舞的手,加重了"姐"的语气。安素笑眯眯地也点点头,似乎面前的年小舞是个情窦初开的十五岁少女,而她们是她的大姐姐，正安抚着她的羞涩。年小舞才忽然发现，年纪这个东西在闺密面前真是一无是处。

老规矩，年小舞结了账，走了。安素从厕所里拉出半死不活的小Q，一起去车站送佩娟。佩娟背了个双肩包，提了电脑，行李极其简单，单反也没见带，穿的也不是运动鞋，而是一双四公分左右的方高跟凉鞋。小Q一直哭哭啼啼，好像佩娟再也不回来的样子，惹得安素忍不住又呵斥她几句，小Q才由抽泣转为呜咽，最后终于憋住不抽了。

年小舞按照牧歌的短信，驱车导航，上高速，下高速，上环路，下环路，天色阴沉，竟淅淅沥沥地下起雨……曲曲折折近一个半小时，眼瞅要开出沙河了，导航终于把她扔在了一个别墅区门口。保安把她拦了下来，一看她的车牌号，便挥挥手示意她不用下车，把保险杠打开让她通过。

她看见牧歌一身运动服，撑一把深蓝格子伞，正站在五十米开外那处丁字路口等她。雨中的牧歌，像是一撇擦在墨绿画中的蓝油彩，跃跃欲试，呼之欲出，生机盎然。她心扑通扑通地跳个不停，手心直冒汗，握不紧方向盘，像是有一股气顶着她似的，迫使她一脚油门直直地朝牧歌冲过去，放肆地大声笑："哈哈！谁躲谁孙子！"

狂飙的小Mini朝着自己直冲过来，牧歌似乎并不惊慌，悠闲地转了两下蓝格伞，身子晃都没有晃一下。雨中，年小舞惊艳野性的脸蛋像镜头一样迫近，越来越清晰，伴随着响亮的鸣笛声。

年小舞挺直上半身，右脚轻柔而精准地搭在刹车上，目光紧紧地盯着牧歌淡定的脸，那微笑，自信、戏谑、方寸不乱，这表情让年小舞每每抓狂——那不容置疑的自信彰示的是一头永不被驯服的野兽的轻狂不羁。意味着，这困兽随心喜怒，不受束缚，也不听从她的召唤，拥有绝对的自由。这是一场输赢和规则她都说了不算的游戏。

"不信姑奶奶收不了你！"年小舞发狠地说。

"吱嘎！"一个急刹车，停在牧歌腿弯不到十厘米的位置。牧歌惊得往后退了一步，伞朝后一扔，扭头就走。年小舞心一沉：完了，玩过了。赶紧打开车门，想追过去，不料高跟鞋刚落地，牧歌突然转过身三步并两步冲过来，一下子把她扑倒在座位上，按着她的肩膀，凶神恶煞："小贱货，你他妈还穿高跟鞋踩刹车！想撞死我！"

"放开！好疼！"年小舞咯咯地笑着，乱踢乱打。

"放开？你想撞死我，还想跑？"

牧歌娴熟地用手把车座一扳，年小舞瞬间向后仰了下去，牧歌右手拉上门，一下骑到年小舞身上："这么恨我？"

"嗯，"年小舞单手勾住牧歌的脖子，"把你撞瘸，看你往哪儿跑！"

牧歌不均匀的呼吸急促起来，他已经不在乎答案了，动手开始扒年小舞的上衣，扯了半天发现连衣裙上面没扣子，无从下手，便改变路线径直从下面着手，一把掀起年小舞的裙子，直开到腰际。牧歌目光如炬，舔了一下嘴唇，迫不及待地贴上年小舞的酥胸……

娇喘的年小舞忽然像被雷击了一样，右手猛地一抵牧歌胸口："你找我来，什么事儿？"

二人都已亢奋得满脸通红，气喘如牛，牧歌哪管年小舞抵抗，上去用力扯开年小舞抵挡的右臂，见挪不动，便把吻雨点般地落到年小舞的手臂上，用力咬了一口："小狐狸精……"

牧歌右手直接放到年小舞的后背，越过她的头一把拽下裙子，年小舞整个人暴露在牧歌的眼前，牧歌喘着粗气，见年小舞力气大得出奇不让近身，便敷衍："你说我什么事儿？"他充满欲望地、狼一样舔舐身下的小白兔，然而小白兔却并不惊慌失措。

年小舞忽然起来："说，你想我。"

"想。"牧歌耳鬓厮磨，"别说你不想……"

年小舞一口气没接上，差点背过去。她不知哪里来的力气，一撑胳膊坐了起来——意乱情迷的牧歌毫无准备，只听"嘭"地一声,两人的脑门狠狠磕在一起!

"哎哟!"

"啊!"

牧歌脑门生疼,这当头一棒他始料未及,全然不顾还没缓过劲儿的下身,捂头大叫。年小舞的头确实很硬,一般人比不了,其实她也疼得够呛,但是她心里掂量的不是脑门疼这点小事儿。

"你这是干啥?怎么了啊这是?!"

牧歌被年小舞莫名其妙的任性举动搞得一头雾水,开车差点撞到他,调情调到一半,一个铁头功把他撞得差点昏过去,这下好了——他看了看小弟弟——熄火了。

"说,你想我。"年小舞已经坐直了,抓起裙子,捂住胸口。

牧歌愣了一下,一把抢过裙子,往身后一扔,大吼:"是,想你!你这不是来了吗?"只穿了一件内衣的年小舞,粉红的蕾丝内衣罩不住呼之欲出的酥胸。

牧歌定睛看了看,幽幽地来一句:"是不是又大了?"

"啪",年小舞一个嘴巴抽了过来,抽完,双方都愣了。牧歌下意识摸了摸脸,直勾勾地看着年小舞。

"你打我?"牧歌不敢相信。他看着年小舞倔强的眼神,回过神来。"你抽我?"他瞬间抬起手,年小舞闭上眼睛,梗着脖子把脸送了过去。过了不知多久,牧歌从她身上跳了下去,"嘭"地一声重重甩上车门,走了。她睁开眼睛,只见牧歌不顾车外瓢泼的大雨,伞也不撑,倔着劲儿大步踏进雨里。没多大的工夫,透湿的牧歌便消失在雨雾之中。

年小舞呆呆地看着牧歌的去向,牧歌留在地上的雨伞,被风刮来刮去,在地上乱窜,她拧了钥匙,按开车窗冲着牧歌离去的那片混沌大喊:"姓牧的!你就是个王八蛋!"一阵冷风吹进来,年小舞打了个激灵,风夹带着雨水打到她脸上,她一边抹脸一边哆哆嗦嗦地摸索着想关窗。

车窗还没完全关上,只听窗外传来牧歌的声音:"你说得没错!我就是个混蛋!"

年小舞气不打一处来,狠狠地捶着方向盘,猛砸鸣笛键。

"滴,滴,滴,滴,滴……"

数声过后,终于停了下来——她累了。

她一头栽到方向盘上,没眼泪,没情绪,筋疲力尽。她忽然很想给妈妈打个电话,颤抖的手怎么也拿不稳手机……终于放弃了。年纪一把,连个男人都搞不定,有何颜面向母亲哭天抹泪。

这样的男人,不要也罢,不就一个富二代吗?姑奶奶还不稀罕了。

回家!年小舞忽然感到一丝凉意,心头一紧,低头慌忙寻找起衣服,左瞅瞅,右瞅瞅,翻了个遍,都没有。

裙子呢？年小舞嘀咕着，不会是掉到车外了吧？她深吸了口气，打开车门——雨横风狂——裙子却杳无踪迹。一个不祥的念头劈开了年小舞，她冲着他消失的雨幕大吼："牧歌你个人渣！混蛋王八蛋！日你十八代祖宗！"

安素煮好的青菜挂面，凉了热，热了凉，她在客厅里看电视，无聊地换着台。安素是脸盲，不知道谁是谁，只认识范冰冰。百无聊赖，饥肠辘辘，但是怎么叫，小Q就是不出来吃饭。俄而传出打电话的声音，时而尖叫，时而哭诉。小孩子过家家般的词汇不时地蹦进安素耳朵。任何争吵的情侣都是一样的，安素并不忧心。小Q近乎歇斯底里的叫唤倒还好，只是房间里过了一会儿要是没了声音，安素还是忍不住要趴到门边听，没有声响，就喊一声："吃饭了。"里边回答："没胃口。"她才稍微安心地退回到桌子边去了。

就这样吵吵嚷嚷，断断续续了一夜。凌晨两点，趴在桌上睡着的安素，忽然被碗筷窸窣的响动惊醒，她惺忪地揉揉眼，发现小Q红肿着一对核桃眼，正小心翼翼地端着面条吸溜，发现安素醒了，尴尬地停下来，一根面条一头咬在嘴里，另一头还在汤里泡着。

"呦，饿了？"安素不阴不阳。

"唔。"小Q端着面条，转身往屋里躲，转头偷偷瞄了一眼安素，欲言又止的样子，进屋了，但没关门。

安素想了想，端着锅跟了进去。

小Q的房间乱极了，到处堆着衣服、画板、画笔、颜料……安素忽然无从下脚，猛地捕捉到桌面上一张橡木相框——小Q和碧生的合影。安素从没有忘记，小Q也是碧生的朋友这个事实，相框周围，是用橡皮泥捏成的五彩的一朵朵的小花，一看就是极其用心的作品，一层一层、小心翼翼地粘上去的。碧生笑呵呵地看着她，安素的心波澜涌动起来，赶紧把目光移到锅里的面条上。

"再来点吧。"

"不要了。"小Q嗫嚅。

"是不是不好吃？"安素用筷子搅了搅面条，终于找了一块没有杂物的地儿坐了下来。

"嗯，不好吃。"小Q如实说，声音小得不能再小。

安素抬眼看着面前的小Q，没想到她在这种时候，这种情况下，还能分辨出食物的味道来，还赤裸裸地告诉她难吃。

安素忽然觉得有些饿了，便拿过小Q的筷子，吃锅里的面条。

"那个……安素姐……再给我盛一碗……"小Q畏畏缩缩地把饭碗伸过来，楚楚可怜。

"我还以为你不吃了。"安素瞥了她一眼，接过碗，挑起筷子往她碗里拨面。

"确实难吃，但我妈说了，不做饿死鬼。"小Q声音稍微大了一些。

安素扯了一下嘴角，鼻孔出气。

小Q不好意思地接过饭碗，似乎难以下咽，一根一根地吃着。

"姐，你是不是特别讨厌我？"小Q不看安素，低头吃面条。

"嗯，"安素低头，"……还好。"

"噢，"小Q失望地低下头，"我就知道。"

安素也不知道怎么回答，只好接着吃面条——味道确实一般——其实是一股怪味，她好像把豆油当成橄榄油放了，一股生豆腥味儿。安素勉强吃下去，不是因为饿，不吃实在没面子，嘴巴闲下来，更尴尬。

不知过了多久，安素的困意又上来了，她撑起眼皮，发现小Q在那画画了，一脸的倦态，若隐若现的巨大黑眼圈，较劲地盯着手中美工笔下的佩佩，"唰唰"地勾着，描线。

安素开口："你不会想不开吧？"

"啊？"小Q忽然转过头来，"不会的啦！我胆子这么小……亏你想得出来呀……你快去睡吧！"

安素起身迷迷糊糊地离开小Q，倒在佩娟的床上，沉沉地睡了过去。

不知过了多久，忽然有人把她推醒了，一睁眼，碧生坐在床头，手里拿着一沓水粉画，温柔地看着她，安素一个激灵坐了起来："碧生，你来了。"

"安安，大家最近都还好吧？"

"都好。"安素盯着碧生手里的画，那似乎是今天下午小Q桌上的草图。

"小Q是个好孩子呢，家里人太娇惯，有点任性，但是很善良。"碧生掩嘴笑了起来，发出惯常"咯咯"的可爱笑声，"你是有点嫉妒她吧？"

"哦，"安素抿了下嘴，紧紧地盯着碧生眼睛，"怎么才来看我？"

碧生笑了，伸手摸她的头发，别到她的耳后，碧生的手冰凉，安素忍不住打了个寒战。

"不想打扰你。"

安素握住碧生的手，哽咽："你怎么这样？我爱你，你不懂吗？"

碧生点点头。

"我懂，"她把另一只手覆盖在安素温暖的手指上，紧紧地握了一下，"安安，好好对她们，替我。"

"好。"

安素心一阵绞痛,碧生的脸渐渐褪去,床头上佩娟和肖顿的合影清晰起来。她手边不知何时放上了一叠厚厚的水粉画,整整齐齐,被一根浅蓝的丝带扎好,打了一个漂亮的蝴蝶结,看着眼前过于庄重的蝴蝶结,她觉得哪里不对劲,只是做了一个梦,怎么会真的有一叠画在自己身边呢?这世界怎么会真有鬼呢……

"我妈妈说,不做饿死鬼呢。"小Q的脸浮现在眼前,笑着,眼角带着泪。

她冲出房门,小Q安静地躺在床上,一把美工刀丢在地上,手腕上的血浸湿了大半边床单,安素瘫坐在地上,随即,连滚带爬地扑到小Q身边——气息微弱,她还活着!

安素跌跌撞撞地扶着门框想打120,安素的手不停地抖,不断错拨了好几次110后,安素闭了下眼睛,强迫自己冷静,深吸一口气,终于拨通了120。

"120急救中心!"

"你们快来,救救我妹妹!"

城市的另一端,牧歌沉浸在漆黑的客厅里,抽着烟。

"亲爱的,你怎么才接电话?"

牧歌调整了语气,缓缓地说:"和客户吃饭,才结束。"

"今天回来吗?"

"太晚了,我去楼上开个房间。"

"好。周日要去看下我爸妈,他们周一就去承德避暑了。"

"好。你早点睡。"

"你少喝酒。"

"好。"

"拜拜。"

"嗯,拜拜。"

"牧歌。"

"嗯?"

"记得准备礼物。"

"已经准备好了。"

"晚安。"

"晚安。"

挂了电话,牧歌借着窗外路灯光亮,瞟了一眼湿淋淋的垃圾桶——那里面装着年小舞的连衣裙,半晌,起身把连衣裙掏出来,拎着走向洗漱间。

章柏松隔壁房间的佩娟,一夜未眠。故事还没开始,明天就要回去了,一想到小Q,她的心就悬到嗓子眼儿,扑腾扑腾,她打开手机。

"你睡了吗?"

"还没有。"章柏松很快回了短信。

"出去走走吧。"

"五分钟后楼下见。"

佩娟起身,穿好衣服,无意中瞥到镜中的自己,一张看不出年纪的脸,月光让它的弧线流畅柔美,倒像是个娇俏惹人爱怜的可人儿。她知道,章柏松看上她,绝不是因为她的脸,但是,这样的年纪,这样的际遇,这是做梦吗?她的心还是微微地动了一下,脸也烫了起来,她终于恋爱了吗?如果是,这恋爱是不是来得有点迟了?

今夜,无眠。

将回忆倒空：她还年轻，他有的是时间

　　这个电话如同一个世纪般漫长。安素接电话回来，只见小小的病床上被子拱成了一个坟形——小Q钻到里面，捂住脑袋时而啜泣，时而哭号，伴着长短不一的嗝，任凭护士怎么劝就是不出来。
　　"大小姐，你怎么回事儿？你差点见阎王，你知道吗？你哭什么哭？"护士有点生气了，但是还是低声教训，怕打扰别的病人，"你看隔壁白血病的，想活活不成，你还自杀……"
　　小护士有点激动，但嗔怒的语气中却满是心疼，周围人说不出话来，三三两两漫不经心地看热闹，安素一会儿看小Q，一会儿看护士，一脸无奈。
　　安素见小舞一身蚕丝睡衣上已经罩了一件医院的白大褂。
　　"小舞，你先回去吧。"
　　"我等一会儿，刚叫朋友送钱过来。"年小舞使劲把白大褂在胸前捱捱，白了一眼对床一直盯她胸口的病患家属。

安素径直走到床前，手抓着被单，刚想拽，只听身后一个低沉的男声："Q，我对不起你。"

安素头都没回，就知道是谁了——钱大兵。

年小舞只在照片上见过钱大兵，刚才他探头探脑地在走廊往里窥视，却并没认出来，钱大兵一张嘴，她才反应过来，"嗖"地绕过床直奔钱大兵，举手就准备甩他个大耳刮，不料半空中的手被安素一下子狠狠地捏住。

年小舞死盯着钱大兵，忽然转向安素，愤怒得无以复加："安素！你什么意思?!"

年小舞抓狂了，她从来不知道单薄纤弱的安素有这等惊人力气，竟稳稳地把她的右手按在半空中一动不能动。安素半长的头发因为低着头，遮住半边脸颊，年小舞看不清安素的表情，愤怒的脸扭曲着，吓得钱大兵直往后退，腰撞到椅背上……年小舞见手被牢牢抓住，便一脚蹬在了钱大兵的大腿上——无奈年小舞大半夜穿着拖鞋睡衣飞车来的，这一脚并不见踢得多疼，反倒把拖鞋甩出几米远。

护士见状赶紧叫人，陪床家属都停止了手上的事儿，等着看戏。年小舞长腿尽露，那只甩出去的拖鞋，引起了一阵哄笑。

年小舞急了，不管三七二十一冲着安素吼："你怎么就这么看不上她?! 你……"

"让我来。"

安素一下松开了年小舞的胳膊，迅雷不及掩耳地抄起杂物柜上的开水壶，一个回身，狠狠地照着钱大兵的脑袋砸了下去……

"嘭"地一声闷响，鲜血顺着钱大兵的额头往下流……腥咸的气味儿扑面而来。

病房里众人都被吓傻了。年小舞和所有人一样，呆了。一切太突然，安素的阻拦，众人的嘘声，狂怒的年小舞，瞬间鸦雀无声。病房内一片死寂。

"大兵！"

小Q连滚带爬地从床上跳下来，全然不顾手上回血的吊针，朝钱大兵扑了过去，凄厉的惨叫惊醒了一部分"吃瓜群众"。

"打人啦！打人啦！"

"有人流血啊！"

"医生！医生！"

安素往后退了一步，只见扑到钱大兵身上的小Q，用手捂着钱大兵的伤口，号啕大哭："大兵，你流血了……呜呜呜……流血了……"

年小舞也被眼前的情况搞懵了，不知道此时此刻应该去打钱大兵，还是应该拉安素，还是拽小Q……这是什么情况？年小舞光着脚丫，凉意直彻心扉，整个人都懵了。

钱大兵没喊没闹，泪眼汪汪地盯着眼前的小Q，猛地抓住小Q缠着纱布的手腕，痛哭流涕："宝贝，我对不起你！我不是人！我一时糊涂！"边说边狠狠抽自己的耳光，一个一个打得"啪啪"响，年小舞的肩膀随着货真价实的大嘴巴，本能地一颤一颤……

小Q无力地拿手阻挡着钱大兵的狠抽，一边声嘶力竭地哭。

安素并没有放下手中的暖水瓶，攥着壶把的手不停地颤抖，那颤抖如此剧烈，破碎内胆哗啦啦地响，哗、哗……

"你干吗下手这么重啊！你疯了吗!?"面无血色的小Q已经失去理智，丧心病狂地朝安素大叫，已经神志不清了。

安素狠狠地攥了一把水壶："你……让开……要不连你一起……打……"

安素一字一顿地从牙缝里蹦出这几个字，目露凶光，凶神恶煞的表情是年小舞从未见到过的——安素，淡如莲花的安素，不食人间烟火不问世事过往的小龙女，不但有过人的体力，还有这等的暴烈心性！

年小舞脊背发凉。出人命！真的要出人命——年小舞一个激灵，忙不迭赶紧上前去抢安素的水壶——不能出人命！——年小舞觉得臂弯生疼——这蛮力，钱大兵要不是个身强力壮的，恐怕早就挂了。安素咬着嘴唇，掉入一片寂海，完全听不到任何声音，双目通红，要杀人一样。

"安安，安安，不能再打了！"年小舞一个箭步冲上去死死抱住了安素的后腰——安素的温度如停尸房的尸体，寒气逼人，然而这温度远不及她眼里的凶光。年小舞紧紧地抱住安素，拼了小命扣紧她的双臂。"安安，冷静点，"年小舞喘着粗气，"安安，冷静啊，安安……"

安素僵硬的身体伴随着年小舞的体温慢慢柔软下来，"当啷"一声，水壶掉到小Q的脚边。

安素咽了下唾沫，急促的呼吸慢慢平缓下来，脸色由涨红渐渐转为惨白。年小舞不断地抚摸着安素的脊背，用脸摩挲安素的头发，试图让她安静下来。直到安素的呼吸在呼唤声中变得平稳，小Q撕心裂肺的哭声才在耳畔渐渐开始清晰。安素终于听见了声音——小Q尖利的哭声，看清了眼前的场景——焦虑无措的护士和保安警惕的目光，保安手里的电棍不知道带着电没有。

她知道，这一次，自己不仅仅是失态了。

安素缓缓推开年小舞，示意自己已经冷静。年小舞犹犹豫豫地松开了安素，紧紧地贴着她的后背。

安素弯腰捡起年小舞的拖鞋，给她穿上，开始往人墙处走。居高临下看了一眼脚边和钱大兵抱成一团的泪人小Q："废物。"

她拨开人群，往外走。

保安刚想拦，被不知何时赶到的章柏松拦住。

"不是医患关系，我们家里的事儿。我妹妹——"章柏松指了指自己太阳穴，"有点问题，海涵，海涵……"他拍了拍保安的肩膀。章柏松的话柔中带刚，保安迟疑地看着他。

"我跟你们去说明下情况吧。"佩娟对其中一个护士长模样的中年妇女说。

护士长也想息事宁人，人多嘴杂，这种事传出去对谁都不好，便默认了，一声不吭掉头就往外走，小护士们开始驱散人群。

"别看了别看了，精神病闹事儿，有什么好看的！"

"散了吧！"

见众人如鸟兽散，章柏松走到年小舞面前，把年小舞不知何时掉的另一只拖鞋放到地上："姑娘，快穿上鞋吧。"

"哦？噢，谢谢！"年小舞不好意思地把脚伸进去，看着坐在地上的小Q，眼巴巴地瞅着两个小护士处理钱大兵的伤口，楚楚可怜，让年小舞耐心全无——她忽然发现自己一点都不想见到小Q，似乎完完全全理解了安素的暴躁。不过，这毕竟是小Q的私事，安素的反应确实有那么点过了。

安素这姑娘，有故事吧。那癫狂的模样，想必是钱大兵触及了安素什么记忆，活了快三十年了，谁没点故事……年小舞往床上一坐，不吱声。

"你是小舞吧？"章柏松和善地问，年小舞才注意到面前这个一米七左右的男人，似乎是佩娟带来的，年小舞见过肖顿几次，这男人肯定不是肖顿——那是——谁呀……但是深夜和佩娟连夜从长沙赶回来……佩娟不是出差吗？同事？同事为啥跟到医院来。这人其貌不扬，却谈吐不凡，一看就不是泛泛之辈，一副领导派头。也是，但凡佩娟能看得上眼的男人，也该有点深度——没点权力的，佩娟能搭理么……

年小舞正在发呆，见章柏松已经把小Q扶上床，把被子塞好了，开始给小Q削苹果，言谈中安抚小Q的情绪，言语得体，像个慈爱的父亲般。没过一会儿，小Q便冷静下来，四处询问安素在哪里，从章柏松处得知，安素已经走了，她眼神黯淡，便一言不发了。

年小舞看看小Q，又看看章柏松，头痛欲裂。

"小Q，我先回去了，有点头晕。"

"小舞姐要走了吗？"小Q眼含热泪，双手抓住年小舞的手。"好烫！"她叫道。

"没事儿。"年小舞猛地一站，轰然倒地……

安素沿着马路行走，内脏似乎被掏空，只剩一副骨架。

"孙子诶！找死啊！"司机探头，"京骂"道。

马路上一阵怒骂，安素只是僵直地走在路上，完全没有理会人行道前方的红灯。

"你丫傻逼!"

"傻逼"一词似乎刺激了安素麻痹的神经,稍稍回过神,木讷地看着身体左边仅有一步之遥的奔驰。安素攒着眉头,似乎并没有退让的意思,直直地站着,看着挡风玻璃后面的司机,僵持了半分钟。

后门开了,从车上走下来一个男人,休闲的墨绿半袖衫,宽松的牛仔裤,一脸沉静,他用手势阻止了司机,关上车门,径直朝安素走了过来。

"安老师,你没事儿吧?"

安素一看,不是别人,正是那天对自己"死缠烂打",非要带自己去日本的吴辛。吴辛自从给了安素名片,安素一次都没打过,但吴辛不知如何得到了安素的联系方式,经常发一些短信给她,无关痛痒,却是定时定量,十分贴心,尽管安素一条都没回复过,但那些短信好像也并不需要回复似的,就一如既往地表达着自己的关心。

这是他们第二次见面——以这种形式。

"哦,你。"安素虚弱地说,还是站着不动。

"是不是病了?"吴辛走上前,摸了一下安素的额头。这时,司机走了下来,手里拿着一瓶矿泉水,还有一条湿巾。

"吴总,给。"

"谢谢。"吴辛拿了湿巾,递到安素手中,又把矿泉水的盖子拧开,"喝水吗?"

安素拿起瓶子,"咕咚咕咚"全喝了下去。

"你要去哪,我送你。你这样太危险。"

"跟你走,不危险?"安素手拿空瓶放到车厢盖上,冷冷地看着他。

"你这人识好歹吗?我们吴总是好人!"司机不乐意了,觉得这女的太不识抬举了,不是天仙,不是明星,大白天横穿马路还这么拽。司机忽然发现她膝盖上沾着血迹,赶紧捅了捅吴辛。吴辛嗯了一声,示意他已经看到了。

"你腿受伤了,上车吧。"吴辛回身,拉开车门,关切地望着安素。

"不是我的血。"

吴辛一愣,没等说话,安素一条弧线把瓶子扔进垃圾桶,钻进奔驰车——整个过程不到三秒钟。

车子往前开着,安素一直闭着眼睛,渐渐睡了过去,不知过了多久,被电话吵醒,一看是佩娟。

"安安,你在哪?"

"朋友这。"

"朋友?"佩娟想,除了她们仨,安素还能有什么朋友,"碧安那么?"

"不是。"

"小Q让我跟你道歉……"

安素直接关了手机。

司机已不知所踪,驾驶座上换成了吴辛。车子行驶在林立的楼宇之间,夕阳还未西下,窗外却已灯火阑珊。

"想去哪?"吴辛问。

安素不作声,她不知道。

"想吃什么?"

安素淡淡地看着窗外缓缓而过的梧桐树,北京,好陌生,她似乎从未见过似的,陌生的房子,陌生的树,陌生的车,陌生的司机。还有玻璃上,陌生的、眼窝深陷的自己。

"我想睡觉。"

车子缓缓地、有节奏地停靠在了路边。吴辛从反光镜看着安素,恬淡阴郁看不出年纪的脸,清澈的、深潭一样的眼,似乎能溺死立于湖边窥视湖心的人。

见吴辛不动,安素忽然笑了起来:"想吃手擀面。"

吴辛重新发动了车子。没过一会儿,安素看了一眼高速路上的牌子,固安,知道自己已经出了北京城。

车子七拐八拐，在一个装修很一般的面馆前的草坪停下来。

吴辛下车，安素便跟着。

服务员小伙儿无精打采地把菜单往桌上一扔。

"两位？"

"嗯。"吴辛见安素选的位置对面没椅子，便自己动手搬了一把坐下来。

"你妈不在？"

小伙儿用眉毛轻蔑地挑了一下吴辛，一扯嗓子，朝楼上大喊："范冰冰！你相好的找你来了！"

不一会儿，楼上下来一个半老徐娘——凌乱的卷发用簪子绾成一个发髻，风韵犹存，紫红色的运动服上满是面粉，擀面杖抄在手里，像是一根魔杖，把时间倒流，回到她风姿绰约的妙龄时代。然而随着距离越来越近，白皙皮肤上岁月的痕迹也逐渐清晰起来。

"来了。"女人轻轻地招呼了一声，吴辛点点头，冲女人说：

"安安，我女儿。"

安素没争辩，对女人笑笑："你好。"

"女儿不像你。"女人直言不讳，"吃什么？"

"手擀面就行。"吴辛说，把菜单推给安素，"你看要什么卤？"

安素没看菜单，对女人说："加点盐，就可以。"

"哦?"女人挑了挑眉毛,继而笑道,"你和我女儿一样呢,她也喜欢这么吃!"

小伙儿不耐烦,催促道:"赶紧擀面条去!你有什么女儿!"一边说,一边擦桌子,"你要真有个女儿倒好,我还轻省了。"说完,一甩抹布,进后厨去了。

女人也不尴尬,笑呵呵地跟着也进后厨去了。

没过一会儿,面煮好了,女人熟络地坐在两个人旁边,丝毫没有疏离感,和气地看着两人吃面。吴辛的,是一碗西红柿手擀面,安素的则是白白的一碗。

"最近怎么样?"吴辛对女人说。

"挺好的,都挺好的。"

"钱够花吗?"吴辛又问。

"不够!"后厨小伙儿的声音响彻云霄,"钱哪有够花的!这老精神病吃药就有得花了!"

吴辛一蹙眉,放下碗筷。女人赶紧摇摇手,示意吴辛继续吃:"你吃,你吃,别管他。他说话就那样,对我挺好的!"

吴辛叹了口气,低头接着吃,安素打量着旁边女人的侧脸,皮肤白皙,鼻梁微塌,眼窝深陷,可见年轻的时候,一定是双水汪汪迷人的大眼睛。毛糙的卷发,应该是烫过之后,从来没有打理,已经纠缠在一起了,可能是难以梳顺,所以才索性绾了一个发髻。这女人怎么看怎么眼熟——似乎有那么点像自己的母亲，于是越看越像，直到心被刀剜了一样，才收回目光。

"安素，你是不是觉得你俩长得像啊？"吴辛笑呵呵地问她。

安素没说话。

"她原来有个女儿，生的时候死掉了。"

"哦。"

"我女儿啊，很乖啊！就是喜欢乱跑，总是出去乱跑！你看，这会儿又没人影了！"女人哈哈大笑，不断地敲击着有油渍的桌面，一派欢乐模样。这时小伙从后厨端出两碗茄丁打卤面，把其中一碗"咣当"一声，掷地有声地丢在女人面前："吃吧，老祖宗！"

安素皱着的眉头似乎拧出水来，女人似乎天性乐观，一点都察觉不到年轻人的冒犯。

"你先吃，你先吃，我等你姐回来。"女人的声音充满了热切，安素开始明白小伙之前骂她的话：神经病。种种迹象表明，她确实是个精神病，有严重的妄想症，一直幻想自己的女儿没有死，还和她在一起。

"那你等着啊！饿不死你！"

说着，小伙在另一张桌子上已经"稀里呼噜"地吃上了，像极抢槽的猪，巨大的响声伴着汤汁飞溅，安素的胃口被倒得够呛,便撂了筷子,只看吴辛吃。

很快,吴辛吃完了。掏出一张银行卡,递给女人:"给你。"

"谢谢你。"女人拿起银行卡,欢天喜地地挥舞着,叫着隔壁桌的小伙,"大林,结账了,结账了!"大林颠颠地跑过来,乐呵呵地把卡抽走,塞进自己的围裙。

"谢了,吴叔。"

吴辛没理会小伙,站起来对女人说:"我先走了,你有事儿,给我打电话。"

"你不多待一会儿啊!?燕儿马上就回来了!"女人有点遗憾地瞅着吴辛,恋恋不舍。

"今天不等燕儿了,下次来和燕儿好好聊聊——帮我带个好儿。"吴辛真诚地看着女人的眼睛,那言之凿凿的神态和语气,连安素都几乎信以为真。

"那……好吧……你常来啊!燕儿常念叨你的。"

女人也站了起来,做出了送客的样子。

"你坐着吧,我回了。"吴辛边走,边回头挥挥手,安素跟着出了店门。

见二人坐到车里,女人欣羡地看着正系安全带的安素,盯着她的侧脸出神:"大林,你看你吴叔叔的女儿,多像你姐,是不啊?"

"呸！闺女？那是人家的新人儿！你老了，人家换年轻漂亮的了！"

大林把最后一口面条三下五除二地吃完，端着碗，进后厨去了。女人痴痴地看着奔驰车，一直到奔驰车变成小黑点，消失在马路的转弯处，嘴里叽里咕噜地碎碎念："燕儿，咋还不回呢……"

车行驶在高速公路上，二人一路无话。天已完全黑了，高速路上不断地有人超车，不过回京的路上车很少，倒是去往固安方向的车，一辆接一辆。盐水手擀面的味道，在安素的嘴里蔓延，她开始思念起刚刚清水面条香甜的味道，面应该是女人做的，女人的面擀得确实有些功夫，面条筋道，面粉也是上好的，一碗面条，原汤原食，那层薄薄的盐，不掩清香。被那不懂事儿的冒失鬼搅了清净，离开之后才开始回味思念起手擀面的味道来。食物消失之后的不满足，才是顾盼流连的美好滋味。她一直都学不会做饭，却钟爱手擀面，这是她童年最美味的食物。蕙质兰心的母亲总是能擀出世界上最好吃的面条，也许和面食无关，因为是母亲做饭，才会用心吧。

安素看着玻璃上自己的脸，有些乏味，她不太喜欢自己的模样，她和母亲太像了，像得她每次照镜子都不得不想到她。她看了看吴辛，吴辛宽厚的背影沉浸在暗夜之中，沉默模糊了他的轮廊。她发现椅子上有个可爱的公仔熊,还放着一本书,是一本《初级日本语(上)》。

她随手翻开,书是崭新的,要么是书的主人用心爱护,要么是书的主人根本没怎么翻过。她信手翻着书,书中每隔几页,便夹着一张明信片。安素一张一张地看,忽然觉得内心宁静起来。富士山,樱花,黄昏中的渔船,暗夜中灯火通明的拉面酒馆,白皙的女人,复式小楼,光照充足的小后花园里盛开的鲜花……

她不曾对任何人提起过,她是如此喜欢那个国度。

"为什么喜欢日本?"吴辛低沉的男中音传过来,语句不是祈使句,也不是疑问句,似乎期待安素回答,但又不急切等待一个回答。

安素踟蹰着,思考如何作答,时间过了很久,又发现失去了回答的意义。两人再次陷入一片沉默中。

"到了。"吴辛刚说完,安素一抬头,发现自己和吴辛已经停在一个地下车库。

"哪儿?"安素看着右边指挥停车的保安问。

"开房的路上。"吴辛淡淡地说。

安素一笑,合上书:"你带你女儿开房?"

吴辛不搭话,倒库停好了车,给安素开了车门。

"走吧。"

安素下了车，跟着吴辛往电梯走。

吴辛轻车熟路，并没有一丝紧张，按了一层。安素盯着鲜红的指示灯，揣摩着吴辛的下一步，索性不想了，有什么好想的，她的脑子已经放在医院了。

吴辛掏出一张黑卡，递给前台。

"先生您好，2207，卡请收好。"

"小姐，请出示身份证。"

吴辛看看安素，安素摇摇头。

"她一会儿就回去，不过夜。"吴辛冲前台小姐笑笑，前台姑娘会意地微笑，不作声，默默办理业务。

"先生，2207，右边楼梯上楼直梯到22层，左转，您是我们的高级会员。谢谢您的再次光临。"

吴辛把房卡放到安素手中，大步流星地往前走，安素在后面跟着进了电梯，不一会儿便到了2207的门口。

吴辛回头："开门吧。"

安素有些迟疑，还是把卡贴在了门禁上，门"当"地弹开了一个缝隙。

安素走了进去，发现房间很大，是个两居室的套房，装潢很豪华，水晶吊灯，壁挂的电视旁边挂了一幅梵高的《向日葵》，深紫色的窗帘并没有拉好，可以看得见远处灯火通明的夜北京。实木的茶几上放着各种应季的水果，旁边还环绕着各式各样叫不出名字的小点心。左边一间大卧室，右边一间小卧室，小卧室里貌似还有书柜和书桌。

忽然身后的门，"咯噔"一声关上了，灯也"啪"地被关掉。

安静暧昧的心跳在耳鼓振动，安素屏住呼吸，试图从吴辛的呼吸声判断他的位置。均匀的呼吸声随着柔软得过分的地毯上几乎消尽了的脚步声，在黑暗中缓缓地向自己聚拢过来，安素的心越跳越快，觉得嗓子冒烟，却不敢咽口水——那声音，会不会太大？

然而，呼吸和脚步绕过安素，拐了个弯，借着月光，吴辛的背影显现在安素的面前。吴辛坐在沙发上，摸到桌上的香烟，撕开包装，抽了一根，叼在嘴里，又在桌上胡乱地摸索。

"为什么带我来？"

"你要求的。"黑暗中，一道火光——吴辛摸到了火柴盒。

"我要求的，你都能满足吗？"安素往前走了几步，站到吴辛面前。黑暗中，烟头明灭，吴辛听到她的话，紧蹙着的眉头忽然舒展开来："我能做到其中和钱有关的部分。"吴辛拍了拍身边的沙发，示意安素坐过去。

安素摸索着茶几，寻找到吴辛身边的位置，轻轻地坐了下来。

"我需要钱。"安素艰难地说。

"多少？"吴辛把烟灰掸到烟灰缸形状的黑影中。

"先给五十万。"安素说。

"不多。"

安素沉默了一下,开始动手脱衣服,她的手不断地抖,但她知道,吴辛看不到,只能听到她脱衣服。吴辛轻轻吐了一口烟。

"你也累了,我们进屋里说吧。"

安素停止脱衣服,吴辛从沙发上站起来,做出了一个让安素十分不解的动作——他蹲了下去。

"你……"吴辛掐灭剩下的半支香烟,欢快地说,"上来,我背女儿进屋好不好?"

安素犹疑着,不知该如何是好。吴辛鼓励她:"上来,安安。"

安素恍惚了一下,似乎吴辛成了童年时的爷爷。她神不知鬼不觉地爬上他的背,吴辛缓缓起身,往带书房的卧室走去。

"你行么?"安素本意是问他是否背得动,不料话一出口,别扭极了,脸迅速升温。

"我才四十多,还没到不行的程度。"吴辛这么回答,更让安素不知如何是好。

但她很快冷静下来:没关系的,自然点就好。吴辛什么女人没见过。

吴辛把安素轻轻放在床上,盖了一个被角在她肚子上,自己绕到另外一边,也上了床,平直地躺在安素身边。

吴辛扭头，翻了个身，看着僵尸一样面朝天花板的安素，"噗嗤"笑了。安素扭过头，不看他："来吧。"

"去哪？"吴辛笑着说。

"五十万，你想去哪都可以。"

吴辛不笑了，伸手扳了一下安素的肩膀，让她面朝自己，虽然黑暗中，吴辛看不清安素的表情。

"什么原因？能让你陪一个男人上床？五十万？"

吴辛的声音里，并不带有男性的欲望，声线平稳低沉，安抚着安素脆弱的神经。安素感受到一股力量，从吴辛身上传递过来。

"什么原因能让一个公司老总给一个人老珠黄的女精神病送钱？"安素用着一贯的"安素式"反诘。

"故事很老套，她是我的初恋，那时我很穷，她跟人跑了，本和我有个女儿，也流掉了，五年前我知道了她的近况，就一直接济她。"吴辛伸手摸着安素的脸，"该你了，安安。"

"四十万给我妈治病，十万买凶杀我爸。"

"什么病？"

"脑瘤术后康复。"安素回答。

"难怪你说先给五十万。但为什么要杀你爸？"

"我妈手术后还能走路，因为他三个月没给我妈吃医生开的消炎药，我妈就瘫痪了。"

吴辛沉默了一阵，伸手去擦安素的脸，他本以为会有泪，但安素的脸，干干的，没有任何流泪的痕迹。

"他们感情不好？"

"我妈很懦弱，包办婚姻，我爸是大家族。"

吴辛忽然不知道该说什么，安素却开始滔滔不绝。

"听我外婆说，我妈妈很漂亮，人特别善良，什么事情都是往好处想。就是家里穷。后来我爸看上了我妈，就到处游说人说他的好，我妈也就信了。

"没两年，我爸开始不务正业，每天花街柳巷，工作也不干，坐吃山空，后来爷爷奶奶过世了，家底也快被他败光了。

"我妈跪地上，天天求他，他才肯送我出来念书，我离家七年，没回去过几次……他只给学费，不给生活费，我出去打工，干过快递，送过牛奶，当过服务生，除了去站街当小姐，你能想到的人能干的工作我都干过。

"我只有碧生一个朋友，却意外地死了……我爸从小打我，说我是丧门星，后来我长大开始反抗，他不敢打了……

"我妈很懦弱，他打她，她也不作声，他打我，她也不作声，真瞧不起这样的女人……今天，我打了钱大兵……"

吴辛伸出胳膊，放在她的肩膀上。轻轻用一只胳膊环抱着她，轻声问："钱大兵是谁？"

"钱大兵是小Q的男朋友,在外面乱搞女人,那些女人的床照都发到空间里了,还上了头条……小Q是碧生的朋友……我们认识的原因很奇怪,是因为一本书……碧生留下一本没写完的书……

"我得过抑郁症,看医生是碧生陪我的,给我钱,我不要,她硬给,自己也是节衣缩食……从来没有人,对我这么好过……可,被我给克死了……"

安素一直不停地陈述,也不知黑暗中的吴辛,有没有睡着,是否在听,她似乎停不下来,仿佛说话是唯一能连接眼前黑暗和明日光明的东西,她只有不停地说,不停讲话,才能走出这个漆黑的空间,但它却无边无际,没有个尽头。

她完完全全忘记了眼前躺在她身边的,是个花五十万买一夜情的男人,五十万和自己睡一宿,这个价格,应该算很高了吧?只是他为什么还没行动?没关系,他会的。她慢慢忘了自己身在何处,她不再记得自己是谁,她要将回忆倒空,它们就会永远地过去了,对吗?

吴辛安静地听着,似乎有着足够的耐心。

是的,他才四十岁,有的是时间听一个姑娘短短二十年的故事;他依然四十岁,他有她没有的二十年,来经历各种她、她们,各种见所未见闻所未闻的人生。

他不老,她还年轻。

他的回答第一次没有及时：你喜欢我吗？

佩娟睡眼惺忪地走出卧室，肖顿赶紧把煨好的猪脚芸豆汤端上桌。

"你起这么早啊？"佩娟打哈欠，伸了个懒腰——左肩膀的肩带顺势掉了下来。

"是不是想出去走走？"肖顿一边解围裙，一边盯着那根滑落的肩带。

"去哪呀？"佩娟懒散地把自己往椅子上一丢。

"去怀柔吃鱼好不好？"肖顿神秘兮兮，像是抛出杀手锏似的，坐等佩娟欢呼雀跃。佩娟极爱吃鱼，尤其是虹鳟，倒不是因为口味，刚开始是因为鱼肉吃了不容易发胖，后来就一发不可收拾了，水里游的，佩娟都馋。

果然，佩娟偷偷咽下口水。猪脚的香味勾引着她，但她铆足劲儿隐藏，摆出一副满不在乎的样子。

"坐地铁再倒车……累死个人……折腾到那还有啥心情吃

鱼……"佩娟捞起一块猪脚，塞在嘴里，肉香蔓延。她忽然有种腻腻的满足。她飞快吞咽，把骨头吐在勺子上，抬眼皮瞅瞅肖顿："叫小Q了吗？"

肖顿一撇嘴："我叫她干什么？她又不是我老婆。我只给我老婆炖汤！"

他说完，嘻嘻笑着凑上来，拨弄那根肩带："怎么样，老婆，好喝吗？"

"还没喝，怎么知道。"佩娟白了他一眼，"你昨天又打呼噜了，我一宿没睡好！"

肖顿一副受伤的表情，弓腰搓手撒娇："我错了……老婆喝汤补补。"

佩娟仰起头，做女王状，厉声道："退下吧。"

肖顿挪着小碎步，煞有介事地退到厨房去了，不一会儿菜刀和菜板、炒勺和铁锅便干起架来，小厨房热闹非凡。

佩娟瞄了瞄小Q房门——钱大兵这次住了有一个月了，还不走。话说这钱大兵还真是不讨人喜欢，走路说话声音大不说，洗澡时间还特别长，费水就暂且不提，洗澡之前也不招呼一声有没有人上厕所，很多次憋得自己没办法，左等右等不出来，只好去敲邻居奶奶的门借厕所用。老奶奶倒是热情，但一次两次行，多了算怎么回事儿啊——难怪老公说钱大兵和小Q倒真是天生一对！

昨天去缴水电费，比上个月多出四十块钱。平时小Q找工作，只知道投简历，面试也少，总在家，电脑就一天一天开着——说到找工作，怎么也是个名牌大学的毕业生，怎么就找不到合适的呢？一个月房租都得问家里要，爹妈管你管到什么时候是个头啊？现在孩子怎么惯成这样了……

对，还总是不关厕所灯，关了，只要小Q一进去，出来保准又开着了……小Q就那么一点点生活费就算了，钱大兵还在这白吃白喝——俩人去超市买一堆零食，在房间里仓鼠似的"咔嚓咔嚓"，谁都不说让一让，问下佩娟吃不吃——是，佩娟是不吃零食——好歹你也问问吧？挺老大人了，老拿自己当小孩儿……

"老婆，想啥呢？"

"没想啥。"佩娟嘟着嘴。

"没叫她你生气啦？"

"我气的地儿多了，不差这一顿饭。你去叫她起来吃饭！"

佩娟对肖顿的无名邪火也不是事出无因的，最近肖顿在床上总是特别快，佩娟总是莫名其妙半路被熄火儿，怏怏地看着好事儿无疾而终，浑身难受。肖顿自知理亏，早早就出门买菜，又做饭又煲汤，讨好佩娟。上次因为她弟弟的事儿，肖顿哄了半个月没见效。好不容易气氛好点了，又搞出这个幺蛾子……可能是工作太累了，过一段时间就好了，难怪老婆不乐意，先低气着点儿吧。

"老婆,我一会儿开车带你去吃鱼!"

"啥?"佩娟一激动,啃了一半的猪蹄"咚"地掉进碗里。

肖顿眉飞色舞:"车啊!我租了个车!三天,带你兜风去!"

佩娟一撂筷子,手舞足蹈,也顾不上端着了:"真的呀?"

她转而又有些忧虑:"那得多少钱啊?油钱算谁的啊?租车公司还是自己掏啊?"

肖顿一看佩娟果然很高兴,心头的石头稍稍落地。

"你别管啦!老公出钱就好了,老婆尽管坐车!"

"啥车啊?"

"现代!"肖顿眉飞色舞。

"噢……现代啊……"佩娟像是忽然被霜打了一样,耸耸肩,"也行吧,那我赶紧吃,然后化个妆先……咳,要是有自己的车就好了——房子没有,车也没有,活得没尊严……"

佩娟端起汤,一饮而尽,剩了半个猪蹄也不啃了,转身迅速回了房间拾掇自己去了。

肖顿看着佩娟的背影,尴尬地拿起汤勺,喝了两口——没滋味。看看佩娟的碗里还剩了小半个猪蹄,拿起来,啃了两口,发一会儿呆。佩娟一收拾,至少一小时,自己慢慢吃不用着急,只是肖顿觉得胸口闷闷的,吃猪蹄也味同嚼蜡,加了盐啊,怎么还是没味儿……哪天真的偷摸去看看男科了……

肖顿叹了口气——早知道，租那个帕萨特就好了。

安素接受吴辛的安排，在他朋友的日贸公司做总裁助理，安素的日文很棒，无论笔译还是同声，都让刘建伟刮目相看。吴辛和刘建伟提这个事儿的时候，刘建伟一口应承下来，哥们儿吴辛分一口肉，刘建伟就能喝半年汤，养个闲人算得了什么。别说一月两万，一月给五万，一年五十多万，自己也不算亏。安素确实是清纯脱俗，就是不咋笑，但带出去也挺有面子，权当给兄弟解决生活困难——把小的养在自己这里，这也是对自己的信任。所以他压根没想到，安素不是满肚子自来水的花瓶，真有两下子。就是性格太冷淡，除了工作，一句闲话没有。

兄弟的女人，要毕恭毕敬，亲疏远近，自然要处理得当。刘建伟万不得已，几乎不带安素出去应酬，还亲自指导安素业务，当自己人培养。公司里的人都不知这姑娘什么来头，单身小伙儿不也敢上前，姑娘们更是避而远之，所以安素就成了公司里月薪最高人缘最差的"独行侠"。

刘建伟公司和年小舞上班的公司离得不算远，开车五分钟不到，年小舞欣喜地发现，不忙的时候一脚油门就能找安素吃个饭，这几乎变成了她每天最大的乐事。年小舞终于找到了自己和安素的共同点——酷爱加班。

安素吃东西简单，一碗面，一碗饭，或是一块儿面包，吃饱就好，不那么多盐就行，不讲究味道。年小舞不，她总拽着安素尝试各种新鲜玩意儿。安素对那些花里胡哨的盘子不上心，因为没意见，正好成全年小舞雷厉风行说一不二的性格——听说一家冰火锅开张，年小舞琢磨了好几天要来个姐俩试吃，但距离有点远，打了几次电话安素都说懒得动，年小舞这就准备去办公室把安素直接拖进车。

她环视一圈："妈的，周末加班还开车——咒你们过劳肥！"

正骂着，一辆宝蓝色小宝马缓缓从车群中挪动出来，年小舞瞅准机会，钻了过去，在宝马不远处停了下来，就等着"鸠占鹊巢"。

不料小宝马探出半个身子，竟然不动了。年小舞焦急地看着手机："搞什么搞！冰火锅预约多火爆你造吗？过一分钟都不等，你妹你妹你妹……"

年小舞不停地诅咒，忽然，小宝马车门开了，迈下一只脚来——思加图今春限量版，年小舞嘀咕。

"哎哎！你丫人下来干吗？！"年小舞情急，按了一下喇叭，表示抗议。

姑娘终于钻出头来，竟使劲儿地朝年小舞挥手，一口白牙差点把年小舞闪瞎,那叫一个春光灿烂——罩不住的酥胸半露,遮不住的白臂无限。

"好春光啊……"年小舞直直地盯着姑娘的酥胸,还是年轻好,她下意识低头看了看自己的胸脯,牧歌的话回荡脑际:"是不是变大了?"

"你大爷!"年小舞狠啐了一口。

只见宝马姑娘欢快地小鹿般蹦蹦跶跶向她奔过来,这姑娘尖脸,宽额头,水灵灵的杏眼,化着大浓妆,大中午的,这货像刚从夜店跑出来一样。姑娘丰满的胸脯随着跑步的节奏上蹿下跳,几步之后风吹麦浪般起起伏伏,韵律十足。大胸,细腰,欲罢不能的尤物啊尤物……

"楚王爱细腰,宫中多饿死……"年小舞情不自禁喃喃道。

"年小舞?小舞姐姐!"

这楚王的小妞儿上来就直呼她大名,准确无误。那热乎劲儿,堪比失散多年的亲姐妹重逢。年小舞好不容易把目光从那摇摇欲坠的美胸上拔下来,挪到姑娘脸上——眼熟,真的眼熟,但在哪里见过呢……年小舞启动脑内名片库存,但大脑告诉她:查无此人。

年小舞正踟蹰,姑娘一把拉开车门,扑上去死死勾住年小舞的胳膊:"小舞姐!你不记得我啦!我是阿紫啊!"

年小舞一下穿越到那一天，那个在酒吧被下了药的姑娘，两个大汉"捡尸"……年小舞赶紧回忆定位那姑娘的脸，又现实定位下眼前姑娘……神似，但，哪里不对吧总是……

"哎呀！难怪你认不出我了！喏，微整形！"阿紫指着自己鼻梁。说着，自顾自扳起自己的下颚，夸张地仰成六十度，抓住年小舞的手："还有这！捏捏？"

年小舞捏了捏，果然，硬硬的，玻尿酸。

"眼睛！"姑娘狠狠地眨了眨眼睛，示意，她就是阿紫，没错的——再有——你看我大双眼皮儿漂亮吗，漂亮吗？

年小舞的嘴尴尬地张成"O"形。

"啊……真是……你啊……那你……"年小舞咽口唾沫，"真好看！"差一点脱口而出：你不就是牧歌外甥女吗?！我靠……

阿紫笑得更开心了，不容分说一把勾住年小舞又搂又亲："亲姐，咱俩太有缘啦！走！跟我吃饭去！"

阿紫不依不饶，二话不说拉住年小舞胳膊就往下拽。年小舞半推半就地被拖下车。

"阿紫，车——车还没停——车。"

岂料阿紫嘴一撇："这大楼下面，谁敢管我姐停车！走！上我车，吃饭去！"

年小舞的小Mini就在转弯处，死死地堵上了豪车一长溜。

年小舞和阿紫拉扯之际，安素突然出现在阿紫背后，安素本来清瘦，还是给更加清瘦的阿紫罩上了一团儿黑影。

"安安……正要找你呢!"年小舞被拽得满头大汗。

"唔，我在楼上看见你车了。"安素嘴上应付年小舞，目光却定在阿紫背部——"V"形开背，一直开到腰际，褐色的内衣搭扣张扬地卡在大"V"的三分之一处。阿紫脊背一凉，赶紧转头。

"这……?"

"这……?"

安素和阿紫狐疑地看着对方，发出共同的疑问。

年小舞赶紧解释:"安安，那回晚上，后海，那女孩儿，被人下了药，差点……"

安素恍然大悟，食指指着阿紫的脸，想说"原来是你，对不起，我忘你长啥样了"。

但阿紫完全曲解:"看不出来了吧?哈哈!"

阿紫左右瞄一圈儿，心虚地把食指放在嘴边:"我整形了!"

年小舞在阿紫身后拼命挤眉弄眼，指着阿紫夸张地做出"漂亮"二字的口型，安素脱口而出:"我不记得你原来啥样了。"

年小舞一拍脑袋，想口吐白沫——牧歌外甥女，安素你能给点面子吗……

"啊……"阿紫瞬间风干，"那个……"一时竟不知如何作答。

"阿紫，走，你不是要吃饭吗？吃什么啊？"

年小舞捅了捅阿紫的小蛮腰——这小腰，还真细——不会抽脂了吧……年小舞一哆嗦，赶紧思维急刹车，不敢再想。

毕竟是恩人之一，阿紫顺着台阶溜下来："啊……没事儿……天太黑！我都没见过你。阿紫。"阿紫阳光灿烂地伸出右手。

安素笑了，轻轻握住她的掌心："安素。"

阿紫无意间扫见安素的胸牌："姐姐，你在我刘叔那工作啊？"

安素一愣："什么？"

"你们刘总，刘建伟，是我叔叔呀！"

安素心头一紧，刘总，吴辛，阿紫，这其中的联系似乎很微妙……此时此刻，年小舞心中的"毛线团"凌乱程度不比安素好到哪里去，牧歌，阿紫，安素……刘建伟——丫又是，谁呀？

两人各自心怀鬼胎。

"阿紫，怎么才来？"

三人的思绪被一个男声打断。年小舞循声望去，见一个身材矮胖，一身休闲的中年男人笑盈盈地朝这边打招呼。

"刘总。"

"刘叔。"

"你好。"

刘建伟笑眼弯弯，天生是这双眼睛的，正常不笑的时候，就和笑着一样，久而久之，性格也配合着和善亲切起来，有点老大哥的味道。

刘建伟从老远就看见了阿紫和安素站在一起，心头一惊，还以为老吴和安素东窗事发了，他们家大千金来办公室闹事儿，不由得吓出一身冷汗——得罪不起的千金，冒犯不起的千岁——索性干脆躲起来，在暗处观察了好一会儿，没想俩人还握上手了，气氛融洽，于是这老狐狸才吐了口气，走过来打个招呼，顺便了解下情况，方便以后和老吴汇报。

"小外甥女，你怎么还认识我助理呀？快给叔叔说说！"姜是老的辣，为避免套头儿，刘建伟直奔主题，先把安素给安抚住。

"我刚还说呢！太巧了！刘叔，安姐姐居然在你这上班儿！"

"是呀！真巧！你们怎么认识呀？"刘建伟拉回话茬儿，如话家常。

"说来话长……就是……我们……一起健身认识的……"阿紫躲躲闪闪，手一个劲儿地捏着年小舞，年小舞赶紧接话："你好，我叫年小舞。"

"哎哟，你是赛思睿的年小舞？"

"是的。"

"久闻一见，果然大美人啊！"刘建伟哈哈大笑，暗自松口气：看来阿紫还不知晓老吴那点破事，安素也并不知晓阿紫是吴辛的女儿。

"阿紫，你老爸吴辛——'吴桑'最近咋样？"刘建伟故意加强了"吴辛"两个字，用余光睨安素。安素眼珠微微动了一下，转脸看刘建伟，没吱声。刘建伟明白，安素已经意会。

"哈哈哈哈！刘叔你可别嘲笑我老爸的日语了！还'吴桑'！我报名后一天课没上，自学二级都过了，他还停留在打招呼水平呢！"

"报名？"安素又是一紧。

阿紫一口牙白得过分——这牙是天生的吗？年小舞忍不住又揣摩起来……狠掐了一把自己的大腿……现在自己最该想的是：她是牧歌的外甥女，要不要和她拉拉关系。呸呸，拉毛线！就那王八蛋！还算个成年人吗？居然大雨天拿走自己裙子，让她单穿着胸罩和内裤在高速开了一个多小时！大混蛋！

"姑娘们，饿了吧？想吃什么？我请客。"

"我俩打算吃冰火锅。"年小舞挤出一个微笑，目光又被阿紫脖颈上闪闪发光的施华洛世奇吸引了去。这是真的，肯定了。

"我知道，西四环新开那家？"刘建伟哈哈大笑，"没想到吧？我才是老吃货！今儿老吃货，带小吃货们吃冰火锅去吧！"

刘建伟不容分说，回身取车，大喊："都把车停好，那地儿不好停，都上我车！"

众姑娘你看我我看你，只好服从指挥，陆续上了他的座驾。

北京的夏天极为干燥，似乎带走了皮肤的纹理中每一丝残存的水分，连流点汗都是奢求，整个人像条干涸河床上的鱼。刘建伟的车开得不错，是个驾龄二十五年没出一次交通事故的老司机，驾照都被儿子和老婆拿去扣分用了。车开得四平八稳，四个人却波涛暗涌，一时间安静下来。车子在四环上走走停停，这小路虎不紧不慢悠然自得，广播被打开：" 大家中午好，想必大家今天心情都不错吧？因为，今天'大家都害怕的那种天气'没有来哦！"

不知谁"噗嗤"笑了。

刘建伟顺势："牧歌最近怎么样？"

阿紫："还好。"

年小舞："不知道！"

话一出口，年小舞马上意识到这话不是问自己的。赶紧把目光转向窗外，对着挡风玻璃龇牙咧嘴。阿紫可是什么都听见了，她瞬间忘了那晚的尴尬，扬了扬眉毛，饶有兴致地歪头看年小舞——是的，她不仅听清了"不知道"三个字，也察觉到了"不知道"背后的强烈不满。阿紫偷笑，心想：二叔，行啊！让你道个谢，你还泡了个妞儿！

刘建伟面不改色，全当没听到。俄而，他通过后视镜发现年小舞满脸通红。两年前，其实他们见过面，饭局之后刘建伟曾屡次打电话献殷勤，都碰了软钉子，便没有再联系了。时隔这么久，年小舞似乎已完全将他忘记——但他不确定，她是真忘了，还是装作不认识。北京大，他生意也不小，对于一个流连在办公桌和酒桌之间的商人，能记住的人和事，越来越是寥寥，年小舞是个公关，是他饭桌上避不开的女人——但年小舞，确实是让他留存深刻记忆的女人。倒不是年小舞的年轻美貌令他过目不忘，而是年小舞对他拒绝的方式，和她对业务的精专。不过其实刘建伟也并不介意年小舞的健忘，而刘建伟这样的男人，只能算年小舞的过眼云烟——早都散了吧。散去牧公子那里了。

安素的沉默，大家早已习以为常。安素第一次背负上了一种偷偷的、做贼般的负罪感，虽然吴辛从未碰过她，从未有过亲密的男女关系，但安素明白，那是迟早的事。目前两人不过一起吃个饭，吴辛不忙的时候找她去茶馆，坐一会儿，然后接了电话，匆匆又走。吴辛平时不给她钱，他忙忘了临时走掉，她也埋单。她明白，刘建伟把她当成了吴辛的情人来对待，但严格意义上，她不算是个情人。

电话铃打断了安素的深思，刘建伟调小了音响。

"喂？"

"哦，妈。"

"嗯，忙。"

"什么时候？"

"好，到时候我回去一趟。"

安素挂了电话，对刘建伟说："刘总……"

话音未落，刘建伟朝她点点头："随时都可以的，家里有难处需要钱的话公司可以预付工资。"

安素苦笑，当初离开的那家中型日语培训机构，拖欠她半年的奖金和两个月工资，理由很简单吧：单位效益不好。碧生曾和安素讲起《白鹿原》，说农民靠天吃饭。安素工作后也发现，一个没背景没靠山的姑娘，和靠天吃饭没什么两样。

"谢谢刘总。"安素很诚恳。

"刘叔叔，你真是好人！"阿紫屁股一抬，双臂环抱住刘建伟的脖子，贴脸蹭了蹭。刘建伟终于放下架子，难掩得意："好人不比美人——我们阿紫是大美人！"

"我是假的，舞姐姐才是真美人儿——哪都没动过。"

"我也动过……"年小舞笑道。

"哪里哪里？"阿紫丢下刘建伟，一下子凑到年小舞的脸面前儿，恨不能举个显微镜。

年小舞笑呵呵捂着胸口，一字一顿："动，过，心。"

一来二去，四人熟络起来，气氛变得不再沉闷。你一句，我一句，围绕着阿紫的脸展开了，刘建伟的笑声越发响亮了。

一辆现代猛超刘建伟,呼啸而过。

"卧槽!好嚣张的现代!"阿紫惊呼。

阿紫并不知道,那辆车上坐着的,是年小舞和安素的闺中好友——李佩娟——和她几近发疯的老公,肖顿。

肖顿闷着气,一路超速,惹得佩娟大叫连连:"你疯啦!?"

肖顿一声不吭,黢黑的脸涨得发紫,双手紧握方向盘,死瞪着前方——仿佛前有堵截后有追兵,一辆小车飙到一百多码,都快漂移了。

佩娟怒目圆睁,使劲儿地扳肖顿的胳膊肘,这一扳可不好,方向盘迅猛一歪,差点没撞在左边大吉普车的屁股上。

"找死!别碰我!"肖顿大吼。

佩娟愣了,眼前发癫的肖顿,把她吓住了。和肖顿结婚三年,一向和颜悦色的肖顿从未如此凶神恶煞——从来都是柔情蜜意甜言蜜语,仿佛她就是颗糖珍珠,含着怕化,捧着怕碎,就装在蜜罐子里,天天泡着。

所以,自己一见肖顿,不知怎么的,前一秒还中国大妈,摇身一变就成了女王,骄纵无比。这种窝里横,自己早就习惯了,争吵起来,这个理儿绝对是姓李不姓肖。

今天,这是怎么了?

佩娟越想越不是滋味儿，鼻子一酸："你吼我……你吼什么呀……"旋即带了哭腔一蹬腿儿，没两秒就开始号啕。

肖顿通红着眼睛，紧绷的肌肉稍稍缓和，一直喘着粗气，还是没作声。佩娟"腾"地一下从椅子上弹起来，握住门栓，大嚷："停车！"

情绪刚有所缓和的肖顿立刻又血脉偾张："你到底干什么？！"

佩娟带着哭腔儿："我要下车！你给我停车！"

"李佩娟，这是环路！"肖顿砸了两下方向盘，"你到底想干什么？！"他声嘶力竭，似乎已经到了极限。

"我要下车！"

"你是不是想离婚！？"肖顿咆哮，把方向盘猛一打，找准个出口，冲了出来，"吱嘎"一声，车轮擦过马路牙。佩娟身体向前惯性一冲，一头磕在挡风玻璃上。"啊！"

佩娟脑袋"嗡嗡"作响，拼命不发出呻吟。肖顿见佩娟撞头，试图努力镇静下来。他咽着唾沫，直勾勾地盯着前方骑自行车的外国人对他摆出"Fuck"手势，肖顿的脑仁被自己刚刚脱口而出的两个字震得也"嗡嗡"直响。

暴风骤雨过去，肖顿的呼吸渐微渐匀，佩娟迟迟不松开揉脑袋的左手，刚才那一下，声音虽大，其实并不疼，但佩娟迟迟不愿意放弃这个动作。似乎停下这个动作就再也没什么理由留在车上了——这个拖延的动作同样也告诉肖顿：佩娟一下车，一切都结束了。佩娟微张着嘴，眼神涣散，她努力集中精神反复确认刚刚听到的两个字，没错——离婚。

"娟儿，你到底想要什么……"话一出口，肖顿的眼泪落下来。

"我……想要，想要十五万吧，可能。"佩娟木讷。

"你给二木那十五万，到底是谁给你的？"

佩娟一激灵，按住门栓的、本是犹豫不决的手忽然用力——"嘭"地一声，车门打开。佩娟迅速迈下一条腿，第二条腿的落下却足足晚了一分钟，她站不住，她想逃开，身体又沉重得难以动弹。她知道肖顿一直看着她，但肖顿没有声音，没有动作。佩娟明白，这个问题，她现在不能回答，她没法回答。她深吸一口气，终于站了起来，车门也没关，一步一步，踉跄着，在肖顿的视线中渐行渐远，融进商业街汹涌澎湃的人潮中。

肖顿透过泪眼，使劲儿分辨佩娟离去的身影。他一直有个特殊的能力：在人群中识别佩娟的正面、背影、侧影，甚至站在高楼上俯视，都能清晰地分辨出那个他第一次爱上，也是最爱的女孩儿。他清楚地记得佩娟的每一件大衣，每一件衬衫，每一双高跟鞋……然而，这一次，当佩娟融入人群，离他而去，他发现，他再也分辨不出她清瘦羸弱的背影来；这一次她似乎乔装打扮融进人群，她穿了一件不属于她的衣裳吗？她穿了一双不属于她的高跟鞋吗？她怎么如此陌生呢？他看也看不清，辨也辨不出。肖顿恍惚意识到，当她决定离开自己的时候，她和这繁华街上行色匆匆的寻常身影，没有任何不同。她是那么平凡。

佩娟行尸走肉般伫立在繁华热闹的街头，高楼林立，阳光明晃，她忽然浑身疲软，一屁股坐到了一把木椅上。刺骨冰凉的寒意让她骤跳起——原来这木椅只是看似木椅，竟然是石头做的。她抬起屁股，瞅了瞅下面，又坐了下去——无所谓，坐一会儿就热了。

她掏出电话，二十二个未接来电全部是小Q，顿时心烦意乱，刚想塞回包里，小Q的电话又打了进来。她盯着屏幕犹豫再三，还是按了接听键。

"小Q……"

"娟儿姐，怎么办，我……"小Q带着惯常哭唧唧的腔调，话说一半便被佩娟打断。

"Q，姐现在心情特别不好。不管你什么事儿，现在让我一个人静一静，好么？我真的，真的，很累了。"佩娟强忍泪水，"可以吗？"

小Q努力停止抽泣，沉默良久，轻轻地说："好，娟姐姐，那我先挂了。"

"嗯。"

挂了小Q电话，一直低迷的情绪忽然激动起来，她按捺不住，发了条短信息给章柏松："你喜欢我吗？"

章柏松的回复第一次没有及时。佩娟盯着漆黑的手机屏，开始后悔自己有点冲动，懊恼地咬着嘴唇，手机打开又关上，来来回回十几次，一个失手"啪"地摔在地上！

"李佩娟！你怎么回事儿啊?!"佩娟"腾"地站起来，差一点就撞上过路的孕妇，孕妇本能抱住肚子一个笨拙的闪身，满眼惊恐："想嘛呢？见鬼啦?!"

按往常，佩娟一定会客客气气道歉。这一次，佩娟顾不上什么素质了："怎么?!路是你家的？你家路搬你家客厅去！"

"怎么说话呢你？"

"什么怎么说话呢？大着肚子你出来浪什么?!孕妇怎么了？会生个孩子了不起啊？"路人纷纷侧目，一些人表情流连，驻足片刻，寻寻是否有热闹可看。

"一看就是不会下蛋的母鸡，神经病！"孕妇也不是省油灯。

"是啊，我不会下蛋，你才一只货真价实的母鸡！"

佩娟语毕"嗖"地抓起包，扭头就朝商场大门走——那儿人比较多。众目睽睽，佩娟心里发慌。她不想惹事儿，万一这孕妇背过气呢？还是尽快逃离现场比较好。

"哎？你这话什么意思……哎哎哎！你别走！"孕妇不干了，

松开肚子，竟想过来拉佩娟。

"你别走你别走，让大家评评理……"

佩娟一闪身，躲开了孕妇的手。全然不顾孕妇骂骂咧咧，一溜烟儿进了商场，心"怦怦"直跳——这是佩娟第一次当街跟人口角。

短短一个半天儿，她便遭遇了二十多年来好几个"第一次"——也好，把该倒的霉都倒完了，就再也不倒霉了！索性一次性都倒完吧！

包里电话响了，是佩娟工作手机。佩娟琢磨着，应该是弟弟李佩木。翻出一看，果然是。

"喂？姐。"

"说。"

"上次你给我拿那十五万，差不多够了。我还有个事儿，芳芳现在不想闲着，想干点工作，想你人脉多路子广，能不能给芳芳介绍个靠谱的工作啊……当然，要是工作，也别挣得太少，但也别太累……"

"你姐夫要和我离婚。"

"啊？"

"肖顿要和我离婚。"

"啥？！离婚啊？他是不是外边有人了？！告诉我，看我不打断那个王八羔子的腿——"

佩娟轻蔑一笑："那十五万是你姐夫给拿的，打死正好不用还。"

电话那边，良久没作声，支支吾吾："啊……姐，我觉得这事儿吧，得好好聊聊……你俩是不是有什么误会啊？我觉得姐夫那人老实巴交，不可能做什么过格的事儿……再说，男人么，知错能改也就行了……"

佩娟被二木浇了个透心凉。

"二木。"

"对了，姐，我刚才跟你说的事儿，你往心里去了没有？芳芳……"

"二木。"

"啊？"

"你从小就是个混蛋，你知道吗？"

"啊？！"李佩木不敢相信自己的耳朵，以为自己听错了，"姐，你说啥？"

"我说，你从小就是个不懂事儿的混蛋。"

佩娟狠狠捏着电话，泪水夺眶而出——不能摔，工作手机摔了要赔的。她忽然意识到，她什么都没有了：老公要离婚，弟弟被骂走，章柏松没回音——如果他借十五万给自己是想让她做他情人的第一步，那么，情人也没了。

佩娟蹲在地上，抱着头，呜咽地哭了。

男人多活二十年，就会懂女人

偶遇阿紫后，年小舞少了孤独，多了个玩伴。阿紫有事儿没事儿就往年小舞身上一赖，每到周五下班不是蹭在她办公室磨她下班，喝下午茶，就是到她家门口堵她吃饭。年小舞刚开始还有点不习惯，然而渐渐也习惯了阿紫的存在——就是个有钱没处花的孩子，心地不坏，超级黏人罢了。

"小舞姐，这个包，好看吗?"

年小舞扫了一眼，做了一个抹脖子的动作。阿紫像是触电一样，把包一下扔回架上。

"小舞姐，我第一次逛动物园哎。"阿紫边说，边紧跟年小舞的步伐，紧紧抓住年小舞的皮包带，确保自己不被浃浃淘宝大军挤得人仰马翻。阿紫满眼都是人，根本来不及看衣服……

"操! 挤什么呀!"刺耳的女高音钻进耳朵，吓得阿紫一个激灵——右手边浓妆艳抹的女孩正朝她嚷嚷，鼻子眼睛挤到一起。这人山人海的，阿紫不知道这姑奶奶气从何来。

嘿呀，比本姑娘还娇气？阿紫火冒三丈："你丫什么毛病！？"飙出一口京片子。

"北京人了不起啊？"女孩斜睨阿紫臂弯上亮粉的Burberry，"背个高仿，就冒充自己是高档货？"

"擦亮你的狗眼好好看，这是高仿？"高耸入云的黑影压了下来，女孩加上鞋也就一米六五，刚好被这黑影盖了个严实。年小舞一仰下巴，一把揽过单薄的阿紫："真假Burberry都分不清，逼逼啥呀你！"年小舞气势汹汹，一副能动手别吵吵的架势。

女孩见年小舞人高马大，肩膀不自然地动了几下。年小舞嗓音很高，一下把拥挤的人流"唰"地分开两道，不到半分钟凭空腾出一个规模不大的小长方形。女人对衣服的兴致，只有看热闹能分散。

"去你的！背着真货逛动物园儿啊！装逼！"

年小舞身高占了绝对的优势，见对方一个人，更加气定神闲。

"我们背得起真包，买得起动物园。"年小舞耸了下肩膀，抬手指了指女孩劣质面料的白色蓬蓬裙，"倒是……你穿着动物园的衣服，买得起真包吗？"

"你……"女孩儿脸涨得通红，"你们……欺人太甚了……"

"姑娘，你也有点素质好吗？张口就骂娘一辈子都买不起真包！你说这动物园人挤人，磕碰一下多正常，你犯得着张口就骂我妹吗?"

年小舞人是个儿高,却并非不可一世,最后一句带点儿语重心长的意思。阿紫心灵嘴拙,恶气被年小舞出得那叫一个尽兴啊!心中的小人儿忍不住雀跃鼓掌起来,膜拜得五体投地——女神啊简直!连损人骂街的水平都可以考研。

"你!你有能耐别动弹!我去找人!"女孩儿气急败坏,拨开人群往外冲。

"走路多慢啊!要不要把车借你开?"阿紫冲着她背影大声叫。年小舞扯了阿紫一下,使了个眼色,阿紫连忙闭嘴。

阿紫环顾四周,忽然感受到人群投来异样的目光,顿时浑身不自在。年小舞伸手拉阿紫,想把她拉出人群。

但阿紫还有点不服气:"不,我等丫挺的,看她回来不回来……"她拗着劲儿,脖子一梗。

"你不走我走了。"年小舞脸一黑,转身就走。阿紫见状不妙,姐要生气,赶紧三步并两步跟上年小舞。好在人多,年小舞也走不快,阿紫没几步便追上了横冲直撞的年小舞。不用说,淘货好心情是没了,年小舞一路无话,从迷宫似的商场转出来,腰酸背痛的她俩看见家肯德基就坐了进去。

见年小舞不吱声,阿紫"伴君如伴虎",她拍着小脑壳也想不明白年小舞为啥忽然就"翻船"了。便拿起一根薯条蘸上番茄酱讨好般地送到年小舞嘴边："姐，咋啦？今天真不是我找事儿……"

年小舞叹了口气，瞅着阿紫"整过"的大眼睛——还真是一点痕迹都没有，花钱真好使。

"阿紫，你会笑话我吗？"

"为毛？"阿紫一脸惊讶，吸管儿掉到杯里。

"我不该带你来这种地方逛街呀！"年小舞苦笑，挖了一口冰激凌——一丝冰凉缓入心坎。

阿紫瞅着年小舞，憨憨地笑了，笑了半天，还笑，笑得年小舞直发毛，便拿眼剜阿紫："笑个屁！"年小舞上手捏住阿紫的脸颊，使劲儿拉。阿紫也不还手，还是一副痴痴的表情。

"舞姐姐，我知道我二叔为啥喜欢你了。"

阿紫幽幽一句，正中年小舞。年小舞手一僵，赶紧抓起阿紫的吸管儿："贫！看我喝光你饮料！"

被白了一眼的阿紫毫不介意，笑得更欢实了。年小舞尴尬地把目光从阿紫的脸上移开，专心致志地喝阿紫的果汁。她很审慎，对于牧歌，在阿紫面前。

阿紫有意无意提起牧歌，她的心都竖起千万个小耳朵在听，唯恐漏掉一丝的细节，但她从不主动去打听。牧歌是个富二代，长得好，活好，物质条件没得挑，是绝佳结婚对象。但是这个男人，太难钓了……她有点疲惫了，想想相亲会上那些男人，再看看牧歌……那真没法比。

"小舞姐，你说你要是嫁给我二叔，我是不是就是你小姨子了？"

年小舞总觉哪里不对，忽然一拍脑袋："阿紫，我问你个问题。"

"你终于主动开口问我了！"阿紫得意地挑挑眉毛。

"你说你二叔？为什么他说你是他外甥女？"年小舞狐疑地看着阿紫。

"啊？！你问这个？！"阿紫怏怏，转而浅浅一笑，故作神秘地说："也难怪，我们家比较奇怪。我和我叔，都随的母姓。我爸姓吴，我姓付，我叔姓牧。但我爸爸是我奶奶生的，我叔叔不是我奶奶生的。"

"哦，这样。"年小舞若有所思，把自己闲着没事为琢磨客户研究的那点弗洛伊德，开始一条一条往牧歌身上套……

阿紫看年小舞不说话，噘起嘴巴。她真心喜欢这个婶，难道她不懂自己的特别吗？入得厅堂，下得厨房，能跳舞，爱蹦迪，时不时爆两句粗口的"平民公主"年小舞！比起那个枯燥无味只会说"好的"要多没劲有多没劲的付冉苒强出可不是百倍啊！

"小舞姐，你加把劲儿啊！我可不想那个付冉苒做我婶儿……"阿紫趁其不备挖走年小舞一大勺冰激凌。

"啊!"年小舞尖叫了一声,"你说啥?"下巴掉老长。

"我说……我……想你做我婶……"阿紫一字一顿。

"不是这句!你说不想谁做你婶儿?"

"付冉苒啊!你不知道啊!我妈的侄女——跟我叔叔也算是自由恋爱——但我叔跟我妈合不来——咳,这里面岔头儿多得很——我一点儿不喜欢她,整个儿一假林志玲……"

年小舞脑子"嗡"的一声之后就陷入持续蜂鸣——她权当他是个浪子,没想到还有个固定女朋友!还是个富家千金,这下好,自己嫁入豪门做阔太的梦想更加前途无亮了……年小舞霜打茄子般蔫吧下去,任凭阿紫怎么逗她,再也提不起兴致了。

章柏松约佩娟看画展,两人默契得很,都不提那天那条短信。至于章柏松借给佩娟的十五万,佩娟事前事后一直坚持要打借条,章柏松都拒绝了。一来,这十五万对章来说不算个大数目;二来,两人确实谈得拢,天南海北尽收一壶白茶。这段感情,与年小舞和牧歌不同,别说睡觉——手都没牵过,纯柏拉图,就像两个高中生一样——现在高中生都已经比他们开放了——吃饭,喝茶,谈文学。佩娟孩子一样静静享受章柏松带给自己的宁静和快乐,每当章柏松带她去茶室喝茶,并给她介绍自己二三好友,她都觉得特别有面子。那种消失已久,不,那种期盼已久的尊严似乎来到了她身边。

佩娟都极少会想起肖顿。肖顿若有若无的短信,变得更加无足轻重了。佩娟深觉自己已是恋爱中的女人,唯独,只怕章柏松有家室,又不好挑明,就这么一直拖着,最后也是个问题。这事儿,她一直没有问过。不敢问,也不敢想。

佩娟盯着章柏松的背影出神——她才不爱什么画儿,她喜欢的是他。章柏松饶有兴致地欣赏一幅松柏水墨,若有所思,丝毫没有注意到她幽怨的目光。她叹口气,章柏松有体面的工作、体面的房子、体面的车——当然,她苦笑——也许还有,体面的妻子、儿女。算了,不想了,还是说点什么吧,再这么下去,一下午就过去了。她仔细端详了下章柏松面前的画。

"笔锋清朗,构图奇特,很有个性。"佩娟中肯评价。

"嗯?"章柏松肩膀不易察觉地动了一下,"不,这世界上恐怕只有我一人懂这幅画,哈哈!"

"哦?"佩娟上前,更加仔细地端详起来,刻意在画上搜寻画家姓名:林萍,女,美籍华人,四十五岁。

"我看不出来,那你说说?"这是一幅松柏,手法吊诡——绝壁一棵松,四周峰峦叠嶂,唯这一棵松,一绝壁。此松树冠微斜,躯干弯曲作攀爬状,孔武有力却难敌岁月,有种茕茕孑立的苍凉之感。

"她画的就是我啊！哈哈哈哈！"章柏松指着那棵松树，忽然大笑起来。

"嘘……老章……"佩娟偷偷环顾四周，做了个手势。

章柏松似乎并没理解佩娟的意思："她在说我老了，蹦跶个什么劲儿——我说她怎么给我寄了一张票呢——骂人想解恨，被骂的得知道才行——"

"啊？"

章柏松停止大笑，无奈地摇摇头："还是这样的盛气凌人，不服岁月啊！"

站在章柏松旁边，佩娟感到，章柏松和这画家的关系不一般。

"娟儿，猜到她是谁吗？"

章柏松缓缓转过身，嘴角上带着一丝诡秘的笑容。佩娟从章柏松眼神里发现一种特殊的温情，嗔怪、责备、无奈、宠溺，她所没见过，却对她来讲似曾相识的感情。

"旧情人？"佩娟嗫嚅，她觉自己猜得八九不离十，但又不想承认，总比承认这是他的老婆要好得多吧。

"猜对一半儿！"章柏松往皮墩儿上一坐，继续端详那棵松柏。

佩娟在章柏松旁边坐了下来："你……妻子吧！"终于是摆出来说了，迟早的事儿，既然他想说，那就说吧！索性大家摊个牌，躲躲闪闪也是累。

"我前妻呀！"章柏松脸上挂着一种无可奈何的笑容，像是谈到自己聪明伶俐却调皮捣蛋的孩子。

"前妻"这两个字，让佩娟忽然有一种豁然开朗如沐春风的快感。好像严密的展馆四周吹起了清凉的风一样，憋闷的心室终于通风了！原来他已经离婚了！他现在单身！难怪看房那天他说孩子去美国留学，原来是去找她妈妈！他女儿也不在身边，难怪他一天这么闲……等等，他为什么要告诉我他前妻的事儿？佩娟的心忍不住"怦怦"狂跳，只好把眼睛也放在那幅画上面，努力欣赏，佯装镇定……

章柏松再也无话，俄而起身逛去别处了。佩娟却纹丝不动，看着那"林萍"两个字，看得有些呆。

人一辈子，不过白驹过隙。

这匹小白马，一跑就是一小时。章柏松已转回来了，惊讶地看着佩娟："你是看了一圈了，还是一直都在这儿？"

"我在研究你前妻，"佩娟空洞地回答，目光忽然触碰到章柏松慈爱的眼神，瞬间回过神儿，"……的画儿。"

章柏松忍俊不禁，亲昵地拍拍佩娟的头："还是个孩子啊。"

"我早就不是孩子了。"佩娟较真地拨开章柏松厚重的大手，站起身，"我们走吧。"

眼前的佩娟一下变了个人，从李佩娟变成"李老师"，不是他的什么"小知音"了。女人心像天气一样，时雨时晴，多云转晴，暴风骤雨，但无论什么天气，男人都不要问为什么。他默默顺从着佩娟就往外走。

章柏松发动了车子："娟儿，想吃什么？"

"都好。"佩娟看着车窗外熟悉陌生的楼宇，哦，晚饭吃什么？世界难题。

"去我家吧。"

佩娟讶异，瞪大眼睛质疑地看着他，章柏松像顽皮的孩子一样咯咯笑："去吗？"

"去，就去！"佩娟飞快扭过头，她说得坦然，但脸红了，心又开始"怦怦"直跳。

"那我们先去买点菜吧。"章柏松并道左转，佩娟发现他车上的导航形同虚设，似乎从来没开过，去哪里都是上车就走，也不问路。佩娟记得，有一次堵车，章钻了一次胡同，七拐八拐，居然把拥堵绕了过去。她忽然想起，他是搞测绘出身的。那个年代的高材生，果然不一般。又想起肖顿，那个租了车，带她吃鱼的百般疼爱她的老公，结婚前竟然一直隐瞒自己的学历。这是佩娟心里，一直过不去的坎。学历，这是一个人身份和智商的证明，怎么可以隐瞒呢？她一直渴望的结婚对象的基本要求就是名校、高学历。但肖顿的大学学历，是专升本拿到的。

　　佩娟拧开了音箱，调了几个广播，都不满意。章柏松把收音机关掉，打开CD。"被遗忘的时光——你也喜欢蔡琴？"佩娟会心一笑。

　　"你看你，哪像个'80后'，倒像是和我一个年代。"

　　"小时候我们村长家就放这个音乐——我以为是时髦，没想，那时候就已经过时。"

　　"最近这几年，她又红起来了，经典永远是经典。"章柏松说，"只不过，我同蔡琴一道，都老去了。"

　　"你不老。"佩娟温和地说。

　　"呵呵，是么。"

　　"你不老。"佩娟看着他的眼睛，坚定地说，那眼神笃定得像是一个得到了糖果的孩子，坚信自己是世界上是最幸福的人。这种笃定，令章柏松难掩愉悦，这种感觉，很多很多年没有过了。他便不再辩解，认真开车。

　　路痴记不住路。无论是大马路，还是人生路。于佩娟而言，那些自己去过一次两次甚至好几次的地方，对她来说，时间久了都会陌生。她似乎有点健忘，这并不符合她的职业特点。她曾怀疑自己该不该做这份职业。一个圆顶建筑从眼前飞驰而过，它真漂亮，这是哪？算了，反正马上就忘掉了。佩娟收回目光，认真坐车。

当章柏松亲手烹制的精致菜肴摆上雕花木桌，李佩娟没有惊叹，只有惊诧。她一路上时不时想起肖顿，这各色美食又忽然把肖顿勾勒得更加清晰——红烧蹄髈，西湖莼菜，锅包肉，清蒸鲽鱼，章柏松这手艺丝毫不逊肖顿。相比肖顿那些只讲营养，卖相不咋样的汤汤水水，章柏松的菜式和这精美的屋子一样，色调和谐，气质丰盈。章柏松给她盛了一碗金黄的小米粥，里面有一条胖乎乎的海参。

骨瓷的温润，沉淀了时间的光华。

佩娟目瞪口呆，章柏松笑呵呵地解下围裙："娟儿往那一坐，蓬荜生辉啊！"

佩娟眨眨眼，一撇嘴："蓬荜？一个人住一百多平方米的大房子，还蓬荜？"

"我这么大年纪了，做的贡献多啊！"章柏松摊摊手，指着书房里案子上成堆的白花花的文件，露出委屈的表情，"你说呢，大记者。"

佩娟歪了下头，想想也是，他年轻的时候一定比自己更刻苦，才有今天的一切。

"章大厨手艺真不赖，家里常来人吃饭吧？"佩娟盯着亮晶晶的鱼皮，直觉一定是道入口即化的美味。

章柏松把围裙搭在椅子背儿上，递给佩娟一杯蓝莓汁。

"老男人，活得久些，什么都懂一点，倘若什么都不会，那就是白活了。"章柏松给自己倒上一杯红酒。

"你喝吗？"

佩娟把蓝莓汁一饮而尽，又把空杯子递了过去。

章柏松接过佩娟的空杯子，拿起自己盛了酒的杯子递到佩娟的手里："还是你自己喝吧。我喝了就不能开车送你了——不想你挤公交车。"说着，把佩娟还没喝干净的蓝莓汁，仰脖倒了倒。这个滑稽的却又那么自然而然的动作，让佩娟忍俊不禁。

佩娟不知道如何作答。打买菜时，佩娟便暗自揣摩今晚的去留问题。忐忑，不安……他这么说，是在试探自己吗？佩娟不动，接过酒杯："我可以打车啊，非要你送？"

"这么晚，我不放心的。"章柏松端起小米粥，"娟儿，别想了，吃吧。"

佩娟拿起筷子，却发现食欲全无。椭圆形的餐桌，章柏松选择坐在她对面位置而不是身边——保持着一段进可攻，退可守的安全距离。

海参和小米的醇香猛烈地冲击着佩娟的味觉，几只海洋生物和一把植物种子交融得出神入化。生活中她极少吃这种对她来说略显昂贵的食物，有时候记者招待会后的用餐，那些规格较高的，会有这道菜。其实，佩娟并不是买不起，只是她不会琢磨着去吃和自己"身份不符"的东西——一种食物，只能在它特殊的环境里吃，它才是它。

"一会儿再喝吧，烫。"章柏松像是照顾一个小女孩儿，他从不掩饰这种关切，不矫揉造作，云淡风轻。

须臾，佩娟脱口而出："那天，你收到短信了吧?"

章柏松继续往她碗里夹菜，认真地点点头。

"你怎么想的?"是到了打破砂锅的时候了，她又瞬间恢复了"李老师"的决断：这个去留，她要决定。

"没怎么想。"章柏松叹气，看着她的眼睛。"你就是个小女孩，想要的很多，在别人那里受了伤，不过是跑来寻求安慰罢了。"章柏松轻抿一口酒，"难道不是吗?"

这话一出口，佩娟顿时怒火中烧："你怎么能这么想我?!"

"娟儿，你先不要生气么!"章柏松站起来，坐到她旁边的位置上，并把椅子往她挪了挪，好让她清楚地看他的眼睛——章柏松的眼睛不大，却深沉智慧，好像能洞悉她的一切心思，也能看到她心底脆弱的自尊和隐浅的自卑。他把手放到佩娟的手上，佩娟心头一紧，整个人软了下去："我以为你懂我的心。"

她的哽咽越来越强烈，一时竟语塞，什么都说不出来。只能在心里暗骂：李佩娟，你这个笨蛋！

"正因为我懂你的心，我才不和你提这件事。"章柏松放开手，起身回到自己的位置，给佩娟夹了一块锅包肉："先吃点东西，慢慢聊。这个事儿，今天肯定能说明白。你别激动。"

章柏松的淡然处之似乎真有平息怒火的功效。这种态度，好似给了佩娟一枚"定海神针"。她要的就是这种感觉，心平气和，坐下来谈。是的，这是她最喜欢的解决问题的方式，虽然在感情中她遇事总是最先激动，是抑制不住先开始暴躁的一方，但她很希望对方以这种沉稳和淡然来包裹她的焦虑，虽然她不知道那焦虑来自于哪里。她原先并不知道自己需要什么，希望对方如何对待自己，但她越来越肯定，绝不是那种让她濒临崩溃的"肖顿式"——单刀直入表达意见，她不答应，又来软磨硬泡。最后呢？还不是大动干戈。

离婚？证都没领，离什么婚。

她不明白为什么肖顿就不能够有足够强大的气场，像章柏松那样心平气和地先压住场，再讲道理，让她可以做一回小女人。对的，小女人。坐在那里，有一个成熟稳重可靠的肩膀，疏解自己心中的不快。她好胜，爱逞强，对凌乱琐碎的工作和纷繁的家族事务似乎都那么迎刃有余，然而她的心早已经是伤痕累累，千疮百孔。肖顿，肖顿应该明白的，为什么他不明白？

他为什么不明白那不是我！我要做的是一个小女人！

"想你老公了吧?"章柏松笑了，拍了拍佩娟的头，"吃吧。一会儿凉了。"

佩娟摇摇头，倔劲儿上来不肯承认。

"年轻时总是这样的。等你到了我这年纪，就知道现在你的这种倔强和固执的赌气毫无意义。"

佩娟拿筷子挡住章柏松再次送过来的锅包肉："可是这些你懂，为什么他不懂？人和人是有差别的！"

"我比他多活二十年，我都经历过了啊！"

"不是所有多活了二十年的男人就懂女人！"佩娟不依不饶。

见佩娟坚持不肯先吃再聊，章柏松劝道："你先吃，吃一口我再和你说。"章柏松端起自己的碗："你不吃，我也要吃了。我饿了。"

说着，章柏松津津有味开始大嚼。

看着章柏松那副没心没肺的吃相，佩娟又好气又好笑："我不饿！"就在这时，自己肚子竟然不争气地"咕咕"叫了几声。硬撑变成了玩笑，章柏松假装没听见，低头憋着笑往嘴里扒饭。事已至此，再矫情就没意思了，佩娟端起碗开始和章柏松抢着吃起来——美味佳肴，不吃白不吃。

俩人不言语，你一筷，我一筷，不一会儿，风卷残云。

章柏松打了个饱嗝，端正腰身，看着撂下碗筷的佩娟一副意犹未尽："我还是第一次见一个姑娘家吃这么多！"

"是啊！本色出演！"佩娟白了他一眼，把盘子里的鲽鱼头夹到碗里，"乡下姑娘，都这样——没见过？"

佩娟含着饭，支支吾吾却不耽误顶嘴。

章柏松被逗得哈哈大笑，一边笑，一边拿起热水壶，往空盘、空碗里倒上水，又用金属勺和木筷"叮叮当当"敲起来，别说，还很动听。

"俺娘从小就说，八分饱活得久。怎么，你娘没说过？"章柏松打趣道。

"俺娘说不做饿死鬼！"无论章柏松说什么，佩娟都怨念深重地顶回去，人给她做饭，她跟人有仇似的。

"好好好，我不惹你，我刷碗去。"

章柏松站起来收拾碗筷，把盛满水的碗碟像表演马戏一样，夸张而小心翼翼地一个一个端起来，摇摇晃晃走着"Z"字，放到水槽里。厨房是开放式的，佩娟的余光一直追随着章柏松扭动的围裙，他动作熟稔，一看就是家务事的行家里手。佩娟一进门就注意到了这个单身男人的屋子，一切都井井有条，就像女主人只是暂时不在家一样。

见章柏松背过身去，佩娟也不用再佯装猛吃，放缓速度，想细嚼慢咽，可肚子已经撑得够呛。她打了个饱嗝，终于依依不舍地放了筷子,盯着章柏松刷碗的背影发呆。

"我们接着刚才的话题吧!"章柏松一边刷碗,一边高声愉快地说。这开场白太不合时宜了吧?这怎么从头说起啊?在她看来,这是个很严肃的事儿,但是章柏松一说出来,就好像不是个事儿似的,就像吃个便饭一样,或者就像洗个碗一样。

"没有男人生来就懂女人,"这是章柏松的开场白,"包括你老公,他的不足只是年轻,你嫁给他说明你认可他。"

"我当时还小,不知道自己要什么。"

"你现在知道自己要什么?"

"知道了——一个成熟、稳重的男人。"佩娟斩钉截铁,不容置疑。

"你所谓的成熟稳重,是不是包括:工作稳定,有房有车?"章柏松笑呵呵,拿捏得十分到位,听不出一丝挖苦戏谑。

佩娟没说话,算是默认。

"这种事情,有什么难以启齿。一个女孩子,没有房子,会有漂泊感。可是社会这么现实,对一般年轻人来说,二三十岁,就靠个人奋斗在北京能有个房子倒变得不正常了。"章柏松手里的盘子"咯吱咯吱"响,"你想要这些,没什么羞愧的。女人的青春是贬值的,谁也不能否认。我觉得我还算是个比较注重内涵的男人,那我还喜欢你这样年轻女孩呢!何况别的男人。但你有没有想过，还是有些个女人是禁得起岁月的。"

"比如，你前妻？"

"嗯，她确实算是。有想法，有内容，是个禁得住岁月的女人。"

"那你们为什么离婚呢？"佩娟不解地问，这个问题，她在画廊就已经思忖良久。

"年轻时穷，我拼命往上爬。有钱有地位的时候，她跟爱情走了，说我成了世俗的钱串子——"章柏松长叹一声，"我是个工人家庭的孩子，按说有今天也仰仗她家里提携，我记得她的好——不会忘的，但我毕竟是高攀了她这个高干子弟，我这点才情只能附庸风雅，怎么比得上高山流水呢——算了，扯远了。我说的是，你们之间感情没破裂，只是你太希望对方用你想要的方式爱你了——我是不是有点太居高临下了？"

"没有，你继续说。"佩娟蜷在椅子上，抱着膝盖，章柏松是一番肺腑之言。

章柏松戴着手套，拿着满是泡沫的鱼盘，走近佩娟："我肯定是喜欢你的，接近自己喜欢的女人是男人的本能。但是你还没离婚，决定权在你。"

佩娟没料到章柏松如此直白，一下子懵住了。

"佩娟，我知道你要什么。我都能给你。但是也有些东西，我给不了你。我要和你说清楚。"

"什么?"

"我年纪大,那方面本来就不太行,现在更不行了,你还年轻,夫妻生活上我怕你将来会有些怨念;还有就是,你有没有想过,以后如果在一起生活,很多事情,我恐怕没法和你共同分享乐趣,因为你觉得新鲜的东西,对我来说都是熟悉得不能再熟悉的,没什么激情了。我现在只想安度,不折腾。"

章柏松看着目瞪口呆的佩娟:"还有就是,你真的,像我喜欢你一样喜欢我这个人吗?"

章柏松停止了擦拭,稳稳地伫立在佩娟跟前,章柏松如此开诚布公地和她讨论这些问题:她万万没想到。

章柏松眉宇间写满认真,她第一次注意到章柏松两鬓斑白的发丝。她从没见过章柏松居家的样子,不同于在办公室,不同于在酒桌和茶室,穿戴围裙的章柏松,尽显苍老。她从前觉得他是一个符号,等同于权利金钱地位,优越的生活。后来她觉得他是一个兄长,等同于知己。现在,他即将转变为爱人。

爱人?

与老章重逢后,她千百次责怪自己,为什么嫁给了没房没车的肖顿,而不等待一个章柏松一样的男人驾着七色祥云来接她,给她物质,给她事业,让她活得有尊严。老章的出现,让她忽然意识到,这个驾着七彩祥云的男人终于来了——就是没有那么多时间了。她努力回忆她嫁给肖顿的那一天，宾客满门，都冲着准新娘而来，吵吵闹闹，都是为她，那是资质平凡的她唯一一次成为万众瞩目的焦点，但任凭如何回忆，却怎么也想不起当时有幸福，力竭之后只有照片上笑僵了的双颊。

"你是不是觉得我特别虚荣？"佩娟双手绞在一起，脸憋得通红，她也审判过自己，但是，她的心从来没有作答。在章柏松面前，她成了穿着新装的皇帝，此时此刻，无处躲藏。

章柏松摸了摸她的头，眼里没有丝毫责备，他做了小半辈子领导，阅人无数，佩娟还不算最年轻。

"这样的社会，你这样的女孩儿，这种程度的虚荣，一点都不过分。"

佩娟肩胛骨一松，贴在椅背上，仰着下巴，头上是华丽的水晶吊灯，再柔和的灯光都不能直视，都刺眼——泪顺着脸颊流下来。

"谢谢，谢谢你，老章。"

她感到踏踏实实地松了一口气，这口她一直争着的气，让她终日惶惶。她何尝不懂得自己变得浮躁市侩，她总梦见回到大学在图书馆一坐一天的好时光，她最爱的事情，不是什么出人头地，光宗耀祖，她爱读书啊！她是真的爱读书！她也想念，时常压抑自己去想念，有个雪糕就会忘记夏天的单纯。然而这些，真的都不在了。她一直谴责自己,逼迫自己。直到今天,她终于明白,这种变化是多么正常,多么地正常。

她终于可以原谅自己了。

年小舞早知阿紫是个酒鬼,但今天她并不阻拦阿紫点酒喝。她为陪这大千金,点了一杯玛格丽特,那几年,这种杯口上带一圈盐的鸡尾酒还没风靡。碧生当年特别喜欢一个关于调酒师的动画片,有时拉她一起看,动画片讲日本调酒师生活,和众多的鸡尾酒名目来源。有一个调酒师,他的爱人病逝于二十一岁芳龄,他终其一生再也调制不出爱情的味道——忽然一天,一个偶然的机会,他发明了玛格丽特,往杯口上放了一层薄盐,酸甜苦辣咸五味杂陈。他叫这种酒:心碎回忆。年小舞偶然尝了下这种酒,无可救药地爱上了它。

杯子上遍布年小舞的清浅唇印,她总喜欢用各个角度品尝这杯蓝色液体。细细盐粒融化舌尖上,酒香清冽,不知甘苦。

这种酒碧生去世之后年小舞已经不喝了。今天,她想碧生了。思念和深陷内心的久久纠缠,她不知该和谁分享,她想念碧生。

年小舞也想妈妈,但有些话是不能同妈妈讲的。她只会假装在打麻将,嫌她烦,找借口骂她一顿,但担心是肯定会有的。她来北京第一年,适逢北京十年一遇的大雨。她租住的地下室被大雨给淹了，脸盆、鞋子都漂起来。一宿没睡，第二天和不愿意退押金的房东干了一架后搬出地下室。她心大，把这当成笑话跟她妈讲了一遍，才讲一半，她妈就把电话挂了。她再打回去，她妈也不接，再打，怎么都不接。她还纳闷她手机是不是让人给抢了！

好久之后，她才幡然醒悟：妈是哭了。那以后，她只报喜不报忧。

"碧生，我好想你。"年小舞柔软偎在身边的大狗熊里。

阿紫喝得不少，说了些牧歌的事。她静静听，有时点头附和，有时忍不住也发问。阿紫笑成一个如花美眷，眼神都散了："是啊是啊！嗯嗯！"然后又讲些乱七八糟和牧歌没什么关系的事。年小舞忽然觉得自己有点卑劣：阿紫提出点酒，她就知道，酒鬼阿紫一定会喝到烂醉。但年小舞也知道，醉了的阿紫会胡言乱语，讲很多事情给她听——关于那个想见，见不到，想问，不能问的人。

"女士，那位先生请您喝一杯。"服务生托盘中间放着一杯粉红佳人，礼貌跟她点头微笑。年小舞见杯下压着一张纸条，摇摇头，手一挥："谢谢，我不喝这种酒。"她收回目光，一低头，及腰的长发遮了半个身子。手机亮了一下：八点三十二分。

服务生稍微等待了一会儿，确定年小舞不要，便转身打算返回。

"哎，等下……那种纸，还有吗？"年小舞突然想起了什么，唤住欲离去的服务生。

"女士,您是说,这种便笺纸?"服务生单手托盘,掏出一个手掌大的小本本。

"嗯。"

小舞接了过来,撕了一张后还给了服务生。

那个服务生还贴心地为她留下了一支铅笔,转身走回到服务台交代几句之后,又去远处向"那位先生"汇报了。

年小舞翻出曾在微博上看过的一道测试题"你爱他什么?——心理师教你练表格!"照葫芦画瓢,三下五除二画了一个表,嘴里念念有词:"不要多想,拿笔赶紧勾,第一直觉很重要!"

年小舞憋了口气,唰唰竣工,把纸条举起来,仔细端详。

	是	否
容貌	√	
身材	√	
金钱	√	
地位	√	
内涵		√
家庭		√
温柔		√
真诚		√

"妈的,我是个拜金女?还是个外貌协会!"

年小舞灰心又丧气,快快地团了纸条。这把年纪,钓富二代干吗?就不能安安分分找个老实人把自己给嫁了吗?这么耗着,迟早人老珠黄。年老色衰,再嫁就更难了。会有人欣赏自己内涵吗?

我有什么内涵。一想到这,年小舞更加落寞,拿起已经团成团的纸条,又搓了几遍。

下个月就参加相亲会!年小舞侧脸看了一下壁镜,瘦削的侧影映入眼帘:她三十二岁,光滑的面庞保养得没有一丝皱纹。但怎么看,也和对面的阿紫不是一个年纪的女人,她们的眼神,不一样。

再美的容颜也禁不起岁月推敲。也许,她等不到她想嫁的人了,真的等不到了,他想要的可能是十年前的她吧!眼前的阿紫如此年轻,都说青春貌美,如花笑靥难敌无力东风,年轻女子才是雄性孜孜不倦追逐的猎物,而她,已进入下一循环。

"对不起,小姐,我刚才理解错了,这杯酒送的是你对面这位小姐。"

年小舞回过神,她看到服务生托着酒杯,但却没听到他再说什么。

"嗯?"

"这杯酒,是送给你对面这位小姐的,但她好像……我能叫醒她吗?"服务生不卑不亢。年小舞明白,服务生已经收了"那位先生"的小费,只得再来一次。

年小舞这才注意到,阿紫已经倒头酣睡,人事不省了。

年小舞接过酒杯,摇一摇,又放回到托盘上,打开钱包往托盘上放了一百块钱,服务生好像没看见那一百块钱一样。

"那我帮您叫代驾。"

年小舞点点头,服务生娴熟地把钱揣进口袋,转身走了。

年小舞起身绕到阿紫面前,扶着阿紫肩膀,使劲儿摇晃:"阿紫?阿紫?!"

阿紫咂咂嘴,头歪向另外一边。

"跟你作不死的二叔一个熊样儿。"

年小舞单肩顶起阿紫。

阿紫服帖地贴在年小舞的胸脯上,均匀的呼吸如婴儿一般,甜腻馨香,里里外外透着娇嫩的芬芳。年小舞忽然很羡慕,阿紫好逸恶劳,贪恋酒精,没心没肺瞎胡闹,但阿紫很单纯,很善良。这样的女孩儿,不知多少男人暗地觊觎,伺机而动,倘若没有吴辛那样一个老爸,早就玩废了——要是没有这么个老爸,恐怕也不会有那么多坏人了。

那么多次被借钱,她都真的相信人家是确实有困难,阿紫,她怎么会这么傻呢?

这样一个孩子,保护得这样好,需要多少钱来换?没有柴米油盐,没有升学压力,没有职场危机,没有人情世故。阿紫,姐姐羡慕你呢,你知道吗?

她把阿紫往怀中紧了紧。上了车,年小舞把人扔进后座,自己也爬了上去,肩膀给她当枕头。

"鹿晗,帅……"阿紫花痴地咂巴嘴,哈喇子流到年小舞胸上。

"小混蛋,你……"年小舞赶紧掏纸巾擦胸部,忽然留意到代驾男孩的侧脸——好标致的帅哥——这死丫头到底喝醉没喝醉啊?!

"阿紫,起来,吴彦祖给你开车呢。"

"哈哈哈哈!"男孩笑了起来,"我女朋友追我的时候就说我长得像吴彦祖。"

"你从前做什么的?"

"部队转业的,以前就开车。"

"难怪开这么好。"

刚寒暄两句,车已开进年小舞所在小区,导航结束。代驾放缓速度,寻找停车位,忽然,一辆牧马人从马路边斜插进来,"吱嘎"一声停在年小舞的车头前!代驾一个急刹,好在车速不快,车身只是剧烈地向前猛冲一下。

"哎！谁呀？！卧槽！怎么开车的！"年小舞抱住瘫软的阿紫，大叫一声。按开车窗，准备骂街，忽然住了嘴——"牧马人"上下来一个人，手上夹根烟，趴在年小舞的车厢盖上。强灯打在男人脸上，那副流氓相——没错，牧歌。

年小舞心一阵狂跳，手心冒汗，下意识地看着怀里的阿紫。这混蛋不是找不到他的宝贝儿阿紫找我算账来的吧？这下好了，喝个烂醉……

牧歌伸出一根手指一勾，昭然若揭，那意思：你下来。代驾并不知道这个动作是做给年小舞的，可能是由于当过兵，代驾小伙并不害怕，神情严肃地走下车。年小舞轻轻放下阿紫，也随着下了车。

"这位是？"牧歌又抽出一根烟，"啪"地关上火机，玩潇洒。

"先生，我是……"小伙儿意识到乘客和面前的男人关系不一般，特意加了个先生。

"我朋友！这么晚了你干什么？"年小舞吼回去。牧歌没吱声，掸了掸烟灰，把烟头扔在地上，踩灭。伸手从后口袋里拿出钱包，对代驾帅哥说："多少钱？"

代驾帅哥看了下手机上的里程表："一百六，哥给一百五吧。"

牧歌拿出两张一百："谢谢你，不用找了。"

代驾帅哥接过钱，没说什么，看了年小舞一眼，见她没什么要求助的样子，转身走向小区大门。年小舞站在原地，忽然想起车里的阿紫，转身打开车门，想把阿紫从车里架出来，此时的阿紫完全无意识了，死沉死沉，年小舞吭哧了半天，终于把她给拖了下来。牧歌想上来帮忙，被年小舞一个凶神恶煞的眼神瞪了回去："多谢！我自己可以！你站那别动！"

牧歌可不是谁的话都听，亦步亦趋地跟着使出吃奶劲儿的年小舞，嘟囔："你个女汉子……那是我外甥女儿。"

年小舞回敬："我妹妹。"继续前行，烂醉的人总比平时重了好几倍，门口，门口，加油，年小舞，你快到了。年小舞只觉得浑身无力，心脏"咕咚咕咚"地跳个不停。就是不肯放下阿紫，也不让他帮忙。

"年小舞，你他妈到底是什么做的?!"牧歌有点飙了。

"要你管！"年小舞恶狠狠。

"说你女汉子给你面子！你丫就一纯爷们！"

"你丫还他妈淫虫那！"年小舞毫不甘示弱，"我他妈就是一个纯爷们！我他妈就是个当不上女演员的女公关！我他妈还是个嫁不出去的老姑娘！我高攀不起您这位爷！还他妈以为我是爱上你了是不是？去你妈的吧！我就是爱你的钱！我他妈就是想结婚想疯了……去你……妈的吧……"

骂着骂着，哽咽了，肩膀止不住颤动，年小舞努力控制自己的呼吸，不让声音哽咽，然而她失控了。她选择不再开口，认真地搬阿紫：先解决这个再说吧！不能丢脸！自己作孽自己还！年小舞左右地摇晃起来，她终于要坚持不住了……

"年小舞！你嫁给我吧！"

牧歌铆足了劲儿，在年小舞身后几步远的地方大声地喊，凌晨两点，万籁俱寂。

年小舞腿一软，坐在地上，大口喘气，阿紫倒在她腿上。

居民楼的灯光一户接一户亮起来，漆黑的大院顿时灯火通明，繁星璀璨，总不及夜里一盏近火——年小舞忽然发现面前已没有路，那片青草地飘浮上升，滑梯，秋千，垃圾桶，双杠，都开始攀升旋转……

"年小舞！你都这把年纪了还他妈挑！我最后问你一遍！嫁给我！你干不干？"

年小舞瘪着嘴："干。"

灯又一盏一盏灭掉，年小舞回家了。

城市另一端，京津高速上疾驰着一辆黑色SUV。驾驶室里，女人严肃冷艳的脸，看不出喜怒。车后排躺着一个烂醉如泥的男人。电话响起："哎，安安？有活吗现在？我这边四季青有个客户叫代驾，双倍付，你去?"

"刘师傅，谢谢你。我这边有活。"

"啊？那行，我另外找人！"

"真的很谢谢你，刘师傅。"安素言辞诚恳，但声音轻得似乎怕惊扰梦中人。

"不客气，北京太大，你一个姑娘家，不容易。"

安素挂电话的同时窥一眼后视镜，呼呼大睡的吴辛绅士风度无影无踪。北京这么大，饭店给吴辛打电话到代驾公司叫代驾，偏偏叫的就是自己！

安素打开车窗，风灌进来，吹乱了心。

我是男人，和其他男人一样！

时间在夜幕中流逝，安素关掉导航熄了火，吴辛仍然昏睡。

"吴辛，你到家了。"安素轻轻叫了一声，吴辛丝毫没有反应。安素叹气，思忖良久，拨通了一个号码，接通之后，电话那头传来球赛直播夹杂着孩子的哭声，安素刚想张口，只听"呼噜"一声——抽水马桶被人狠捅一下，一个妇女振聋发聩："回家就不能把你那破手机关了?!"安素一阵尴尬……

"安素，别理她，更年期——什么事儿？"

安素苦笑。

"这么晚打扰你。真不好意思。"

"是不是有什么急事儿？"刘建伟关切地问道，声音低得不能再低。

"吴总喝醉了，我在他家楼下……"安素不知如何继续下去，刘建伟也不会相信自己做代驾，而吴辛刚好叫了自己的车——何况，她也不想刘建伟知道她夜班干这个。

不如不言。

"付丽去新马泰了，下周回来。"刘建伟轻声，"B座1705，正左数第三个大门，十七层，最左边的窗。"

安素的目光随着声音移动，黑的。

"亮吗？"

"没人。"安素踟蹰。

"你送他上去吧，阿紫不和他们一起住。"刘建伟似乎在保持着某种默契。

安素忽然想起年小舞形容男人间兄弟感情常用的一句话：所谓的兄弟，一起扛过枪，一起嫖过娼。不禁哑然。

"好。"

"嗯，那——有事儿打电话。"

"好，再见。"

安素双手握住方向盘，车已熄火，纹丝不动，方向盘无比沉重——她可以带他去旅馆，也可以送他回家。她该带他去旅馆，但此时此刻，她却停在了他家门口，犹豫了。

吴辛对她不薄。他为她谋了一份待遇优厚的工作，前后借予她几十万给母亲看病。他没有要求过她什么，有时候他也只是从后面抱抱她，她没有反应，他也就松开了。

但他的喜欢是不是爱，她自己也不懂。但她其实没为他做过什么。

　　手心攥出汗,安素似乎下了决心。她快步走下车把吴辛拖离后座。吴辛已酩酊大醉,左摇右摆,站也站不稳。安素用了吃奶的劲儿,总算把酒气熏天的吴辛拖进了电梯。

　　门卫看了一眼,见是吴辛,开了门。上电梯,因为安素动作慢,吴辛被电梯夹了一下,这一夹吴辛似乎清醒了一些,自己歪歪斜斜扶着墙壁竟然站住了。上了电梯,他一屁股坐在地上,一动不动盯着她就是"嘿嘿"傻笑。

　　安素面无表情,瞥他一眼,吴辛便像个犯错的孩子,低低地把头压下去了,埋进腿弯里。没到两秒钟后猛地抬起头,又露出一口白牙,没心肝的样子。

　　"傻。"

　　安素扭头不理。

　　"好看……"

　　吴辛犯花痴,口水流了一下巴。

　　安素只盯着电梯一层层跳跃,不再理会他的任何行为。

　　电梯停在了十七层,安素看吴辛清醒了些,呵斥:"起来,自己走。"

　　"不……"吴辛撒起娇来,耍赖皮,一副你不拉我我坚决不起来的样子。

"那我走。"安素一条腿刚迈出电梯,左腿就被吴辛一把死死抱住,动弹不得。

"你不能走!"吴辛把脸紧紧贴在安素大腿上,鼻息灼热,安素小腿一阵发烫,酒气随之扑面而来。

"你……"安素气急败坏,使劲抽了抽腿——根本动弹不得,吴辛的蛮力要比她想象的大得多。武力不成,只能哄骗:"走,回去还接着喝,松开。"

"松开……那你……不许跑……"吴辛仰起脸,奶声奶气地问,眼里满是纯真的渴望。安素想起小Q,那孩子犯了错或有所恳求,就对佩娟和小舞流露出这样软软的眼神,她们便顷刻满足她所有无理要求。安素顶讨厌小Q层出不穷的伎俩,今天换成了吴辛,他也会这套。

"嗯,好。"安素厌恶地回答。

吴辛痛快地松开了安素,歪扭地扶着滴滴直叫唤的电梯,蹒跚向前。安素走在后面,时刻担心他又坐在地上不动。翻吴辛的包,掏出一串钥匙,稀里哗啦地开了门,门锁刚开,吴辛便手肘一顶,门瞬间大开,吴辛本能地抓住安素的右手腕,两人一个趔趄摔进了屋。

"啊!"安素摔倒在地,单膝跪地,左手撑住地面——幸亏是地毯,要不非得镜面骨折——吴辛晃了几下,竟然扶墙站稳了!

安素甩着被吴辛攥得死死的手腕："松开！疼！"吴辛慌忙松手，安素半空中另一半身子掉在地上，由单膝跪地变成双膝跪地。安素紧闭双眼，疼得眉毛眼睛都拧到一块儿，却被眼前巨大的眼珠吓了一跳，本能一仰，又差点坐在地上。

只见吴辛趴在地上，头贴得和地面一样低，从下面往上看着安素。

"你……借着酒劲儿耍酒疯是吗？"安素斥责。

吴辛噘起嘴，晃晃悠悠地从地上爬起来，居高临下地俯视安素。"不耍酒疯……"吴辛一弯腰，双手拦住安素的腰，"耍流氓！哈哈！"

吴辛把安素拦腰抱起，往肩头一扛，安素的心脏咯噔一下停了。吴辛像踩棉花般朝卧室走去。他走得并不稳，速度也不快。安素的视线垂直望着暗红色的地毯，娇艳的牡丹花混淆了安素集中的视线，乱花渐欲，视线模糊，只剩下斑斓的颜色忽远忽近，忽明忽暗。安素宽松的白T被掀至胸部，柔软的腰贴着吴辛宽厚结实的肩膀，小腹的温暖和脊背的冰凉，皮肤与皮肤间的鲜明感受。她忽想起小时候，算命先生说她与父亲八字相克，父亲决定把她送给别人养，下了面包车的父亲把她一把扛起来，走了十几里山路——那时候她像只小母鸡儿，好斗，瘦弱——闹也闹了，两天没有吃东西，前胸贴后背，只有一个愿望：快快下来，快快到另一个地方去，快快吃上一碗酱油泡饭……她的头不断地耷拉到父亲的胸口上，就像此时此刻。

那路，那肩膀，好像没有尽头，生命不再能呼吸，等待死亡的寂静。

"吴辛，你知道为什么那家人又把我送回来了吗？"安素轻轻说。

"唔？"吴辛并没有听清安素的话。

"因为我不说一句话，他们以为我是个哑巴——养大也换不了多少彩礼。"

吴辛兀自扛着安素往卧室走。

"吴辛，放我下来。"

这次吴辛听清楚了，使劲儿地摇摇脑袋："不！"

"你放我下来！"

伴着喊叫，安素开始暴怒，奋力挣扎乱踢乱蹬，慌乱中甩手就给了吴辛一记响亮的耳光。吴辛火冒三丈，抱紧她的腿弯三步并两步迈进卧室，一个用力把安素扔在床上。

安素挣扎着想坐起来，发现吴辛已经以迅雷不及掩耳之势骑在了她身上，死死地按住安素的肩膀，因酒精和情欲而发红的眼睛狠狠地瞪着她：再动，我看你敢！

双方僵持了一会儿，安素不再挣扎，吴辛按住安素的手，也不再那么狠。

"我以为你不会强迫我的。"安素努力控制自己的颤抖，抗拒转成哀求。她知道自己根本不是吴辛的对手，相处几个月，除了那次与钱大兵打架后在酒店里彻夜未眠的聊天，两个人便没有深夜单独相处过，吴辛也没有对她提任何要求，安素渐渐放松了悬着的心，直到眼前的一幕，让毫无心理准备的安素面临窒息，她只觉得天旋地转，眼前的吴辛变成了一只放逐的困兽，焦躁灼热，撕裂了谦谦君子所有温文尔雅，暴力不堪。

"你以为……"吴辛凑近安素的鼻尖，"你以为什么？"

"我以为你和别人不一样。"

"我是男人……和男人，一样。"

吴辛的吻雨点一样落在安素的脖颈上，温湿的酒气和腥咸的汗液让此刻的吴辛意乱情迷。安素脑海中浮现出母亲憔悴苍白的脸，蠕动着的双唇，似乎想和她说些什么，却只有虚弱气息没有声音。最后，母亲流泪了，直勾勾地看着安素，眼泪变成了鲜红的血液……安素没有再挣扎，任凭吴辛撕扯自己的衣服。

"吴辛，我需要更多的钱。"

安素冰凉的肌肤，碰撞着吴辛炙热的嘴唇，带给了吴辛强烈的愉悦感。在安素耳畔"吭哧"地喘息，拼命地吮吸怀中的雪人，唯恐不能淋漓尽致。他咬住安素的肩膀："钱……给……给你……"吴辛每说一次"给你"就发狠地用力,使劲儿把安素往下按,安素只觉得自己在不断下沉,一下,两下……随着愈演愈烈的疼痛,她感觉自己的身体越来越轻,无力地向下飘,越来越冷越来越黑……终于万劫不复。

阿紫深夜从头痛中惊醒,僵尸一样直直地坐起来,一只温热的手从身上滑了下去。安睡的年小舞长发凌乱,把阿紫吓了一跳。气定神闲后,才长长舒了一口气,愣愣地盯着年小舞月光中的脸,揉了揉跳动的太阳穴,缓缓侧身躺下了——月光下的年小舞,恬淡安宁,像个孩子。蜷缩着,笑容甜美,牙齿咬着被脚儿,口水打湿了被面……

"好恶心啊……"阿紫想把被子从年小舞的嘴里拽出来。

"咳……"咳嗽声从背后传来——小舞姐这公寓隔音也太差了吧……

"咳……"咳嗽声再次响起,伴着脚步的沙沙声,俄而,拖鞋开始撕拉,撕拉……

不对,这声音不是隔壁啊……这声音分明在身后……

"啊!贼啊!救命啊!"阿紫抱住熟睡的年小舞开始狂叫。

年小舞一个激灵惊坐起,灯伴着阿紫的惊叫声亮了起来。拿着水杯的牧歌,傻傻地看着两人——惊叫不止的侄女阿紫正和年小舞抱成一团。

年小舞已然懵了,轻轻拍了拍阿紫的背:"咋啦,宝贝,做噩梦啦?"

"有人!屋里有小偷!"阿紫大叫。

牧歌一脚踢在阿紫的屁股上,痞里痞气地笑骂:"死丫头,喝得连你二叔都不认了!"说着,又要补一脚。

年小舞抄起羽绒枕扔了过去:"滚一边儿去!看你把她吓成什么样儿了!"

二叔的声音,阿紫再熟悉不过了,她怯怯地一回头——果然,站在身后的不是别人,正是她"没正形"的二叔。

"二叔,你……"阿紫狐疑,目光飘到牧歌手中的茶杯上,游移到沙发上的枕头,又拉回到牧歌棱角分明的下巴上。"你怎么在这……"阿紫咽了一口唾沫,"也。"

"我……"牧歌用目光探视年小舞,不料年小舞出神地盯着天花板,故意不鸟他。

牧歌心里狠狠骂了句娘。

"我来跟她求婚的。"

阿紫眨巴眨巴眼睛,又张了张嘴,瞬间爆发:"我靠!"

牧歌见年小舞淡定得好像事不关己一样,憋不住了:"哎!你丫装什么蒜?"

年小舞白眼儿一翻:"我没听见。"

年小舞话音未落,脖子忽然一把被人搂住,紧接着就被扑倒在床:"啊啊啊啊……婶儿!快让我亲一口!我要当伴娘!我要当伴娘!"

被扑倒的年小舞咯咯直笑,阿紫一边搔她痒痒,一边在她脸上"啵啵"地亲,忽然,阿紫停住,头扭向牧歌。

阿紫的目光太过正经,把牧歌盯得摸不着头脑:"丫头片子玩什么深沉。"

"二叔,你和付冉苒分手了吗?"

牧歌点点头,杯子举起来遮住半边脸装作喝水,她俩看不清他的表情。

"那……我妈知道吗……"阿紫更加阴郁。

"你妈管不了我的事儿。"牧歌"哐"地一声把杯子扔进水槽。

"喂!那是陶瓷的……"年小舞抗议,忽然察觉牧歌不对头,声调也逐渐微弱下去,"……不过没关系……很结实……"

"那就好。"阿紫深呼了一口气,又一把搂住年小舞的脖子,"我们家我妈什么都说了算,啥事儿都想管,可闹挺了。幸亏二叔要娶你……真好!我们的战壕又多了一个同志!"

"你们?"年小舞狐疑。

"我们!"阿紫指了指自己,又指了指牧歌。

牧歌躲开年小舞的目光。年小舞识趣地没有继续探寻——男人的事就让男人去解决吧——看了一下手机：凌晨三点一刻。

"明天是周末，我和娟儿小Q约了安素在东四聚会，你要不跟我去吧。"

牧歌没看年小舞，闷闷地点点头。

"你去吗？"年小舞又问阿紫。

阿紫一把抱住年小舞的胳膊："当然当然！阿婶！"

年小舞一乐，马上板起脸。

"关灯！睡觉！"

牧歌走过去把灯关了，没过几分钟，年小舞听到关门的声音。阿紫均匀的呼吸扑面而来，是少女的气息——年小舞瞪着干涸的眼珠，睡意全无。提起阿紫的母亲，牧歌为什么那么沉默？碧生的书稿完成了，下一步就是出版了，要做的事情还很多。她知道我们在为她做这些事情吗？明天，大家见了牧歌会是怎样的反应呢？她们会祝福我吗？她们会说我虚荣么？

年小舞忽然想给妈妈打个电话，熬着，熬到天亮，和妈妈说说——这老太太，指定美翻了！

佩娟起夜，发现小Q屋里的灯光还亮着。她蹑手蹑脚地拧开门，以为小Q已经睡了，想帮她关灯。打开门却发现小Q戴着耳塞正在聚精会神地画画。刺鼻的丙烯味道——小Q无意中打翻了藏蓝色油彩盒,洒了一地,她竟全然不知。

佩娟揉揉眼睛:"Q,还不睡。"

小Q完全沉浸在图纸中,并没听到佩娟的呼唤。佩娟拖沓着走到小Q身边,左手轻搭在她的肩膀,右手抽掉她手中画笔。

"姐,没睡?"小Q的黑眼圈儿像是不小心画上去的,眼睛也因疲惫黯淡不少。

"你怎么还不睡?"

"明天大家要看插图,我这阵儿偷懒没画完……正在赶。"说着露出惭愧的神色。

佩娟忽然想起明天——不,已经是今天了——的聚会——她已经完全给忘记了。

"没事儿,画不完,慢慢画。睡吧。"

"不行……那样的话,安素会生气。她已经把文字稿发我快一个月了,我才只画了两张——她一生气,怪怕人的。"

小Q低下头,不停地绞手指。

佩娟一听,果然,一个月两张实在说不过去。安素的脾气,佩娟也是领教了的,上次医院的事情后,安素就没再和小Q当面说过一句话,每次都是各说各的,两人没有交流。只要小Q一开口,安素便默不作声。如果明天小Q真的只拿出两张插画,安素的脸色——毫无疑问。

佩娟也不知说什么好，创作方面的事情，她帮不了什么忙，没什么创意也不会画，当初大家分工好了：等书出了，她负责宣传和推广相关事宜。所以，目前每次大家聚会碰头，佩娟基本都是给大家倒水、埋单的角色。佩娟在床上捡了一块没堆衣服的地儿，坐了下来。

"Q，聊聊你工作的事儿吧。"

"哦……"小Q似乎不怎么想聊这件事儿，从佩娟手中拿回美工笔，又坐回凳子上，"不怎么顺利……找不到合适的……"

"我给你介绍的几个公司，都去看了吗？"佩娟关切的语气带着一丝责备。

"嗯，都去了。"

"没有合适的吗？"

"嗯……"

小Q转过身，"沙沙"地勾起草图。

"为什么不合适？"

小Q良久没说话，只给佩娟一个光秃秃的脊背。佩娟发现，小Q最近似乎瘦了许多，瘦削的肩膀上垂吊着的T恤衫，突兀着骨骼。佩娟不禁十分心疼，不忍再责难她："你最近没有好好吃饭？怎么瘦成这样。"

"嗯……我在攒钱。"小Q支支吾吾。

"钱不是攒出来的，你都没有收入，怎么存钱？"佩娟忍不住唠叨，话不重，但情绪是有的。小Q也明白佩娟的好，无论佩娟怎么讲，其实她都并不以为意。

"我只是……不想做自己不喜欢的工作。"小Q吸了口气，艰难地说，"我不是设计师，也不是程序员，我只想画画，做手绘师。"

"一个月一千五？"佩娟质疑道。

小Q沉默。

佩娟望着小Q瘦骨嶙峋的后背。自己自从和肖顿吵架，已经很久没有关心过小Q的生活了，不想小Q只被疏于照顾一阵子，竟然憔悴成了这样。她心里盘算着，明天该找个怎样的借口，塞给小Q一些零用钱，这样省下去不是办法，身体会垮的。再说，小Q为了碧生的书，出力最多，只有小Q一个人会画画，一本书这么多插画，几乎都是小Q重新修改和设计的。不管书出不出，挣不挣钱，都该给小Q报酬。

"最近大兵都没来，你们不是和好了吗？"佩娟边问边走到客厅，从冰箱拿出两包牛奶，倒进碗里，塞进微波炉。

"他最近很忙。"小Q若无其事地回答，噘起鼻子嗅牛奶的香味儿。

"小Q,其实我们真的都不怎么喜欢他,你知道的。有些话……"佩娟端着热牛奶,走了进来,小Q迎上去端了一碗放到书桌上,用嘴巴"呼呼"地吹。

"我……知道的……"小Q舔了一下碗边,"——我只是相信爱情的存在罢了。"

佩娟见小Q一副不大爱提及的样子,就没往下问——她毕竟是个大人,有追求生活的权利和判断力——虽然她常常怀疑,小Q到底有没有这种能力。两人沉默了一会儿,把牛奶喝完,小Q收了画纸,蹬掉鞋,爬上床,在佩娟身边躺下来,一只冰凉的小手抓住佩娟的臂弯:"姐,好久没一起睡了。"

佩娟见小Q躺下,自己也忽然来了睡意,点点头,给小Q盖好被子,关了灯,就在小Q的床上躺了下来。

黑暗中小Q的大眼睛亮得惊人,佩娟简直无法忽视,没法合眼。

"你看我干什么?"

"嘻嘻,好久没一起睡了,好开心!"说着,小Q扔过来一条胳膊,横亘在佩娟的胸部上,"姐,你胸好大……"

佩娟叹口气:"你什么时候能长大啊?"

"我不想长大,我只想做一辈子孩子。简简单单地爱,简简单单地生活。"小Q把头靠过来,埋在佩娟的脖梗里。

"可是，你迟早会有自己的孩子，哪有女人会做一辈子孩子啊！"

小Q不说话，没了声音。佩娟以为她睡着了，迷迷糊糊地也睡去，小Q的声音传进耳朵："姐，你为什么不要个孩子？"

佩娟睡意渐浓，敷衍："你姐夫不行。生不了。"

"那……我生一个宝宝给你养，好不好啊？"

佩娟把胳膊往小Q脖子上一搭，亲昵地搂住她："说什么呢你！你就是个孩子，还生孩子呢！快睡吧！"

话音未落，佩娟已打起了呼噜。

黑暗中，佩娟的鼻息扑面而来，熟悉的气味儿包裹着小Q每一寸皮肤。今晚月色真美，连佩娟都一副精致可人的模样。她缓缓地闭上眼睛，觉得佩娟响亮的鼾声，祛除了黑夜的寂寞和空旷，把这夜晚空虚之处，都填得满满当当。是啊，佩娟姐姐是个很幸福的人，肖顿那么爱她。她第一次，开始发自内心地羡慕起别人。她噘起小嘴，在佩娟的额头上亲了一口。已经完全进入梦乡的佩娟，轻轻地咂了咂嘴，带着浅浅的笑容徜徉在另一个世界。

高速路上狂奔着一辆黑色捷豹SUV，里面坐着一个比豹更狂野的女人。脂粉不施，长发凌乱，随便扎成一条马尾，紧握方向盘的双手青筋暴起，目透极寒，似乎能够毁灭阻挡于视线内的任何障碍物。

　　后半夜的高速路上只有大货车。指示标呼啸闪过，一个半小时后她下了高速，缓缓驶进一条陌生却似曾相识的街区。街上门店大门紧闭，这个不属于北京的城市并不欢迎这个远道而来风尘仆仆的客人。

　　她在大街小巷来来回回地绕着，终于找到脑海中的面馆，停了下来。饭馆的卷帘门还没有拉开，然而二楼厨房的窗户却透出温馨的黄光，女人苗条的侧影在玻璃上时隐时现，她盯着那影子出神。约莫三十分钟，她"滴滴"地按了两下鸣笛，只见身影定格在窗台前，往下张望——那是一个梳着蓬乱发髻穿着围裙的中年女人。路灯正好打在车窗挡风玻璃上，中年女人看清了她的脸孔，她也看清了女人的表情。女人朝她挥挥手，放下，又挥了挥手。

　　她又鸣了两声笛，中年女人似乎会意，转身消失于台前。

　　没一会儿，卷帘门"呜呜"地开了，明亮的灯光在黑暗中驱散出一个矩形。这时屋内传出年轻男人的嘶吼："老不死的！深更半夜你开门会男人！"

　　女人全然没理会屋内的污言秽语，微笑着向车里的姑娘招手示意。

　　安素拔了钥匙，向灯光中的女人走去。

我是她的女儿，她是我的妈妈

佩娟最近记性特别差，在餐馆刚吃过午饭顺着脚步就拐进另一家馆子，记错采访嘉宾的时间，打车忘付钱，四个人热烈的讨论中她总习惯性地失语，一沉默就是一下午……主编因为一篇稿子严重的导向问题，在电话中滔滔不绝地朝佩娟嚷了半个小时，直到主编那边开会才挂断电话，留下了佩娟电源不足的手机每隔三十秒"滴"地响一声。佩娟伴着节奏一步一台阶，拖着疲惫的躯干往家门口走。小Q的电话打破规律的"滴滴"声。

佩娟眼看爬上四楼到家了，便按掉电话。

小Q没有再打来——从上次之后小Q学得异常乖巧，每次只要打电话佩娟没接，或者挂掉，便不再一如既往地重拨下去直到对方接听为止。佩娟不是没发现小Q的变化，只是与肖顿冷战，与章柏松暧昧的关系日趋明朗，佩娟时常在一道艰难的选择题里徘徊，纠结，释怀，质疑……

门开了，佩娟习惯性地低头往包里放钥匙，忽然一个熟悉的声音叫住她："娟儿，回来啦？"

佩娟一抬头，正撞上母亲的目光——只见一个干瘦的妇人，穿着一件紫红的说不出款式的单衣，手里拿着一把明晃晃的水果刀——那上面照出了一抹专属于母亲的慈爱微笑，那微笑因为黑瘦，使时间得以鞭辟入里，夹在额头和脸颊的细纹之中，似乎一个擦汗的动作，就抹掉一层岁月。

"妈，你怎么来了？"佩娟哑了嗓子惊讶地看着母亲，机械地把包放在鞋柜上。心里鼓点"咚咚"响，难道肖顿把吵架要离婚的事儿告诉妈了？

"没事儿不能来看看我闺女？"母亲杨玉兰上前一把握住佩娟的手，心疼地瞅着佩娟，眼珠转了转，瞬间操起妇女主任的语调，"咱家佩娟怎么又瘦了，是不是最近吃得不好？工作太累了？我和你爸都说，让你注意点身体，不要太累，工作不要太拼命……"

"咳咳……"不合时宜的语调带起了她身后一阵尴尬的干咳。

咳嗽的人仿佛只是为了引起注意，咳了几下便开始观察干咳的效应。这样没有感情的干咳，让坐在椅子上吃草莓的小Q浑身不自在，佩娟一时间心烦意乱——她知道母亲拿起这种语调，准是家里又出了什么"幺蛾子"，便故意不接茬，任由干咳继续。

干咳的人察觉咳嗽声没有达到目的，赶紧切换别的方式："玉兰，你手里水果刀别扎了孩子！"

"啊！"杨玉兰一拍脑袋，赶紧把水果刀折好握在手里，一侧身，佩娟的视线便越过母亲直直地落到沙发上笔挺的妇人身上——只见妇人花白的头发一丝不苟，六十年代特有的藏蓝西装上衣，黑色的粗布裤，一双布鞋已经换成了自己粉红色的镂空拖鞋，顿时一身的庄重被这一抹粉嫩搅得不伦不类。妇人神情庄重，似乎努力压抑自己的紧张，端出一副从容来。

佩娟隐约觉得这人面熟，如果没记错应该是村书记老陈家的媳妇，李晓芬。佩娟知道她家有三个孩子，数小儿子最聪明，比她小三岁，在村里的时候，他俩经常被放在一块儿被村里人比着夸，大家都夸自己用功刻苦，夸陈家三小子脑瓜聪明，都是上大学的料。只是，陈婶儿似乎从来不屑参与村头每晚六点半女人们端着饭碗在村口榕树下的集会，每每众人拿佩娟和自家"聪明绝顶"的三儿比照时，陈婶儿总是带着一股子特有的"惋惜的神气劲儿"："能咋，一女娃娃。"

"能咋，一女娃娃……"佩娟混沌的脑子里不断地重复着，眼睛直勾勾地瞅着沙发上的陈婶儿，直到陈婶儿微微涨红了脸，目光开始幽怨起来。小Q大口往嘴里塞草莓，草莓的香甜让她对诡异的气氛感知迟钝。

杨玉兰一捅女儿软肋骨，煞有介事地说："怎么，不认识你陈婶儿了?"

佩娟顿做恍然大悟状:"婶儿,来了!"

陈婶儿礼貌地点点头,这才抿着嘴笑笑。这时候小Q才对眼前这位"反客为主"的"姑奶奶"十分诧异,眼前这位"姑奶奶"简直比佩娟的"大姨妈"还牛气——不过,她带来的草莓确实很好吃。正当小Q对眼前这位"超级大姨妈"大眼瞪小眼的时候,佩娟轻声对她说:"Q,拿屋里吃去吧。"

小Q如释重负——要不是草莓她早进屋了,于是端起一盆草莓兴高采烈地回屋去了。

杨玉兰面露不满,凑着佩娟耳根儿嘟囔:"你合租的那孩子怎么那么不懂事儿?你看她把草莓……"

"哎呀,妈,她就是孩子——"佩娟打断母亲,余光扫着沙发上的陈婶儿,脑子里一团糨糊低速地搅动,"你来之前也不打个招呼?"

"我看我女儿还要提前预约?"杨玉兰嘴一噘,梗起脖子。

佩娟见状只得上前双手抱住母亲的肩膀,往椅子上一按。

"不是,不是,我这不是在想,万一家里没人,你不就得在门外等吗?"佩娟和杨玉兰面对面坐下,从母亲手里抠出水果刀,拿起桌面上削了一半的苹果继续削起来,半天没断线。

"生闺女就是好,贴心。"

杨玉兰落落大方地拿眼睛逗弄着陈婶儿，盘算着如何把生女儿的幸福感膨胀到最大化。

"是啊，你这女儿省事儿省心！可不比我那儿子……"陈婶儿正欲寻求一个突破口，伺机见缝插针地果断扎了进去。

佩娟一挑眉，忽然明白了母亲为何突然造访，十有八九是这位陈婶儿她儿子的事儿了。

"说到你陈婶儿的儿子，你不会不知道吧？"杨玉兰煞有介事地说，"去年考上县里的公务员了！"

佩娟勉强打起精神："噢，这么优秀！"她把苹果切成两半，一半给了母亲，另一半递给了陈婶儿。

陈婶儿接过苹果，拿在手上一副没有食欲心不在焉的样子，重重地叹气："小县城能有啥发展。还不是一个月两千块钱的工资，一年到头连点油水都捞不上。"

佩娟扫了一眼陈婶儿脚下方——大包小包的土特产，天津麻花，还有自家种的花生、萝卜干——佩娟最喜欢吃那个，想必是母亲"无意"透漏给她的吧。

"现在地方上公务员比中央的还清闲呢。"

陈婶儿眼睛忽然通了电，"腾"地一下亮了。

"那敢情了得，年轻就得有年轻的样子！忙忙碌碌才是好！一天清闲还了得！要是有门路能谋个中央上的职位，那敢情好！就该让俺们三儿这样的有为青年去忙上一忙，多多为国家做贡献！"

忽抬八度，陈婶儿一语惊醒梦中人的气场把杨玉兰和佩娟苦心经营起来的和谐气氛破坏殆尽，杨玉兰忽然也不知道该怎么接话，总觉让她一个人在那表态也不合适，多夸赞总归是不坏的，于是双手握住佩娟的手，语重心长："三儿真是优秀，人长得好——像你陈婶儿——性格像他爸，你老陈叔，吃苦，能干——对了，咱家盖新房拉砖，都是你老陈叔给安排的——还有你弟结婚那阵儿，不是还没到法定年龄么，你老陈叔也帮了不少忙……"

"那真的谢谢陈婶儿，"佩娟咧嘴一笑，"我出门在外，家里多给您添麻烦了。"

陈婶儿大手一挥。"乡里乡亲的，咱不提那个——我们三儿是很优秀——"陈婶儿忽然又换上一副寂寞的表情，"你们都是咱们村儿飞出去的凤凰啊！没钱，没背景，都不容易！"

佩娟不知如何接话，只能点点头，表示认同陈婶儿的说法。

"玉兰，你说咱们农村人，是不是要互相帮衬着，才能慢慢过得好？"

杨玉兰神情凝重，大义凛然地接住陈婶儿认真的目光，意味深长地点头，又把目光重重地落在佩娟的鼻梁上："你陈婶儿说得对。"

佩娟看着母亲严肃的目光，顿时感受到好像有无形的大手把一块重物放置于她头顶，顿感沉重。她没正视母亲，默不作声。杨玉兰似乎并未察觉佩娟苍白没有血色的面颊，而是把目光投向陈婶儿，交换眼神儿之后，陈婶儿似乎得到首肯便长驱直入。

"娟儿，婶子知道你的能耐，不是一般的女娃娃，今天婶子也不绕弯子就直说了。我和你叔儿攒了点钱，想给三儿铺铺路，你做记者的，见多识广，看看能不能给三儿找找门路，在中央单位里谋个一官半职的？出个当大官儿的，也算我对得起他们老陈家，要是这事儿能成，也算是我们老陈家祖坟冒青烟了！"

陈婶儿越说越激动，竟然哽咽起来："娟儿，婶儿从小看着你长大的，婶儿从你打小儿，就觉得你跟别的小丫头不一样——心里大着呢！装的事儿也多着呢！比咱家三儿闯荡！你看你现在是大记者，我听你妈说，天天进出大会堂，认识不少国家领导人……"

佩娟狐疑地扫了一眼母亲，杨玉兰羞涩地一低头，赶紧把目光转向别处。

"你看，你能不能帮俺们说说这事儿？"陈婶儿说完，热切地盯着佩娟，目光如炬，仿佛重历青春，正在做一件比嫁人更重要的大事儿，带着舍生忘死的大义凛然。佩娟收回目光，以防灼热的眼神灼烧掉自己最后的精气神，陈婶儿的话犹如在喉骨鲠，卡得佩娟呼吸困难。骑虎难下，把自己抱上老虎背的还是自己亲妈。

佩娟沉默着，陈婶儿看看杨玉兰，杨玉兰看看佩娟，佩娟大段儿沉默，一人打鼓，一人焦，这时小Q在门口轻唤一声："姐?"

佩娟下意识地抬起头。"晚上，在家吃饭吗?"她听出了言外之意：姐，我饿了。

佩娟看了下墙上的挂钟，下午六点一刻。

"陈婶儿在这吃吧，我去买菜做饭。"

陈婶儿一愣，还完全沉浸在自己强烈的抒情中没缓过神。一提吃饭忽然有一种发蒙的感觉，本能地站起来轻车熟路地客套："不了，不了，我就是跟你妈顺便过来。也要回去了，家里……家里还有老头子……"

陈婶儿似乎是被硬赶上架，被下了逐客令般。

不料佩娟没有阻拦，反倒顺水推舟："那陈婶儿我也不强留你了，下次来我带你们去外面吃，今天……实在有点累了……"

佩娟没有撒谎，她确实有点天旋地转的感觉，如果不坐在椅子上，很可能会一头栽下去。

杨玉兰可不干了，慌忙起身阻拦："那怎么行啊！一定要吃了再走！"不断地扯着佩娟胳膊——力道过猛，扯得佩娟感到手臂一阵火辣辣的疼。但佩娟实在是站不起来，她软软地靠着沙发椅，眼前涌现出大片大片的黑点，一个一个融合成更大的黑点，连成一片……她已经完全听不清母亲和陈婶儿的对话……不知过了多久，她听到大门一声闷响——陈婶儿，走了。她缓缓地转过身，望向小Q的房间，想让小Q给自己倒杯水，发现小Q不在门边便叫道："Q，给姐倒杯水。"

"那丫头出去买饭了。"母亲杨玉兰的声音冷冷地从身后传来。

佩娟没接话，从椅子勉强挪到沙发上，闭上双眼。

"娟儿，你怎么想的？你刚才那是什么意思？"

佩娟没回答，她似乎听到了母亲不断重复了三四遍同一句话。

"娟儿，你知道不知道你老陈叔给咱们家帮了多少忙？你这种态度让我回村儿里……"

"妈……我没采访过……国家领导人……"

佩娟虚弱地争辩道，委屈地瘪着嘴。

"唔……"杨玉兰气势微微弱了一下，马上又强势起来，"你不说她哪里知道？"杨玉兰挨着佩娟坐到沙发上，换上一脸苦口婆心。

"娟儿，妈知道你一个人在北京闯荡不容易……但是你看，当时你弟都没上学，家里拼了全力供你上学——你看看当时十里八村儿的哪有一个家像我和你爸这样儿供女娃不供男娃——我们——"

"妈，别说了。我今天真的挺累。"佩娟双眸紧闭，怀着"永远睡去"的长眠心情，她只想安静，在没有任何声音，没有亏欠和歉疚和声讨声中安安稳稳地睡一觉。

杨玉兰见女儿不理不睬的样子，备感失落，顿时怒火中烧。但转念一想，这不是要点钱的小事儿——这是调动工作的大事情！她也感到无可奈何——毕竟女儿嫁了就不算自家人，可能有些事情她不想再管了也说不定。但是二木孩子的户口，将来也是问题，还要仰仗老陈家多帮忙……

"佩娟，我觉得你变了，心里不装着咱家了——"

又是这句话！又是相同的理由！连语气都没有丝毫改进！在人生每一个重要时刻，母亲总是一遍一遍提起这句话，不断重复着供自己上学的恩慈和照顾家庭的义务。她胸中憋闷，想起多年来自己像是法西斯一样对肖顿掠夺以填补娘家填不满的大坑，想起看似风光无限却捉襟见肘没"尊严"的北漂生活，想起章柏松和自己说的那些掏心掏肺的肺腑之言，她"腾"地站了起来，语未出，泪珠源源不断地滚落，她咬着牙，看着比自己矮一头的母亲，止不住双肩颤抖："妈，我要离婚了！求你也可怜可怜我……"

话音未落，佩娟眼前一阵漆黑，一头栽向沙发。

安素的电话小Q怎么都打不通，手机持续关机。小Q心里惶惶的，她知道安素不喜欢自己，尤其自己和钱大兵和好之后，更是冷若冰霜没一个好脸儿。但安素还是会接电话的，上次跟她借了一千块钱她也是借了的。但自己打不通,年姐姐不会也打不通啊!小Q甚至打到了碧安手机上,方才得知碧安和安素也已经快一个月没联系上了。安素向来我行我素,但佩娟心梗住进医院,正是缺人的时候,年小舞和小Q急得团团转。

得知母亲死讯,安素在黑暗的出租屋中坐了两天一夜,一身黑衣出门直接上出租车奔机场。安素身无长物,白布包装着三万现金,几张信纸。

安素拨开黑压压的陌生"亲戚"和殡仪人员,径直走向母亲的灵柩——一股刺鼻的药水和尸体腐臭扑面而来,安素胃里一阵翻滚,肮脏简易的灵堂,她压抑得几度要昏厥。她低声说着"让一让",旋即走向母亲,人群侧分,自动离她一步之遥,怯怯望着她,安素骨瘦如柴毫无血色的脸孔镶嵌着通红的眼睛。安素紧紧攥着的白色帆布包掉落脚边,轻唤:"妈……"

安素抖着手,伸向那张劣质的黄缎面——那下面,是母亲的头颅。那一层阻隔生死的屏障,没有神圣,只有下方阵阵的尸气。她害怕起来,她不敢揭,她全身颤抖,竟然不敢揭!妈妈,妈妈就在那一张劣质耀眼的黄布下,揭啊!揭开啊!揭开你们就相见了!安素终于抓住缎面一角,忽闻振聋发聩一声呵斥:"不能揭!"

她看着呐喊的男人——乌黑油腻的头发一绺绺贴在头皮上，说不出颜色的套头衫下一条土布裤子——脚上的运动鞋，一根鞋带脏兮兮地拖在地上，一副颓唐，行尸走肉般的眼睛了无生气，整个人飘在地面，就差一个跟头栽死在门槛上。男人忽然对上安素，瞬间泄了气，嗫嚅："……揭了……揭了……魂儿就没了……"

男人因恐惧散了神，安素的目光如此凛冽，再靠近，便是冻透了，敲碎了。安素忽然来了力气，一把抓牢黄布，"哗"地掀开！黄布在一片惊呼声中，半空呼啦啦划了半个圆，降落地上，一角，还扯在安素手里。

"唔……"人群骚动起来，却无人上前。

惨白的双颊，奇怪的妆容，母亲原本姣好的面容鬼怪一样映入眼帘。陈腐的气味浓重，劈面而来——不，这不是母亲的气味，不……安素放了绸布，试图用指尖触碰母亲的脸颊，冷藏箱里的寒气顺着指尖，一个激灵，通电般走遍全身每一个角落，安素一哆嗦，坐在地上。母亲竟是这么年轻，竟是三十岁一般的少妇模样，脖颈上勒过的疤痕隐约可见，擦了厚厚的劣质白粉，微微地发红。烈焰红唇，那是安素从未见过的浓艳。她身着一袭白色素衣，抿着嘴，似乎对自己的离去不带有一丝感伤，一脸安详宁静——死去的母亲竟然比活着时美。

母亲第一次笑得不怯懦，但安素仍能通过那闭合的眼睑看到她眸中闪烁不定的卑微。安素讨厌她的眼睛,美丽——空洞。

"妈,她是谁?"

稚嫩的童声打断她,不料孩子的嘴忽然被捂住,一条茁壮的胳膊将他抱起,转身往外走。孩子不满地蹬了几下腿儿,慑于父亲的威严,还是停止了挣扎。孩子似乎发觉什么,爸爸不对劲,还是老实一会儿比较安全,否则容易遭烧火棍。

"我是她的女儿,她是我的妈……妈。"安素哽咽,"她是一个不称职的妈妈,但是……是我妈……妈……"

安素挣扎起身,跪在灵柩前,抚摸着母亲的身体——那身体已经僵硬,冰冷,像一种恐怖玩具,逼真,瘆人。然而安素的手逐渐适应了冷柜的低温,企图给睡着的母亲一丝温暖的慰藉。

"她嫁了一个打老婆的男人。"安素摩挲着,自言自语。"因为漂亮,她跟村子里任何一个男人说话,都要遭到毒打。"安素的手停在母亲的脖颈处,反复擦拭那些白粉遮盖的地方,"她从不还手,也不对别人说。后来,她生了一个女儿,就再也生不出儿子……她把被男人扔掉的女儿一次一次的从外边捡回来……一次次挨打……她告诉被送走'寄养'的孩子,千万别说话,别人以为你是哑巴,就会把你送回来……你们,你们,所有人——"

安素环顾四周,注视着每一个人:"你们所有人,都听到过半夜里她和她的女儿撕心裂肺的惨叫……但,没有人来过——因为，她从不跟人求助，也不允许女儿跟别人求助——因为，她们没有娘家。你们，你们所有人，都听不见这种惨叫，第二天，若无其事地和鼻青脸肿的她们笑呵呵地打招呼。"

安素收回目光，盯着灵柩中的母亲。

"你为什么不还手？为你自己？"

"你为什么不在他睡熟之后杀死他，就算为你的女儿？"

安素站了起来，望着满脸平静的母亲，一脸悲伤。

"今天，你终于勇敢了，你结果了自己。"安素突然凶神恶煞地怒吼，"那你为什么不把他带走！为什么你死，他还活着！你这个懦夫！"

安素迅雷不及掩耳地扑向男人，白刃正中肩膀，喷涌的鲜血飞溅，披头散发的安素霎变女鬼，杏眼圆睁，恶鬼般撕扯着吓傻的男人——谁也没有注意到安素袖子里藏着一把弹簧刀，当人看清那是一把刀的时候，血刃已再次被举起，锐利刀尖这一次直冲男人额头——求生本能让他躲过这次夺命突击，他一个闪身，跳了起来，大叫："杀人啦！救命啊！"

人群随之爆炸，瞬间涌向那道狭窄的木门——孩子的哭声，女人的尖叫，唯独没人理会发狂的安素和她眼前鲜血直流的男人——更没人发现，他尿湿了裤子——只有一个女法警，逆着人流往里面冲，奋力喝道："安素！你把刀放下！"

安素内心一片死寂，在那不着边际的黑暗之中，一束光照着直立的安素，她看着，看着自己冲向父亲，看着自己拿出刀，她看到自己抹了一下脸上的血迹，她，笑了。

"我帮你，把他带走，我帮你。"

安素把帆布包的带子朝男人一甩，带子一下套住了男人的脖子，安素迅猛凶狠地拉住包带，想迫使男人的头靠近自己，结果男人的力道占了上风，反倒把安素扯了一个趔趄——"当啷"一声，安素手腕一松，刀落在地上。

说时迟那时快，男人情急中捡起刀，毫不犹豫朝安素的心脏刺过去。

黑暗中的安素，闭上了眼睛。

不料，女法警一个飞脚踢在安素父亲的手肘上，男人大叫一声，刀"当"地掉落到地上。这一脚踢得不轻，安素听到了骨骼断裂的声音，比那声随之而来的惨叫还清晰。这声音让安素忽然清醒过来，内心的自己与自己合二为一，她弯身捡起刀，直直地插进父亲的大腿。

"啊！"男人惨烈号叫，而那灵柩中的女人依旧安详，神情也淡，唇角也淡，这出闹剧因她而起，却再和她没有关系。

安素拔刀，又是一股鲜血喷涌……安素浑身没有一处伤，却已成血人！女法警一把擒住安素持刀的右手腕，夺过安素的弹簧刀，用臂弯夹着安素的头，倒退着把她拖出告别室，拖进旁边的花圈摆放的小隔间。

"不许动！"女法警喘着粗气，把弹簧刀扔到远处。脖颈被挟住，挣扎的安素气息渐微，几度缺氧，神志开始恍惚，女法警赶紧放开安素，使劲儿拍安素的脸颊，啪啪作响。

"你醒醒！"

"……杀……"

"我听说过你的事儿，"女法警气喘吁吁，"你听我说。"

"……杀……了……"安素费力地咬着咬不紧的牙关。

警笛骤起，脚步声纷至沓来，穿着制服挥舞着电棍，小心翼翼地靠近，警觉地观察着安素，并不敢靠近。

"过来啊！几个大老爷们儿还怕个姑娘！你妈的！"女法警喘着粗气蹬了一下腿，一块儿石头"咕噜噜"滚到几个男警脚边。

安素闭上双眼，女法警低声嘶哑地说："我怀疑你严重抑郁，你不能步你母亲后尘。"

安素听清了，但她没走心，眼睛一闭，放弃了世界。

女法警看着虚脱的安素被警察架着胳膊拖向警车，对着头一个强按，塞了进去。救护车，警车，各种鸣笛搅和在一起，搅和得她五脏都浑了。女法警快步走回告别室，迅速捡起白布包，掏出一部白色的手机，开机。无数条短信涌进来，她果断地记下几个号码,把手机扔回到口袋中。在一片混乱中,走出了熙熙攘攘的人群。

一个愣头青穿着制服小跑着进来,举起相机"咔嚓咔嚓"。

"下次给我麻利点儿!都多长时间了?"女法警指责。

愣头青头上冒汗,一个劲儿点头,没敢接话。

几个工人七手八脚抬着尸体去入殓,原本热闹的告别式恢复了些人气。安素父亲被人连抬带拖从告别室搬了出来,惊魂未定的男人呼天抢地:"丧尽天良啊!杀她老子啊!造孽啊!"

看这个被捅了两个窟窿的男人一副生龙活虎的无赖相。"别叫了,加速血液循环死得更快。"女法警冷冷道。

吴辛谎称出差,向付丽和牧歌交代了下公司事务后匆忙飞往泉港。电话里的内容,有关安素的个人细节和刑事事件内容的详实描述,绝非诈骗电话——安素出事了。去机场途中,他不断地打各种电话,司机老刘扫着老板脸色,沉着冷静地飙到一百三十码。

飞机上,吴辛后面坐着的是年小舞和小Q,但他并不认识对方。三人都眉头紧锁,表情极为相似。吴辛脑海中反复回放着昨夜律师的建议,脑海中却时不时浮现安素嶙峋锁骨上那只黑色的蝴蝶——他也抑制不住地想起另外一个人——那个固安面馆里的疯女人。往事纠缠着他，他无法平静。睁开双眼，闭合双目，他始终没办法将任何一个女人挥去，她俩纠缠成一团，时而重叠为一个人，微笑着盯着他看。

小Q瞪着大眼睛，时不时地瞅瞅如坐针毡的年小舞。佩娟还在医院，刚刚脱离危险，安素就出事了。年小舞无心去想牧歌提出双方家长见面的事，这道前阵子困扰她的"人生难题"，忽然因为安素的砍人事件退居其次，成为常见的"家长里短"。小Q似乎想起了什么："感谢室友不杀之恩。"碧生居然和这样的女孩共处一室，三年之久。小Q下意识地摸摸自己的肚子，愁容满面的年小舞无暇顾及她。

"小舞姐，南方人都讲方言，咱能听懂吗？"

年小舞久久不作声，小Q识趣地闭上嘴。

相对于忧心忡忡的年小舞，小Q有的是对未知的恐惧——自杀，她见过——杀人，她只是听说。年小舞忽然想起安素，她为什么过年从不回家？她母亲为什么会自杀？她为什么要杀她从未提及过的父亲？神神秘秘的安素，就像是迷雾重重里隐约的姑娘，她怎么也看不清。她能感受到安素对自己的信任和依赖，也许那开始只是源于碧生，但现在，不是这样。安素正在一步一步地靠近她们三个，是这样的！然而不管多么近，年小舞依旧允许安素保存自己最隐秘的记忆，她从不问及。人情练达的年小舞，找到了对安素最安全的打开方式。

  但这位寡言少语的"知心"好友,到底藏着些什么?

  她不懂。

下

只有你懂我，总能以正确的方式安慰我

为了我，不要死，要活

"一天只能见一次，一次一个！"年小舞终究没拗过那个叫吴辛的男人，被拒之门外。她扔给小Q一盒"康师傅"，撕开一包"侨子"叼在嘴里，半小时工夫，香烟见底。

小Q眼巴巴地盯着看守所大门，干涸带着血丝的眼中，充满迷茫，写满疲惫，每一声门响，每一次出来人，她都揉眼仔细看，是不是安素。她抱着年小舞的一条胳膊，蹲在年小舞身边，第一次不想说点什么，只想等待。她忽然发现，自己是个处处需要照顾的人，什么忙都帮不上，此时此刻最大的用处是不要惹麻烦。她咬着嘴唇，把头轻轻靠在年小舞肩膀上，心中憋闷。然后终于鼓起勇气，手颤巍巍地向年小舞的烟盒伸了过去，然后被年小舞狠狠瞪了一眼。

此时的年小舞头上一团乌云，她怎么也想不到，来捞安素的不只她俩——还来了一个她们素不相识的老男人——飞机上，他就坐在她俩前面，和她们是同一班汽车，连下榻的小旅馆都是一样的——估计这小县城，也没几趟车，更没多少旅馆。

"来看安素？"

年小舞一仰头——一个穿制服的女警拿着一袋包子，站在她俩面前。一道光穿过树叶，年小舞的眼睛被刺得躲闪了一下，看不清女警的面容，在明晃晃的阳光和金属光中，一阵眩晕。

见是警察，年小舞扔掉烟蒂，点点头，拢了一下凌乱的长发，企图站起来。

女警把包子递给二人："我是负责安素案件的警官，王京。"

小Q没接，看着年小舞。女警瞬间明白了话语权的中心在哪里。年小舞接过包子，包子是温的，正合适。她伸手拿了一个，咬了一口，不知什么馅儿，又把咬过的包子和剩余的包子一并递给小Q。小Q接过包子，吃了。

女警蹲在她俩身边："北京来的？"

小舞点点头。

"亲戚？"

"朋友。"年小舞警觉地回答。

"我曾经是安素的邻居，住在她家隔壁。"女警官感受到了年小舞的防备。

"哦？那你们是好朋友喽？"年小舞燃起一阵希望，"她的案子怎么样？能不能……嗯……"她的眼睛突然亮了起来，在这种人生地不熟的情况下,有一个熟人无异于抓到一根救命稻草——但,话不能说满,不能。

"我们……不算吧……"女警叹了口气。年小舞发现她右眼角处有一道两厘米左右的疤。女警接着说:"小时候我总能听到他爸打她和她妈妈——特别,特别惨。"

女警拿过年小舞的烟盒,抽出一支烟,放在嘴里,瞅了瞅看守所的门,又把烟从嘴里拔了出来:"你们是什么朋友?"

"有钱的朋友。"年小舞抿了一下嘴唇。她不知道自己是不是操之过急,但她还有什么别的出路吗?她现在,连人都见不到。

年小舞有点认真地盯着女警的眼睛:"我自己开公司的,我在北京有房子,有车。我老公是富二代。"

女警有些尴尬地咬了下嘴唇,似乎想说什么,一副欲言又止的样子。

这时,牧歌的电话打进来,年小舞愣了一下,掐断了牧歌的电话,打开微信斩钉截铁地说:"再他妈问,婚就不结了。"

女警一耸肩,嘴角抽动了一下,也许,她知道她们的关系。

年小舞一皱眉:"我接着说吧。"

"进去的吴辛,是安素的男人?"女警打断她。

"不是……"年小舞摇摇头,忽然,她瞪大眼睛,声音抬了八度,"你说,他叫,什么?"年小舞嘴里的烟"吧嗒"一声掉在鞋尖儿上，把鞋烫了个小窟窿。

"你们不认识？"轮到女警惊讶了，"吴辛，我问了他，他说从北京来，我还以为你们一起的。"

仿佛近一个世纪的沉默。女警打破僵局换了个话题："安素是否提及过她的精神状态？我专业学过这个，发觉她不太对劲，很可能长期受着精神疾病的折磨。"

"你说，他叫吴辛？"年小舞好像没听到般，喃喃重复着，心里不断地想，"重名的人这么多，自己一定搞错了。"

这时，牧歌的电话又打了进来，年小舞迫不及待地接了电话，电话那边一阵咆哮："年小舞，你丫犯浑是不是！？上他妈哪去了！你是不是……"

"牧歌。"年小舞嘶哑无力地低唤了一声。

那边忽然中止责骂，沉默片刻，转为关切："发生什么？你在哪？我过去。"

"我不在北京——我想问你一件事儿。"

"你说——你在哪？需不需要钱？"牧歌焦急。

"你哥是不是叫吴辛？"年小舞看着女警，如履薄冰。女警低声道："一米七五左右。"

"嗯。"

"他现在在哪？"年小舞穷追不舍。

"临时有事出差了。"

"去哪了？"

"福建——你问这干什么？难道你们认识——难道……你们在一起吗！"牧歌瞬间爆发，年小舞不禁打了个寒颤。

"你哥哥也许确实在这，不过……我还没搞清楚状况……我有点乱……"

"你在哪？到底出什么事儿了？"牧歌开始焦急起来，"我们不是要结婚了么，你还有什么瞒着我？"

年小舞挂了电话，编了一条简洁的短信，看着一脸懵逼的小Q："乱套了。"

小Q苦笑，自己一直在圈外，根本不知道套从何来，更不知是怎么乱的。她现在满脑子都是刚刚脱离危险的佩娟，心梗啊！不是闹着玩的，佩娟今年才三十岁！尽管早晨她打电话给肖顿的时候，肖顿说佩娟已经没事儿了，下了三个支架，以后不能情绪太激动。要是可以，她此时此刻更愿陪在佩娟身边，端茶倒水，打个下手，做些力所能及的事情，照顾心爱的姐姐，而不是蹲在这吃怪味儿的包子，在马路边儿傻等。

"小Q，你去看看，他怎么还没出来，再跟里面人磨一磨，问下我们今天能不能进去。"

小Q嘴里叼着包子，"呜"了一声，往看守所门卫那边走过去。

把小Q支开，年小舞又点了一根烟。女警已经和她并排坐在一起，并不急于离开。

"你负责安素的事儿对吧?"年小舞说。

"对。"

"你想要什么?"年小舞不看她，自顾自说，"钱的话，安素可能没有，我有一些，但是目前看来，刚才进去的男人，倒是可以给你很多。都能商量。"

女警重重地拍了个巴掌，十指相扣。低着头，不言语。

"安素有戏吗?"

女警猛地抬起头，盯着年小舞："你也想进去蹲两天?"

年小舞的脑子飞速运转。如果钱有用，她也真不知道吴辛能出多少钱。她连他俩什么关系都搞不清楚。但这时候，除了靠钱，她还能怎么办呢?

"吴辛又和安素什么关系?"女警轻问。

"我有一套三环边儿的房子可以卖，"年小舞满脑子钱的事儿，喃喃道，"只要你能把她，完好无损，捞出来。"

佩娟病重，肯定花了不少钱，自己有些积蓄，牧歌也会帮上忙——但是，吴辛，上市公司董事长，他和安素到底——这事显然不简单，年小舞悬起的心，更加难安。她突然发觉了自己的愚蠢，钱能解决的事情，才不是事情。

就在这时，吴辛夹着包，急匆匆出来，蹙着的眉头能拧出血来。

年小舞扔掉烟，"嗖"地站起来，窜上过去："安素怎么样?!"

陷入沉思的吴辛并没有发现走近的年小舞，忽然一个黑影挡住去路，被吓了一跳，本能地向后躲了一下，站定后正迎上年小舞焦急的目光。认出这女人正是进所前和他争抢探视名额的彪悍女，微微汗颜，然而更令他尴尬的是：他该怎么介绍自己呢？

"我叫吴辛，我是……"

"你是牧歌的哥哥，吴辛吧，我叫年小舞，你未来弟媳妇！"

"啊，你就是那个小舞……"吴辛惊讶地张大嘴巴，"果然……果然……漂亮……"吴辛擦擦汗，不知道说什么，脑子乱成一锅粥。

年小舞很快帮他理清了头绪："吴辛，那边那个女警官，在套我话——我有个方案——我们先脱身，找个安静的地方，好好谈谈方案，如何把安素先弄出来。"

吴辛被年小舞的理智和临危不乱的定力折服——能赶走付冉苒，绝非等闲之辈。年小舞长发凌乱，目光却如炬，让他镇静下来。吴辛看着她笃定的目光，点点头，越过年小舞的肩膀，望了下坐在马路边的女警。

年小舞知道女警只是非正式询问，头也不抬撒腿就走。

"小舞姐,说必须明天,今天不能见。"小Q满头大汗跑过来,差点撞上吴辛。

"明天,你们好好劝劝她,她不肯和我说话——我是用律师身份进去的。"吴辛有些懊恼,流露出十分复杂的情绪,年小舞无暇顾及这些,脑海里反复回荡着女警官的话:精神状态?精神状态是怎么回事?难道安素精神有问题吗?

"我有点不舒服,我们能找个没光的地方,坐会儿吗?"小Q脸色苍白,捂着肚子,扯了扯吴辛的袖子。吴辛见小Q手里还提着吃剩的半个包子:"吃凉了吧——走,那边有家小面馆儿。"

走在前方的年小舞步伐稳健铿锵,扬起的微尘,把她高挑凹凸的背影衬得美艳绝伦。吴辛和小Q看着她的背影,不约而同暗自松了口气。

东北小城的大街上,一个胖女人顶着一头浓密的小卷儿,穿着一身大花衬衣,提着深棕大皮包,正大呼小叫地招呼女伴们看橱窗里一件深紫镶钻旗袍。

"哎哎哎!穿这个见亲家怎么样?"见女伴们都一窝蜂地涌在打折半袖衫上,胖女人十分不满,嘴一噘,提高了八个分贝,"哎!你们这些臭老娘们儿!有没有点正事儿?!都过来!"

其中一个正挑得起劲儿的女人从衣服堆中回过脸来,满脸通红，兴高采烈地吼："唉呀妈呀！你见个亲家吃顿饭一小时，能换几套啊？"女人说完，"哈哈"大笑，又钻回到衣堆中乱抓，嘟囔着："怎么都是小码儿，胖人都买不了削价的啊……"

"可不是么，也不是你闺女找对象。"

胖女人分别瞪了她们三个一人一眼，径直自己走进店里。

"给我找个号！"胖女人对着浓妆艳抹正照镜子的女店员喊道。女店员斜着眼上下打量她一番："那个贵啊，两千五百二十块，不打折。"说完，又转身照镜子去了。

胖女人一撇嘴："就模特这个，扒下来，我要。"

女店员又是一串白眼："你穿不上。"

"你他妈卖不卖？我姑娘身材好，长得又漂亮，还在北京上班儿！马上就嫁有钱人了！就你？别在这照了，就凭你？长得磕碜怎么画都嫁不到好男人！"

可能胖女人的嗓门太过巨大，男店长慌忙从里屋出来，一看客人正掐着腰，脸红脖子粗蓄势待发随时准备砸店的架势，赶紧打圆场，恶狠狠地瞪了女店员一眼。

"大姐，大姐，闺女结婚大好事儿啊！别破坏了心情！新来的，别跟她一般见识。"

胖女人一听到"闺女结婚"四个字儿，顿时气消了一半，看看那神气活现的小妖精，心想不能就这么算了，她瞅瞅男店长一副抱歉的模样，眼珠一转："我要了，给我打个折。"

说着，伸手扯扯模特身上的旗袍——这旗袍确实漂亮，立体剪裁，领口刺绣都是纯手工，上面的珍珠凉丝丝的，不是塑料珠子——嗯，值这个价。胖女人心里盘算着。

"喜事儿，喜事儿，给打折——但是最多也就给您会员价，九五折，多了，我说了也不算了——您真有眼光，这是真丝的旗袍，刚到的新款。"店长讨好地把模特身上的衣服扒下来，一边扒，一边说，"就这一件，多了怕没人买——不说别的，这结婚啊，不差钱儿！大红大紫，大富大贵，多吉利啊！"

女人又听到"结婚"，更高兴了，嘴都合不上了："行了，行了，赶紧的吧！"

她越听越开心，大方地打开钱包，准备刷卡。这时姐妹们提着大包小包，挤了进来，一阵惊呼。

"唉呀妈呀，年老板，发了啊！"

"年老板，下血本儿啊！"

"亲闺女啊！不知道的寻思讨儿媳妇呢！"

"瞎说！讨媳妇儿舍得花这价钱?！必须是嫁亲闺女！后的都不行！哈哈哈！"胖女人哈哈大笑，满心都是年小舞穿婚纱的样子。她飞速地拿起手机，按了几下，调出牧歌的照片，举到姐妹们面前："咋样？帅吧？家里老有钱了——我还差这身儿旗袍?"

女人们争相抢着手机，发出唏嘘："郎才女貌啊！郎才女貌啊！"

"郎'财'女貌！"一个干瘦矮小的女伴儿抢到了手机，微酸地揶揄着，"没听年老板说，老有钱了！"

旁边高个儿女人不满意了："那咋的？咱们小舞差啥？一年二十多万，咋滴？人也标致，咋滴？"边说，边朝干瘦女人翻着白眼儿，老大不满意，好像不满干瘦女人说小舞高攀了似的。

"是啊，都三十二了！真是大喜事儿啊！我都以为……都以为……嫁不出了……"

胖女人说着说着，竟然哽咽起来。女伴们马上又拍肩膀，又递纸巾，推搡了一番，把她团团围住。

"你瞅你！你瞅你！一说到小舞结婚你就激动……你瞅瞅你……"

"好事儿，好事儿！"

"对啊！好事儿！不激动！"

"走，咱们再去给你选几件儿去北京见亲家的衣服！别让人瞧扁了——就挑贵的！"

小舞妈一咬嘴唇，擦了擦眼角的眼泪："你说咋整，小舞也没爸，你说我就这么去了，让人看笑话倒没啥——你说，要是对方嫌弃俺们是单亲家庭，把小舞婚事儿给搅和黄了，怎么整？"小舞妈说完,眼泪又出来了。

干瘦女人一推小舞妈:"当年咱姐儿几个摆摊儿卖水果,挣的是血汗钱,吃的干净饭,有什么见不得人?俺们倒是都有男人,家家都养孩儿,但你瞅瞅谁有你们家小舞那么能耐?看不起咱,他们凭啥?"

"对啊!他们凭啥?你看现在北京三十多结婚多正常——黄了,黄了说明不适合咱!咱还不稀罕,高攀不起咱再找!找比他还好的!"

"对,年姐,别一天天老激动老激动……整得我们都……俺们都商量好了,俺们仨跟你一块儿上北京,就是小舞的几个姨!"

三个人你推我,我推你,互相推搡着,怯怯地笑。

"别老煽情,整点实在的,旗袍谁给咱们家大姑娘买?"

女人们大笑着推着她,往收银台走,边推边嚷。

"你现在是大老板!谁敢跟你争姑娘!"

"一帮嘴上说的,我看你们不去的。"

胖女人骂着骂着,泪痕渐干,洋溢着幸福,把眼角的皱纹都填平了。

佩娟从昏沉中睁开双眼,第一个看见的,就是肖顿。肖顿握着她的手,趴在床沿上睡着了,鼾声如雷。佩娟知道,只要自己动一动,他马上就会醒来,她虽然不知道过去了多久,但墙上的日历显示,距离她清醒的那天,已经三天——这三天,肖顿是万不能睡去的。佩娟保持着僵硬的姿势,动也不敢动。

肖顿似乎感觉到了什么一样,忽然醒了过来,看到佩娟正看着自己,大叫:"老婆?老婆你醒了!你……你醒了……"

佩娟看着三天没换衣服、眼窝深陷的肖顿,泪水直打转:"每天晚上我闭上眼睛,都希望自己睁开眼睛,能看到你。"佩娟用尽力气握了握肖顿的手,但肖顿感受到的,只是微弱的触碰。

"当然,我就在这,"肖顿眼眶也红了,"哪也不去了。"

"嗯。"佩娟再也没有力气跟肖顿唱反调了,她只想用每一次心跳的力气,对肖顿尽量温柔一点,她清楚记得自己无法呼吸的时刻,觉知生命即将离去,第一个想起的人,是肖顿,第一个想抓住的人,也是肖顿。在漫长的睡眠中,她时常陷入昏迷,她有意识的时刻,都期盼能再吃一顿肖顿做的饭。果然,她看到了他,她的老公,这个很爱自己,却"能力有限"的男人,他通红着眼睛,紧紧地抓着她的手把她带回了这个世界。

"肖顿,你还要跟我离婚吗?"

肖顿孩子一样摇着头,脸贴上她手背,鼻涕眼泪蹭了佩娟一手:"不离婚!不离婚!不离婚!不离不离不离……"

最后,肖顿泣不成声。

"哎！这位家属！我说了你多少次了！你不能让她情绪这么激动！"小护士从后面大声教训，佩娟才发现不知何时，母亲已经站在肖顿的身后，神情木然，手中捧着保温饭盒，一副不知如何是好的表情。

护士的"友情提示"敲醒了肖顿，肖顿赶紧收起眼泪，坐直了。

"她是病人！你再这样，你就走吧！"小护士不满地瞪着肖顿，满脸都写着"这人怎么回事儿"，看肖顿衣冠不整神情倦怠，又觉得怪可怜的，"你丈母娘来了，你快吃饭吧！"

肖顿发现身后的丈母娘，赶紧站起来，想让座儿，却被杨玉兰按了下去："你坐着，我不累。"

杨玉兰抿了抿嘴唇，把饭盒往肖顿面前一放："吃点吧，你都……三天没吃了。"杨玉兰哽咽了，她也听到了刚才小护士的话，努力克制着自己的情绪。

"妈，你吃了吗？"佩娟虚弱地说，温柔地看着母亲，母亲好像一下子变了一个人，三天前要跟她分庭抗礼的矍铄老太太，仿佛一夜之间失去了所有活力，成了苍老的老太婆——那"跟天斗，跟地斗，跟人斗其乐无穷"的霸气，无影无踪。

"啊……"杨玉兰听到女儿的话，才抬起头，似乎不敢看女儿憔悴的面容，更不敢看女儿的眼睛，罪魁祸首，那就是自己啊！

"吃了没有?"佩娟追问。

"吃了……吃了……"杨玉兰轻轻点着头,"我熬的鸡汤,你俩吃……不想吃,妈回家,再做点——娟儿,你想吃啥?"

佩娟记不清有多久没吃妈妈做的饭了,好像母亲这么殷勤地关心自己,还是高考的那一个月,母亲连农活都雇人干,天天在家,变着花样给她做好吃的,但自从她考完了试,就再也没有过了。但佩娟似乎从来没介意过,一心一意地照顾着一大家人,而母亲也以她为荣,比起同村的妇女显得年轻。

见佩娟不说话,肖顿有点着急:"老婆,想吃啥,我去给你买点!"

佩娟看着眼前诚惶诚恐的两个人,笑了,肖顿回来了,母亲也来照顾自己,俩人不但没有冷战和争吵,母亲还专门给肖顿也做了饭,这一场大病化解了这个家庭的一切矛盾——那,它来得太晚了啊!早知这样,这场病真该早点来。佩娟正思忖,忽然发现章柏松提着大花篮和水果,走了进来。

肖顿和杨玉兰赶忙过去招呼访客。章柏松穿了一件墨绿Polo衫,卡其休闲裤,还是一双黑板鞋,章柏松不算魁梧,左手的大花篮略显夸张,然而还是被右手的水果篮子比了下去——两件东西,快把他压没了。肖顿见状,赶紧把水果篮接过来。

从长相分辨出,杨玉兰应该是佩娟的母亲。

章柏松一张嘴："大——"

"大"字一出口又吃回一半——杨玉兰和自己年纪相仿,自己是打算做她女儿的追求者——这,该叫什么好呢?

佩娟赶忙招呼母亲:"妈,章主任,领导。"

杨玉兰一听"领导",果然打起十二分精神,双手握住章空下来的右手:"你好!你好!谢谢!谢谢!"杨玉兰发现除了"你好"和"谢谢",自己什么都不会说了。不料佩娟并没有对母亲再做什么过多的介绍,而是把目光转向肖顿。

"章主任,我老公,肖顿。"

"肖顿,你好!"章柏松冲肖顿点点头。肖顿几天没回家,身上的酸腐味扑面而来。章柏松语重心长:"几天没睡了吧?辛苦了。"又转向佩娟:"佩娟,感觉怎么样?"

佩娟点头,示意章柏松坐。

肖顿抱起饭盒说:"娟儿,我和妈去走廊吃,你们慢慢聊。"

说着拉着杨玉兰走出病房。

佩娟和章柏松,你看我我看你,良久无语,最后章柏松开口。

"你这丫头,还想走在我前面吗?"章柏松叹了口气,"昨天我就来了,你睡着了,肖顿就趴在你床边,死死拽着你的手。"

章柏松斑白的头发,在日光灯下越发斑驳。

佩娟从没有,从没有发现章柏松竟然已经垂垂老矣。

"你看你，都老了，头发都白了。"佩娟费力地打趣。

"是，你到我现在的年纪，我可能早就走了。如果那个时候，你躺在这里，谁来照顾你呢？"章柏松微微叹了口气，拍了拍佩娟的被子，满是深情。

"他会照顾我。"佩娟眼圈红了。

章柏松笑了，极不自然。

"你想开了就好，我倒是没什么。"章柏松把手从被子上撤了下来，"我说，真的。"

佩娟拍了拍章柏松的手，像是女儿撒娇一样："谢谢你。钱我和肖顿会还给你的。"

章柏松摇摇手，没再说什么，点头示意，当作道别。

章柏松的眼里，第一次有了悲伤的情绪，却带着宽和温暖的光，那是时光历练之后，成熟男人的胸怀。佩娟终于懂了。

"谢谢你。"佩娟哽咽，"谢谢你为我做的一切。"

章柏松背过手，摇摇头。

目送章柏松的背影大步流星离开病房，消失在走廊尽头。佩娟的眼眶又湿了。她想起章柏松曾和她讲的："你还年轻。有选择的权利，而我这种老头，已经选择过了。你什么样的选择，对我来说，都是恩赐。"

病房外肖顿喝着丈母娘的鸡汤，几口下去就饱了，起身要回去守佩娟,被杨玉兰拦住。

"肖儿啊……妈想跟你说点事儿……"杨玉兰拽着肖顿的袖子,嗫嚅,欲言又止。

"妈,你说。"肖顿看着杨玉兰,心想:这会儿了,该不会还是二木媳妇工作那档子事儿吧……

"肖儿……这么些年,辛苦你了。"杨玉兰话一出口,泪像是断了线的珠子,"噼里啪啦"落下来。

"男人么,照顾老婆,天经地义,没啥!妈这么说就见外了……"

"我们老李家……亏欠你们老肖家……"

肖顿一下子明白了岳母的用意,一时有点不相信这是那个咄咄逼人,为了一两万块钱,能跟他吵得面红耳赤的丈母娘,顿时张口结舌:"妈,一家人……"

"肖儿……佩娟要是好不了了,你可不能不要她!"杨玉兰抹了一把眼泪。

"哪能啊!我是那种人吗?"肖顿提高了几个分贝。"妈,别说娟儿很快就好!不好,我也不会不要她——"肖顿叹了口气,"要说不要了,也只能是她不要我!"杨玉兰被这话吓了一跳,刚想问个究竟,只见肖顿抱着饭盒进病房去了。

杨玉兰看着肖顿消失在门口,发呆。

吴辛、年小舞、小Q全围坐在一个羊汤馆子里，讨论营救安素的办法。饭馆打烊，三人还没个周全的方案，又到了吴辛和年小舞所在的宾馆，直至凌晨，方案终于完备。吴辛倒在床上，年小舞趴在桌子上，小Q颓然地倒在地毯上。

小城的夜晚无比寂静，只听得茶几上热得快每隔一阵"咕噜咕噜"冒泡的声音，水开了，便归于沉寂，不一会儿，水冷了，壶里又开始"呼隆隆"。很吵，但谁都没力气去拔掉它的电源线。

看守所里的安素，对着冰冷的墙面发呆——她抱着同归于尽的决心回来，然而那个毁了她一辈子的男人不但没死，她反而被监禁了起来。

今天，年小舞进来二话不说便狠狠抓伤了自己的手背和脸，开始大喊大叫，旁边警卫二话不说，冲上来一把按住安素的头，按死在桌面上！

年小舞瞅准机会，对着呆若木鸡的安素悄声嘶哑地说道：

"为了我，为了碧生，要活！要活！"

安素看不到年小舞的脸，只听见年小舞凄厉地大叫：

"她抓我！她疯了！她疯了！救命啊！！"

暴力，骚动，叫喊，检查，收监，当安素缓过神来，已被丢在一个伸手不见五指的小黑屋里。小窗不见了，四面都是墙。忽然安静，彻彻底底地安静了。这么多年，她到哪里都觉得嘈杂——此刻，终于安静。她甚至不再考虑父亲的生死，也不再悲伤母亲的离去，都过去了，似乎一切都过去了。我，我该活着吗？

黑暗默不作答。

"碧生，你会想我去陪你么？"

小Q自杀时，碧生在梦里来找她："替我，替我照顾她们。"

今天年小舞癫狂的闹剧，她了然于心，这是，这是让她装疯。

第二天天一亮，安素便见到了拎着黑色公文包，风尘仆仆的律师。律师见到安素，第一句话就是："我们跟你的亲属确定过，你有精神病的家族史，也表现出了精神问题。在以后的过程中，请你保持冷静和沉默，你，能保证吗？"

安素木讷地看着他，点点头。

一个星期后安素被鉴定为精神病患者，幻听幻视，而且童年遭受家暴的事情，以及安素母亲自杀的原因——不堪忍受家暴和因丈夫照看失职而导致行动能力丧失——也被吴辛的律师翻了出来，证据确凿，安素被当庭释放。而安素的父亲，因为长期家庭暴力，导致安素精神出现问题和安素母亲自杀，以"故意伤害罪"被提起公诉。律师陈述了安素父亲的种种劣行，时间，地点，验尸报告，一应俱全。

安素甚至还不能相信自己的耳朵，那些证据，那些日日夜夜，律师从何得知？难道吴辛、年小舞他们走遍了她生活的村庄，拜访了她的邻居，她冷漠的故乡？在冗长的陈词中，她终于相信了她的眼睛，那个被她刺伤，从原告霎时变成了被告的男人，眼里似乎喷出火舌，随时要和她同归于尽。

"她有钱！她行贿！她买通了法官！我没有罪！我没有！"

旁观席上吴辛冷冷地看着安素的父亲，年小舞站起来高声喊："你敢藐视法庭！"

"去你个婊子养的！你们他妈有钱！你们害老子！"

年小舞却对着他笑了，笑得非常灿烂，直勾勾地盯着他浑浊的玻璃体。她没说话，那笑容包含着得意，幸灾乐祸，惩奸除恶，包含了太多太多的词汇，一时间，刀一样剜在男人的心尖上。小Q拉了拉年小舞的衣角，低声说："小舞姐，你别太高调。"

"呸！人渣！"

安素早就发现了年小舞，她知道年小舞要救她，但是她无论如何也没想到，年小舞不仅仅要救她出来，年小舞是要完完全全地救她！安素目瞪口呆地盯着年小舞，年小舞也深深地看着安素，她读懂了安素眼中流转的目光。年小舞笃定地点点头，继续看着被告席上的男人边喊"不服"，边对前来押解他的警察挥舞拳头。但是没有用的，他一下便被制服，叫骂声也终于消失在审判长的判词中。他不知道有没听清，他被判了多少年。

"他出来了,估计比里面还难吧——他应该想在里面死掉吧——"

吴辛不动声色,他脑海中不断浮现出另一个人。事儿都到位了,对于经过风雨的吴辛,完全了解,此时此刻此事,尘埃落定。

年小舞走上去,陪安素办理手续。吴辛打通了律师电话,没人接。他皱了皱眉,他还没见过帮了忙不要钱的人——他怕这种事儿——他更喜欢用钱来解决。

年小舞给安素换上自己的衣服,小Q把安素打结的头发花了一个小时梳开了,安素说"谢谢"的时候,三个人突然紧紧地抱在一起。

十分钟后,她们松开对方。

"不少钱吧?"安素轻问。

"吴辛弄的。"

"唔。"

年小舞接过小Q手里的梳子,继续给安素梳头。时间仿佛凝固了,就这样,过了半个小时。年小舞的手机突然响了一下,是短信,年小舞看了一眼,淡淡地陈述:"吴辛先回北京去了。"

安素不吱声,良久,她握住年小舞的手:"我是他……"

年小舞抽出一只手按住安素左手,又抽出另一只,按住安素的右手,安素的一团冰冷被团团包住:"安素,我要结婚了,你要做伴娘了。"

　　安素满脸泪水，仰脸看年小舞。小舞和勾着她脖子的小Q，笑靥如花。

这次，她承担不了，她也解释不清

这个月，本是年小舞一生中最忙碌的一个月——她要结婚了——然而，她感到的是如释重负的轻松和快乐。安素的事了了，佩娟的病好了，这两件事情，似乎和结婚一样高兴，甚至，更高兴。佩娟休养这段时间，小Q一边帮衬着照顾佩娟，打打杂，一边找工作，半年过去了，状态还是：找工作。

小Q平时毛糙惯了，笨手笨脚，但对佩娟无微不至，同病房的病患误以为小Q是佩娟亲妹妹时，她总笑得特别灿烂。偶尔佩娟会背着母亲偷偷塞小Q些零用钱，小Q总说自己够用，卖了一些根雕什么的，但佩娟硬塞，她还是收下的。想必，生活和工作也是不顺利。

杨玉兰看在眼里，她也觉得小Q这样没日没夜地照顾自己女儿，连点好处都不给，实在过意不去——比起儿子二木——那小子自打来看了一次，带了一筐酸苹果之后，再没来过了。养儿防老，杨玉兰三十多年来第一次觉得，眼前大病初愈的女儿，也许才是值得自己心疼的养老本钱。她开始使劲儿地对佩娟好起来，变着法地好，惹得佩娟十分不习惯。杨玉兰便也将注意力分散到小Q身上："Q啊，你每天这样跑来跑去，真是辛苦啦！瞧你，亲妹子似的——我看你俩长得还真有点像！"

小Q龇起一口白牙："娟儿就是我的亲姐姐嘛！"

"哈哈哈！对对对！你们这个年纪的孩子，一家都只一个，以后娟儿就是你亲姐。"

小Q点点头，认真地削苹果。

"小Q，你最近是不是胖了？以前苗苗条条的，现在都有小肚子了！"

"啊……"小Q顿时羞红了脸，"最近总在外面吃……油水太多了……"

"妈……你怎么这样儿……"佩娟嗔怪母亲，"女孩子的身材，那是随便评论的吗？"

现在佩娟也会撒娇了。

杨玉兰赶紧闭嘴，笑呵呵地看着她俩。忍不住想，要是小Q这么好的孩子，嫁给二木多好啊……

安素赋闲在家，成了陪年小舞逛街置办婚礼的采购主力。安素似乎恢复了从前的模样，寡言少语的。年小舞的眼睛被各种漂亮华丽的窗帘、床单、精致可人的小物件儿深深吸引了去，也无暇顾及她那么多——有些事年小舞也想问，然而通过安素进局子的事，年小舞触碰到了安素瘦弱的体内那个无限的容器：喜悦悲伤的能量瓶上，那爆破的按钮，让人毛骨悚然。年小舞不敢轻易触碰——事情已经过去了，那就再也不要提了吧。她收敛精力，一门心思扑在牧歌身上：婚礼前领证；巧妙地做了些牧歌狐朋狗友的工作，避免牧歌结婚前再见到付冉苒。精确，周密，如密谋一般，一切按部就班地往前走着，绝无半点差池。

"小舞，我累了。"宜家才逛了一半，安素有些体力不支，拉着打了鸡血一样不知疲倦的年小舞坐在床上。

年小舞心不甘，随手拿起床上的靠背研究比较起来："哎呀！你这体力，明显赶不上牧歌。"年小舞丢掉了蓝丝绒的抱枕，扯过灰丝绒的。

"结婚前的男人，正常。"

年小舞嘴一撇："嗯，不过好歹嫁掉了——这个年纪——嫁了牧歌，不算亏。"年小舞笑了，嘴角上扬，又露出一副捡了大便宜的表情。日光灯下，安素敏感地捕捉到年小舞笑容里的一丝苍凉，安素向来直来直往："你爱他吗？"

"怎么能没有。"

"他爱你吗？"

"爱吧——至少现在。"年小舞哈哈大笑,"最爱你!"一下子扑向安素,勾着安素的脖子,躺了下去。

年小舞盯着头上柔和的灯光,盯着盯着,光开始刺眼。半月前的晚餐,双方家长见面,年小舞吃得并不愉快。席间牧歌的嫂子付丽,百般刁难自己的母亲,牧歌一直没有说什么,只想把饭赶快吃完,卷铺盖走人。年小舞知道,他甩了付丽的侄女,理亏,但是面对付丽对自己母亲的不友好,牧歌还是没有表现出明显的反抗,这让自己觉得失望。连阿紫都觉得牧歌的沉默不正常——这二叔说一不二,桀骜不驯,面对母亲的斥责挖苦,竟然不言一句。年小舞明白,牧歌心里过不去的还有自己和吴辛在福建待了一个月的事情。为了保护安素,年小舞倔强地在这个问题上三缄其口,怎么问都不说,让牧歌也大为光火。年小舞仗着木已成舟,牧歌无可奈何。她理直气壮,就说自己和吴辛一点关系没有,有事儿找吴辛去问。她知道,牧歌是不会找他哥论这个理的——他的财政大权,都在他哥那。

年小舞的母亲当晚就飞回了东北,为了女儿,她装了半天孙子,愣是一句话没反驳,全程赔着笑。她清清楚楚地记得,去机场时沉默一路的母亲临上飞机前的一句:"小舞,妈问你,你真要嫁到这个家里面吗?"

年小舞斩钉截铁点头。母亲叹了口气,头也不回地上了飞机。她知道母亲心疼她受委屈。

"可是你知道吗，安素？我这个年纪，找不到比牧歌更好的人了。"年小舞唐突地说，并没发现，自己陷入沉思，倒在床上的安素已迷迷糊糊进入梦乡，听到自己的名字，她惺忪地看着年小舞："你说什么？"

"没……"年小舞安抚着安素，伸出胳膊，搭在安素的腰部，"你再睡会吧！"

安素侧身，转向年小舞，也伸出胳膊勾住年小舞的腰，闭上眼睛："不要怕，去结婚吧——"

年小舞从来没有如此近距离地观察安素，她发现安素下睫毛根部，竟有一颗小小的泪痣，不仔细根本看不出来。听母亲说，自己小时候也有，人家说不吉利，会哭一辈子，不富裕的母亲硬是花了一百五十块钱领着九岁的她去美容院点掉了。

"安素，你有泪痣呢，容易哭。"年小舞摸着安素的脸，身上的香水味道弥散开来，温柔地包裹着安素，使她觉得，冰冷了二十几年的身体，似乎温暖地苏醒过来，她睁开眼睛，瞅着年小舞："你这样做，很危险呢。"

安素笑靥如花，轻轻吻了一下年小舞的额头，年小舞竟有种触电般的感觉，安素的吻瞬间舒展了年小舞紧蹙的眉头，那股电流从额头一直通到心脏，心开始"怦怦"直跳。

年小舞"哈哈"大笑。

"如果你真的是个Les，你怎么会和吴辛……"年小舞忽然住嘴，她发现安素的眼神随着"吴辛"这两个字黯淡下去，马上意识到自己的失态，"我……"

"你猜，碧生和我，是什么关系？"

年小舞"腾"地坐了起来，一时不敢相信自己的耳朵。

安素翻了个身，脸贴在浅紫色的床单上，用枕头死死地按住自己的后脑勺，"咯咯"地笑个不停。

年小舞呆了，为她的话，也为这笑声。

吴辛走到楼梯连接处，发现牧歌身边垃圾桶上的细沙里，整整齐齐地伫着一排香烟屁股。吴辛笑了，这是牧歌常干的事儿。

"哥。"

牧歌见吴辛出来，把剩下的半根烟，径直杵进沙子里。

吴辛见牧歌神情严肃——这一向玩世不恭的弟弟不带"扑克脸"，严肃正经地找他谈，而且是在这里等而不是办公室，还开口叫了一声"哥"，一般不见得是什么好事儿。常常是缺钱了，才会上演这种戏码。吴辛阅人无数，小自己近二十岁的弟弟，自不在话下——他清楚地知道牧歌想问什么。

"哥，你也见过小舞了。"

"见过了。"

"我要娶她。"牧歌靠着落地窗的围栏,"下个月就结婚。"

"嗯。小舞是个精——聪明的姑娘。"

吴辛言词笃定,难掩的欣赏,似乎对年小舞有着不一般的了解。牧歌听闻,更加焦躁不安,又从裤兜里掏出烟盒,单指弹开——忽然发现里面一根烟也没有了。他捏扁了盒子,"当"地一声,丢进垃圾桶:"你知道我想问你什么。"

牧歌看着自己的鞋尖儿,并不敢正视吴辛,迫切地提问,又回避着答案,此刻没有比牧歌更纠结的人了。

吴辛没说话,他明白牧歌想问为什么自己和年小舞同时出现在福建的泉州。可见,牧歌从年小舞处没有得到合理的解释——这小丫头,把事儿全推给自己了。弟弟想必也是思忖良久,才找到自己摊牌。如果自己如实道出原委,就要暴露安素的存在——不说,弟弟已然下了结婚的决心,甚至不惜抛弃正牌女友付冉苒,连同付丽许诺给他的两套住房和公司20%的期权——他发现这比谈判要艰难得多。

沉思片刻,吴辛问:"你认识年小舞多久?"

牧歌没想到吴辛会反过来问他,老实回答:"不到一年。"

"怎么认识的?"吴辛不只是在回避问题,他对安素这个横空杀出来的闺密年小舞,备感头疼。他本以为,安素的个性,没什么朋友。

"我们在……"话到嘴边,牧歌尴尬地停住把那两个字咽了回去,抓抓头,尴尬地停住,不知道如何作答。

吴辛一笑:"一个酒吧认识的姑娘,你对她了解多少?你怎么知道她不是冲着你的钱?"

不料牧歌一个箭步冲上前去,抓住吴辛的衣领,目光狰狞:"你他妈闭嘴!"

牧歌血脉偾张,吴辛虽没有牧歌高,但不输气势:"放开。"

"我让你闭嘴!"牧歌像一头脱缰的困兽般咆哮,眉毛交叉,牙咬得"嘎嘣"响,吴辛发现牧歌眼里通红的血丝——牧歌认真了,不是任性,吴辛心"咕咚"一沉,冷冷地说:"你的一切都是我给的。你有权让我闭嘴吗?"

吴辛突然向后一退,"啪"地打掉牧歌的手。牧歌喘着粗气,并没继续纠缠,耸了一下肩膀。吴辛——像极了当年的父亲,他这个老来子,并没有和父亲相处多少时光,是由吴辛一手带大。他总是分不清吴辛是兄长,还是父亲。但是,他不容许任何人碰自己的女人。

牧歌发狠地盯着面无表情的吴辛,攥紧的拳头渐渐泛白。他猛地一回身,拉开安全出口的楼梯门,欲转身下楼,突然回过头:"你的一切都是付丽给的,你有什么资格跟我抢女人?"

话毕，摔门而去。

吴辛愣在原地。门滞后地"嘭"一声，吴辛的身体不由得哆嗦起来。他颤颤巍巍地把手伸进口袋，掏出手机拨了一个号码："对不起，您所拨打的用户已关机……"

一个月了，安素没有再和他联系，杳无音信。她像是一股巨浪，掀翻了他的生活，又融进了无际的海洋，了无痕迹。他又翻出了一个电话，拨通。电话那边脚步声响起，良久，一个女声压低嗓音："什么事儿？"

"小舞，有安素的消息么。"

"没有。"

"牧歌来找我，怀疑我和你是情人关系。"

电话那边陷入沉默，吴辛接着："我也不想他知道安素，但是现在，该怎么办？"

他听到关门的声音，然后，年小舞的电话里传来大风呼啸的声音。

吴辛知道，她转移了谈话地点。

"她不能受到任何伤害。我会拼死保护她。"

吴辛揣摩不出年小舞的话中之意，茫茫一片的脑际，他仿佛看到安素一丝不挂地躺在床上，微笑流泪的眼睛盯着天花板，落英缤纷的百元钞票，渐渐地掩埋了安素，安素坐了起来，把它们一张一张捋顺，扎成一沓一沓，高高，高高地摞起来。

"安素是为了钱吗？"

吴辛木然："你不是吗？"

年小舞坦然："不全是。"

挂了电话，年小舞忽感到一丝寒意。肩膀忽然被披上了一片温暖——年小舞惊转身，果然，是安素。

安素穿着年小舞的睡衣，显然大了不少，睡衣松垮地吊在安素瘦削的肩膀上，领口好像随时都会从肩膀直接滑落下去，而中间本该饱满的地方，空空如也。安素凌乱的半长头发贴着脸颊，抿着嘴。安素不高，目光平视，正目及年小舞泛白的朱唇。

"小舞，不值得你为我这样。"

年小舞摇摇头，知道安素完整——至少部分，听到她和吴辛的谈话。

"我明天去找他谈谈。"

年小舞定定地看着安素转身离去的背影，很想上去一把拉住她，让她不要去，一切让她来解决！让她来！这是她最擅长的事情了！然而，她不能——这次，她承担不了，她也解释不清楚。这道划在牧歌和自己面前的鸿沟，没有安素，她年小舞根本迈不去。牺牲安素吗？如果牧歌知道这件事，付丽会不会很快也知道？牧歌会如何看待吴辛和安素？安素才从官司里脱身而出，不能再受任何刺激。

"安素,不要去!"

年小舞大喊:"安素,你不要去!"

安素没作停留,只给她一个清瘦的背影,年小舞觉得,那背影变成了一把瘦削的尖刀。

吴辛坐在面馆里,要了一碗手擀白面条,加盐。围裙女人笑呵呵地看着他,絮絮叨叨地说着那个不存在的"燕儿"——她的女儿。吴辛心不在焉,不时地附和几句,女人看起来开心极了。

"没带你的小相好儿一块儿来?"门外抱着个摩托车头盔的小青年,也就是女人的儿子,他见到吴辛,向他"特别问候"。

吴辛似乎并不介意,对男青年点点头:"她身体不好。"

"不是也有了吧?"青年哈哈大笑,将头盔一把丢向角落里乱堆着的一沓面袋上,屁股一沉,整个身子落在椅子上,戏谑的目光挑着吴辛,见吴辛脸一灰,更加得意了。

"那得赶紧做——这长大了分财产可不好——"青年肆无忌惮地嘲讽。那半老徐娘并没有一丝介意的意思,但因为男青年打断了她的絮叨,不快起来,瞪了青年一眼:"正说你姐呢!"

男青年随手扔过一根方便筷子,正中女人的胳膊:"老骚包!人家姑娘都找上门了,你还护着你的小情人!没个脸!"

吴辛一个失神，面碗差点翻在地上："她来过？"

"深更半夜，开着你的傻逼捷豹来的——怎么，不知道？"小青年吊起了吴辛的胃口，故作神秘，故意话说一半不说了。青年高鼻大眼，五官像极眼前风韵犹存的疯女人。其实，原本他算是十分英俊，但神色猥琐狡诈，把脸部迷人的线条破坏殆尽，暴殄天物。吴辛掏出一张卡，放在桌子上，接着低头，假装吃面。

青年站起来，把卡扫进裤兜里，转身往外走去："她和老骚包聊了一夜，你还是直接问她吧！"

吴辛转而盯着眼前的女人，心脏"怦怦"直跳。

女人微笑，看着他的眼睛："你说素素，那可是个好姑娘。陪我聊了一夜……我把我和燕儿她爸，恋爱，结婚的故事，全都告诉她了，她一点都没有不耐烦……"

吴辛的心脏突然停跳。

安素环视了一下四周，年小舞的小公寓里布满了大大小小的透明整理箱，装着年小舞各种难以割舍的"旧爱"——"新欢"都已经搬到牧歌的大别墅去了。本来，牧歌让年小舞卖了这间小公寓，但年小舞不肯卖：一是舍不得；二是有个小算盘——安素需要有个栖身的地方。跟了牧歌，以后就基本可以稳做少奶奶，这点小钱也不用算计。

安素回来以后，一直没找工作，尽心帮助年小舞打点结婚的琐碎事。只是小Q那孩子，很久没见了。听说在照顾佩娟，也不知是不是在躲着自己。

"我对那孩子，确实太苛刻了。"

安素躺了下去，摸出手机，给小Q发了一条信息："出来挑窗帘吧！"

守候多时，手机一直没动静，俄而，门开了——年小舞回来了，见床上手机的亮光，知道安素没睡。

"安安，编辑想给童话书做个新书发布会，你觉得哪天合适？"

安素翻了个身，幽幽道："就在你婚礼上吧。"

年小舞一愣，笑了："你这是存心整牧歌——付丽还不得疯？在他们家婚宴上给一个死人的书开发布会！"年小舞讥讽。

"你的婚礼，我就不出面了。"安素平静地说，"我帮你办一个单身派对，送你出嫁。"

小Q拿着喷笔，完成了最后一条抹香鲸的尾巴。扶着脚手架，缓缓往下爬，肖顿从后面拦腰接住，像拎一个玩具似的，轻轻捧到地面上。

"小Q，你是不是胖了？"

小Q没吱声，看着眼前竣工的天空之城，欢乐地蹦跶起来。

我的确对不起她,但是我没有对不起你

"小舞……么?"

佩娟打开化妆间,一下子傻掉了。

袭地白纱,被鹅黄的灯旖旎成月光,头发自然地拧成麻花辫儿,搭在肩膀,渐变粉的山茶花松散地插在左耳畔厚厚一叠青丝上……梳妆镜中年小舞笑靥如花——她选择了裸妆,眼睑上的桃红融进笑靥,绚烂一片。镜中的小Q和安素身着淡紫色小礼服,腰上白色的蝴蝶结像是随时、随地会飞起来。

众人笑了起来,佩娟在笑声中,意识到自己的失态,赶紧合拢嘴巴。

"老婆,你当新娘子的时候也特别美……"肖顿闹了个大红脸,在佩娟耳边喃喃地说。心中愧疚,他其实不知道,自己有没有能力给老婆一场如此盛大的婚礼。

"唔……我只是……小舞……"

"哈哈哈哈……"

"哈哈哈哈……"

发现房间里满是各种各样的美丽姑娘,并没一个男人,肖顿把佩娟往前轻轻一搡,悄悄地退了出去。

小Q一下子冲了过来,抱住佩娟:"娟姐出院啦!"

"佩娟,"年小舞喜形于色,"快来让我瞅瞅——我站起来就坐不下去了——"

佩娟拍了拍小Q,走到年小舞面前。

"前天都说了不让你来……"年小舞心疼地抓着佩娟的胳膊,佩娟的脸色苍白,没什么血色,像是蜡像一样,站在她面前。

这时,从更衣室里闪过来一个胖女人,指着佩娟拉开嗓子喊了一句:"你?对对你!是不是伴娘?!"

懵糟糟的佩娟被两个深厚的肉掌往中间一捏,连推带搡地往更衣室推,边推边牢骚:"哎呀呀!靠谱不啊?!来晚了还不着急不着慌的!"

"妈……"年小舞尴尬地嗔着母亲,"佩娟病还没痊愈……"

"今儿你新娘你最大!啥病?冲喜!冲喜!伴娘冲喜!"

众人眼看四肢僵硬的佩娟玩偶般被摆弄,都笑个不停,一直目送她被塞进了更衣室,才又换了别的话题。

牧歌坐立不安,隔一阵扫扫熙熙攘攘的大厅。付丽早早落座了,吴辛站在门口不时地"接见"各级领导,各种亲戚朋友。

"长兄如父,长嫂如母。"付冉苒不知何时出现在牧歌背后。

牧歌看了付冉苒一眼,十分淡定。

"你姑,你确定搞定了?"

付冉苒认真点点头。

"股权的手续,明天我们就去办,我不会食言。"

付冉苒笑笑:"答应你的,我会做到。"她转身离开,高跟鞋敲击着大理石,悦耳至极,搔得人心痒痒。

牧歌忍不住回头瞅付冉苒摇曳的身姿:精致的背影,一丝不乱的披肩发,修剪得标致精确不差分毫,如整齐的绸缎,倾泻而下。

"前女友都来了?"牧歌狗友小诛仙一勾牧歌脖颈,流着口水望着付冉苒的背影。

"想追给你!"

"哎呀呀!我倒是想——高攀不起!"小诛仙放开牧歌,"你终于想明白了——那种女人,咱哥们儿玩不起——妖精。"

新娘团一片祥和,新郎团一片狼藉——昨夜喝得五迷三道,早晨被安素一个一个泼水才起来。大厅八方来客,好不热闹。娘家这一桌,坐满了小舞母亲的姐妹——偌大的方桌,全满了。小舞母亲满面红光,敷衍着姐妹的调侃,时不时看表,盯着年小舞和牧歌将走出的那扇镶金大门。

安素在门后,深深拥抱年小舞:"要幸福啊!小舞要幸福啊!"

安素泪流满面,此时佩娟和小Q也扑了过来。几秒钟后,年小舞放开众人,一转身,挎住牧歌的臂膀,咧嘴笑了,一把推开大门。

刺眼的强光,音乐悠扬,全场欢呼……

那些老套的话语,一遍又一遍,依然触动人心,就像有些老山,你明知一遍一遍翻,却依旧悠然。牧歌用一句话结束了婚礼最后一项——"年小舞,今天我终于给你补票了!"

全场哄笑,付丽脸色铁青地瞪着呵呵傻乐的吴辛,眼珠都要掉下来了,直喘粗气。

佩娟一捅小Q:"Q,你结婚的时候,姐也这么嫁你。"

小Q没吱声。

"不用担心钱,一辈子,就一次,一定要风光。"

佩娟完全陶醉在眼前这富丽堂皇的排场中。是啊!她去过比这还要高级的宴会厅,吃过比这还要高档的冷餐会牛排,但那些都似乎和她没什么关系。她背着电脑,拎着相机,去问那些和她一辈子不相干的人问题——今天,今天这个场合和她有着这么亲密的联系,她感到欢欣鼓舞起来。忽然有人拉自己的裙角儿,还以为又是刚才那个熊孩子……

"小鬼!看我不……"佩娟一弯腰,想要抓住那个红脸蛋调皮捣蛋的小胖子,但佩娟一下子愣了:拽她裙子的不是小胖子,是小Q。

小Q捂着肚子,表情,像吃了一颗酸柠檬。

佩娟赶紧蹲下,焦急地抱住她,也吃了一颗柠檬:"你怎么了?!"

"疼……"

"哪里?哪里疼?"佩娟惊恐地睁大眼睛,顺着小Q的手——小Q下身,已在淡紫的晚礼服上开了硕大一朵深红的牡丹。

"你……"

"姐,悄悄,悄悄地走……"

佩娟强忍呼喊的欲望:"能站起来吗?"

这时,一双有力的胳膊从侧面伸过来——佩娟一看,是肖顿。

"肖顿……她……"

肖顿会意地点点头,蹲下,让小Q爬到自己背上,小Q咬着牙,一声呻吟都没。佩娟往上一推,瘦削的小Q终于爬上了肖顿的背。

肖顿健步如飞直奔楼梯,走出饭店便奔向路中间,挥手大声喊:"停车!停车!"

在看清小Q大出血的情况后,出租车都躲开了。肖顿气得直骂娘。

气喘吁吁的佩娟跟了上来，盯着眼前的肖顿，完全愣住了——背上的小Q已经血流不止，这不是"大姨妈"，绝对不是"大姨妈"——小Q，流产了吗？小Q这是，流产？

一辆红色马六停了下来，女车主一伸头喊："上车！"

二人慌慌张张地把小Q塞进车，直奔医院。苍白的小Q，已经陷入半昏迷状态。肖顿喘着粗气，佩娟死死地捏住小Q的手，带着哭腔，轻拍小Q的苍白脸颊："小Q别睡啊！醒醒！"

肖顿茫然地瞅着佩娟，不知所措。

"流了吧。"女车主头也不回，车速飙到一百一十码，车窗外骂声一片。

"什么?!"

肖顿面色愧疚，瞅着佩娟，佩娟心里咯噔一下，大吼一声："你的?!"

肖顿赶紧拼命摇头："怎么可能?!"

他不敢看佩娟："可能是累的，也可能是油漆刺激的——小Q，这个月，这个月，一直在帮我们装修房子。"

"什么房子?!"

女车主一个刹车："回家吵吵去！下车！到医院了！"

"谢谢你！"肖顿一边把小Q拖到背上，一边冲车主道谢，才发现这女车主戴着一副墨镜，脸部轮廓美极了，有点像年小舞。

"快去吧！"她挥挥手。

医院的担架车推了出来，被放上车的一瞬间，小Q睁开了眼睛，妆容花得不成样子，像是被日光暴晒马上要魂飞魄散的女鬼："姐，姐，我该怎么办？"

佩娟还没来得及回答，小Q便被推走了。

佩娟哭了，一把拉过呆若木鸡的肖顿："怎么回事儿？！说啊！"她泣不成声，抓着胸口，近日才有点血色的脸，开始泛白。

肖顿赶紧抱住佩娟："老婆，老婆，你别激动，坐下，坐下我慢慢说。"

肖顿把佩娟按在椅子上，欲言又止。佩娟发狠地踢了他一脚，他默默地从口袋里掏出手机，打开相册，放到她腿上。

佩娟哆嗦着拿起手机，一张一张地翻看，俄而捂着嘴"嘤嘤"地哭：照片上小Q戴着报纸帽，拿着喷枪，正在洁白的墙壁上，绘制一朵红色的蘑菇，草坪已经竣工了，上面是一条毛毛虫——这，这，这不是碧生的童话世界吗？再往下翻，是另一面墙，三只兔子围着喷泉跳舞。再往下，一只蝴蝶，在银河里飞……

佩娟把手机摔到地上，颤抖着斥责肖顿："她怀孕这么大的事儿，你为什么不和我说？"

肖顿默默地站在佩娟面前，绞着手指。望着眼前刚刚同自己和好如初的老婆，肖顿惭愧地低下头。看着碎了屏的手机，精打细算的肖顿第一次没心疼的感觉，觉得老婆摔得不够狠似的，又上去狠狠地补了一脚！

"老婆，我混蛋！"

"你混蛋？！果然是你的？！"

"钱大兵的！"肖顿大叫冤枉。

"我给他打电话！"佩娟掏出手机，就要打，却被肖顿一把给按住。

"娟儿，不用打了，他们早就分手了。"

"什么？"佩娟不敢相信自己的耳朵，手机滑落，肖顿一个本能伸手，愣是腾空给抓住了。

"小Q说得也挺简单，说是钱大兵毕业后家里给安排了工作，在兰州市里齿轮厂上班儿。小Q到小城市也找不到工作，又不愿意考公务员和教师，钱大兵和他家里嫌小Q没正式工作，就把她给踢了。大概，也就是两三个月前的事儿。"

佩娟傻了，两三个月？两三个月前的事儿了，为什么小Q从未和她提及。四个人里，小Q最依赖的就是自己，买个盐都要问她买什么牌子的，怀孕这么大个事儿，她怎么从来都没说过？房子，房子是怎么回事儿？肖顿买了房子，小Q怎么会知道，还去帮忙装修，不装修，小Q怎么会流产？不对啊！两三个月了？这么长时间了，难道小Q是想留着孩子？

"小Q，你傻啊！"佩娟大吼一声，把肖顿吓得一屁股坐在地上。

见老婆已经完全呆掉，肖顿不知如何是好，也不知该如何平复她的情绪，结婚三年了，肖顿经常质疑自己的能力，为什么他总找不到讨老婆开心的办法。尽管他那么想，想把什么都办好，想让她高兴——但，他明白，老婆有困难第一个想法总是：自己解决。

我总是把事情搞砸。肖顿内心深处，忽然对自己很失望。

"老婆，我当时找小Q的时候，并不知道她怀孕。"肖顿把脸埋在佩娟腿缝中间。

"老婆，我真不知道。后来她总吐，我发现的时候，房子已经快装修完了，她——"肖顿泣不成声，"她不让我告诉你呀！她不让！"

佩娟怔怔地望着手术室的大铁门，双手轻轻放在肖顿的后脑勺上。肖顿感受到佩娟手指的冰凉，这种冰凉被肖顿的热量所温暖，渐渐有了温度。他们沉默着，只能祈祷。

"哪个是家属？"护士打破宁静，往佩娟面前递了一张单子。

佩娟接过单子，护士用手敲击着右下角空白处：家属签字。她拍了拍肖顿，把笔和单子递到了他面前。肖顿踟蹰，半天才看清纸上的文字,手开始抖。

"看好了啊,孩子没了。你,签个字。"

护士加重了"你"字,语气带着十足的厌恶和鄙夷,显然,她误会了佩娟的行为,误判了眼前的场景。

肖顿抬头看看佩娟,佩娟闭着眼睛点点头。

肖顿果断签了字,并在病患关系一栏写下:丈夫。

"噌"地一下单子被抽走,又"叭"地一声夹在夹板上,小护士一扭头,大步走了。

没多久,小Q被推了出来,虚弱的小Q发现佩娟冲了过来,一把抓起被单蒙在了脸上,死死地攥住被角。二人你瞅瞅我,我瞅瞅你。小护士把收据往肖顿手里一塞:"看什么看?没见过?钱还没交呢!交钱去!"

是刚才让他签字的护士。

化妆间寂静一片,一反大厅的喧哗。酒店服务员应年小舞的叮嘱给安素送的简餐,原封不动地摆在凌乱的化妆镜前。安素呆坐着,盯着镜中的自己,素面朝天,目光宁静,她轻轻抚着胸前的红色小花,黑色拙劣的宋体:伴娘。

她喜欢看年小舞化妆,每当年小舞抓起口红,要给她画上的时候,她总嬉笑着躲到一边。年小舞严肃地训她:"男人不喜欢不化妆的女人——女人也是。"安素朝镜中的自己眨眨眼，学着年小舞装可爱时候的样子：嘟起嘴，噘起唇——别扭。她呵呵笑了，果然眼睛才是年龄真实的写照，她神色如此苍老，青春似乎与她无关。她记忆中当年的母亲，曾把碳枝磨得细细的，对镜画眉，希望取悦自己的丈夫，她一生都想取悦自己的丈夫，可惜，她一辈子都没做到。女人的美，真是灾难啊！安素笑了，拿起一根眉笔，学着母亲的样子，往自己的眉峰处，轻轻一勾。

镜中女人渐渐呈现出精致的轮廓和眉眼，及腰的头发柔顺地披在身后，身上白色的麻布连衣裙似乎并不合身。安素一边画，一边冲镜中的女人笑："妈妈。"

镜中的女人停止描眉，微微挺起腰，安素看到她颈部的疤痕。她狐疑地看着安素，似乎并不认识她。

"你是谁？"

"我是你的女儿，安素。"

"我不记得你了。"

"你现在生活得好吗？那个打你的人，让你痛了一辈子的人，已经进监狱了。"

镜子里的女人愣了一下，拿起眉笔，又描了起来："谢谢你，我现在很好——你曾经是我的女儿？那，你也要好好的。"

女人的幻影缓缓地褪去了，镜中重新浮现出探身描眉的安素——那眉毛似乎描得过重，变成了极为浓重墨黑的一条。安素用手轻轻擦拭，拿起唇膏，涂在嘴上，大红色，让安素整个人被火焰点亮一般。她抿了抿嘴，歪着头审视着这个全新的自己。微微蹙了下眉，拿起桌上桃红色的眼影，涂在眼睑上……

妖艳的安素，犹如一朵红色妖姬，徜徉于大厅。很快引起年小舞和牧歌的注意，同时注意到她的，还有吴辛。浓妆的安素在人群中自在穿行，完全不在意人群异样的目光。她停在吴辛的身边，随便拿起桌上一杯酒，端了起来："我敬你一杯。"

吴辛额头直冒汗，其实，他现在内心也不是十分笃定，安素的精神问题，到底有多严重。他一直觉得安素有点怪，但他被她吸引之处，多数取决于她的外貌和他的初恋太过相似，但令他崩溃不已的是，他似乎觉得他给她们带来了同样的命运，或者，她们都是以一个不正常的生命状态出现在他的人生中的。他不知道安素会干什么，他预想不出来，安素比他想象的要勇敢，比那个女人，勇敢。因为这一切源于，安素不爱他。

付丽稳坐于吴辛的旁边，神情自若，仿佛不知道全世界都在发生着什么，即使发生了什么，她也并不觉得惊讶。

安素不屑地，收回了酒杯。

"你是谁？"安素把酒杯往桌面上轻轻一撂，纤细的手指没有离开酒杯，柔柔地缠绕在上面，付冉苒注意到了这只手，不禁多看了两眼。如果这只手不经意地落在另一个男人肩上,这个男人很难坐得稳吧?

"我是他的爱人。"付丽面不改色,面前这个小姑娘,她十拿九稳。这么多年,她斗了岂止一个姑娘?这还不是最漂亮的。

牧歌快步走到付丽跟前,在她耳边嘟囔了一句什么,付丽点了点头。

年小舞则一脸尴尬,一只手紧紧地抓住安素的胳膊,另一只手去抢夺她摇摇欲坠的酒杯——她有点怕,怕这酒杯一会儿不是甩在付丽头上,就是吴辛脸上。

"安安,你……是不是哪里不舒服……"年小舞的目光中满是关切,更是哀求。安素盯着年小舞的眼睛,那眼睛里有着什么。有着什么呢?她感觉自己被吸了进去,满是花花绿绿,五彩斑斓的影像。她只觉天旋地转,头晕眼花,熟悉的声音飘进耳鼓:"安安,这是我的婚礼啊!安安,小舞的婚礼!"

对啊,这是小舞的婚礼啊……我在干什么……我不知道……碧生,母亲,父亲,碎裂的影像在安素脑中快速闪回。年小舞轻摇着安素,一个声音叫着她,安安,婚礼,小舞的婚礼,她是碧生深爱的姑娘,她要结婚了。

安素眼前的斑斓逐渐消失,年小舞的焦灼面容浮现眼前,还有付丽高傲的下巴，和不置可否的注视。

"姑娘，你是不是认错人了？"付丽用余光不易察觉地扫了一下年小舞，"她是不是？"付丽指了指自己的脑袋。年小舞不作声，算是默认。她必须给付丽一个台阶。而且付丽说的是事实。自己今天太忙，早上忘记给安素的牛奶里加药。

付丽报之以宽容的微笑："那就算了，快带她回去休息吧，我看这姑娘也累了。"

安素咬着嘴唇，向付丽点头致歉，转身在年小舞的陪伴下，踉跄地走出大厅。自始至终，都没有看吴辛一眼，吴辛不能说话，一张嘴，心就得蹦出来。

人群恢复了热闹，像约好了似的，不约而同地帮着新娘新郎掩饰尴尬。

付丽瞅了一眼吴辛，夹了一块鲽鱼到他盘子上："你要不要去个洗手间？"

吴辛吃了鱼，五分钟后，站了起来，离开了席位。

安素回到化妆间，年小舞找不到佩娟，也找不到小Q，只得拉来母亲陪伴。安素自知给小舞添了麻烦，十分懊恼。她不知道她今天是怎么了，她看到镜子里的自己，吓了一跳。小舞妈是年小舞之外，唯一知道安素是病人的知情者，所以小舞妈一直拉着安素的手，没有丝毫责备和嗔怒。她心里明白，这些姐妹，孩子看得比生命都珍贵。小舞这些年,也有个脆弱的时候,她们也是这样照顾自己的女儿。

吴辛推门进来,小舞妈借口倒茶走了出去。

安素坐在窗边,吴辛站在门口,她没站起来,吴辛也没有往前一步。许久许久的沉默之后,吴辛终于开口:"安安,我确实对不起她们,但我没有对不起你。我爱过你。"

安素笑了,毫无芥蒂,这一笑,两不相欠。

吴辛瞬间觉得解脱,觉得,自己又变成了一个好人。

年小舞四下张望,佩娟呢?肖顿呢?小Q呢?人都到哪里去了?!年小舞无心敬酒,宾客似乎也无心过久停留,饭局很快便散了。牧歌有点恼,但是年小舞全然无心照顾他情绪,她自己也窝火,一边后悔自己竟然忘记放药,一边担心安素的安全,今天是自己大喜日子,安素不是故意的,肯定不是故意的,就因为不是故意的,她才担心!这样下去,安素迟早真的要步她妈妈的后尘啊!

今儿到底怎么了?黄历上不是写的黄道吉日吗?

年小舞恶狠狠拍了一下方向盘:"黄道吉日?!黄道你妈了个逼!操!"

这声恶骂使车内诡秘的安静瞬间被打破,牧歌火了:"你丫有病啊！你他妈知道今天是什么日子吗？作你大爷！"

年小舞自知理亏，也只好装孙子，压低声音："安素今天不对劲儿，我要去宾馆看看她。"

"不许去！"

"你别任性，安素……安素她真的有抑郁症。我刚不是骗你的。"

牧歌眼撇了一下："你那几个姐妹，还有一个正常的没有？"

年小舞一听，火直往上窜："今儿他妈就你一个人结婚？我不结婚是吧？我他妈比你郁闷呢！"

"你他妈爱哪哪去！明儿我一早飞机马尔代夫，你他妈爱去不去！停车！"

年小舞车还没停稳，牧歌就摔门而去。她知道牧歌的脾气，这货搞不好，明儿真一个人去。

这时母亲发来短信，说已经把安素送回家里了，"牛奶"也喝过了。年小舞无暇再想什么，一路踩着红灯杀回家。

打开门，安素正坐在床上，对着偌大的飘窗发呆。蓝色的窗帘虚掩着，夕阳奄奄一息。安素仍然穿着那件淡紫的伴娘服，手中抱着一个花瓶，瓶中是一朵怒放的玫瑰——那是酒店房间的标配……都说了不让她拿走的！唉……

安素似乎没发觉她已经回来了，还盯着窗外看得出神。

清风拂面，年小舞的焦火下了一半，安素回过头，一脸宁静，年小舞的心完全放了下来。这一个月，自从安素从福建回来，一直陪伴自己，可以说，她以这个为由，把安素绑在自己身边。然而，忙忙碌碌马不停蹄的准备工作慌乱而紧张，铺天盖地的祝贺，时不时涌上的甜蜜，让她渐渐忽略了一个事实：安素是个刚刚失去了母亲，从官司中脱身的姑娘。内心的悲凉，对她该是怎样一种折磨。

此刻，所有尘埃落定在洁白床单上，她，依靠药物，终于获得了短暂的休憩。此时，年小舞才真真切切地感受到郁积在安素身上无望的救赎和苦楚。这是怎样一种苦，茕茕孑立，伸手不见五指的漆黑。

"安安。"她低唤她。

安素扭头，继续盯着浮动的窗帘，还一动不动。年小舞带上门，轻轻坐到安素身边，安素的脸已经清洗干净，素面朝天，酷似一朵莲花。

"安安，对不起，我不该责备你。"

安素目光散淡，紧紧地抱着那棵盛放的玫瑰，没有任何情绪，似乎陷入某个回忆的深潭，远远离开了年小舞的世界。年小舞就坐着，和她一起望着起伏的窗帘。

楼上隐约放起了佛教歌曲，她忍不住双手合十，一下注意到手上的钻戒——哦，我已经结婚了。年小舞仔细盯着那个无名指，似乎不敢相信，抬起右手到安素的眼前："安安，你看，我嫁了。"

安素回过神，机械地抓住年小舞的手，放到自己冰凉的脸颊上："我错了，我错了。对不起，对不起！"

年小舞反抱住她："你没错，安安。我也没错。"

"是我错了，我错了。"

"你没错，你当时没得选。"

年小舞摩挲着安素的脊背，耐心倾听安素机械的重复，她一遍一遍地道歉，年小舞一遍一遍更正，夕阳终于西下，灯亮了一马路。

年小舞紧紧地抱着缩成一团的、孩子般的安素，寂静的午夜，她们睡着了，以一种清浅的睡姿，一个浓妆艳抹，一个铅华尽洗。

小Q醒来，发现四只眼睛正齐刷刷地盯着她，第一个反应就是：抓被捂脸！不料佩娟擒住她的手腕，使她动弹不得，她只好怯生生地直视佩娟："姐……我……"

佩娟松开小Q，抽手忽然朝小Q的脸劈过去，小Q把眼一闭躲也没躲——一只手温柔地抚在她的额头上，她微微张开眼睛，佩娟满眼都是疼惜。

"疼么?"眼泪在佩娟的眼眶里打转。

肖顿拿起水果刀,开始削苹果——他已经削了第三个苹果了,前两个苹果已经乌黑,但他还是忍不住拿起水果刀……

小Q摇摇头。

佩娟说:"你终于学会体恤人了。"她也摇摇头。"疼就说。"

"不疼。就是冷。"小Q扯了扯被,盖住半个脸,只留了眼睛,但那眼睛太大,遮都遮不住。

佩娟赶紧塞了塞被角,不料小Q把手放在自己心口上:"姐,这里——冷。"

佩娟看着小Q胸前苍白的小手,忽然明白了小Q的意思,顿时心酸,又是一阵虐心。

"怪我,都是我不好。"肖顿阴沉地说。

"不怪姐夫。我只觉得心冷,这里,就好像再也热不起来了一样。"小Q的眼泪滚滚而下,手滑落到肚子上,一个激灵。

从小Q缓缓的叙述中,佩娟了解到事情的全部经过。

这个孩子确实是钱大兵的。小Q的想法很简单,想结婚,想把孩子生下来。钱大兵和父母商量了一下,他父母认为,钱大兵现在是有国家正式编制的人了,像小Q这种,没"正式"工作,又肩不能扛手不能提的女孩儿,对儿子来说实在是个大麻烦。小Q

又只想做手绘，不肯考公务员和教师。小Q提出自己可以开一个网店，卖自己做的根雕，也被钱家公认为是不靠谱的工作。然后就是钱大兵发了一条QQ，说"分手吧"，就再也找不到人了。

"但是，即使是这样，我也舍不得啊！"小Q泣不成声，"一个多月的时候，医生说，再不做，再想做就危险了。可是……可是……我舍不得啊……他那么爱我，一定会回来的。是一时糊涂……一时……"

佩娟死攥着小Q的手，眼里已经没了一滴眼泪，只有仇恨。肖顿似乎能听见老婆的牙，在咯咯作响的声音。肖顿被佩娟的眼神吓了一跳，这眼神，不就是那天安素在医院拿暖水瓶砸钱大兵那眼神吗？！他太了解佩娟了，她是耐力极强的一个人，然而，这种耐力只发生在最亲近的人身上，一旦转移到了外部矛盾，佩娟会变得十分锐利。她还是个病人，不能激动！

"娟儿……"

"我，要，去，兰，州。"佩娟咬着牙，牙缝中蹦出五个字。

肖顿急了："要去，也是我去。但咱们Q是女孩儿，这种事情，闹到最后，受伤的还不是妹妹么？"

"你！你还有脸说！你不让小Q装修她能流产吗！"佩娟突如其来的咆哮震得肖顿脑子"嗡嗡"直响。

"跟她去装修了关系不大。"大夫不知什么时候走进来，"这是畸型胎！迟早得流。"

小Q见到医生，硬撑着想坐起来，却感觉下身剧痛，好像大夫把手术刀留在了肚子里，没动几下，豆大的汗珠便从小Q的脸上滚落下来。

佩娟和肖顿错愕地张大嘴巴。

"你们刚和好，不要吵……好吗？真的不怪姐夫。"小Q艰难地说，"我只想，一无是处的我，也能为你做点什么。"小Q说完开始哇哇大哭起来："可是，可是，我真的好没用啊……姐夫跟我说，房子有了你们就能领证了……"

肖顿拿着没削完的苹果走出病房。佩娟看着扯着嗓子号啕大哭的小Q，知道此时此刻，任何安慰都比不上让她尽情宣泄。这孩子，这是她这辈子最大的挫折吧？是吗？那就最后一次，好吗？佩娟祈祷。

灯忽然熄灭了，走廊里光亮起来，月光从窗外照进来一个斜斜的矩形。月光，灯光，让她只能看清小Q的轮廓，黑暗中小Q悲壮的、撕心裂肺的哭号，向佩娟证明一件事：尽管她拒绝成熟，却无法拒绝成长，这一次，她真的明白自己要长大了。

佩娟一直那么羡慕小Q的幸运，美满殷实的家庭，纯简的个性，和一双天真透明梦幻般的眼睛；她生来就是被宠溺的、被蜜糖包裹的孩子，她好羡慕。

也许，谁都没那么幸运或者不幸，或者，幸运都有个保质期呢？佩娟对自己说。

明天一早，年小舞即将飞往她心驰神往的度假胜地马尔代夫，去享受她的蜜月之旅，不是她自己一个人，是，两个人，她，和她老公——富二代老公——美梦中的年小舞丝毫没有发觉，安素已经悄然离去。

碧生不会回来，但我们不是有了彼此吗？

年小舞的蜜月之行足足持续了一个月零二十一天。龙虾吃吐，晒到流油，黢黑的年小舞终于腻歪了金色沙滩，当她看着牧歌吃饭，不知道是因为海鲜还是身边这男人，忍不住满心腻歪的时候，她知道，该回去了。

"姐，是这班吗？怎么还没出来。"小Q嘴刚碰上可乐的吸管，就被佩娟一把夺走换上了自己的豆浆。佩娟穿了一条淡蓝色碎花的连衣裙，足蹬一双鹅黄色小船鞋，鞋脸处是一只粉红蝴蝶结。小Q下意识地摸了摸自己头上颜色差不多的蝴蝶结，露出狐疑的神色。

她没说话，在小Q脸上啄了一口。

"别亲脸，要亲就亲嘴！"小Q嘟起嘴巴，大张旗鼓地"啵啵"凑向佩娟的嘴巴，眼看着就要亲上了，佩娟才从愣神儿中惊觉，"嗖"地与小Q拉开一米远："保持距离！我不能感冒！"

"切！我没感冒！没有！"小Q龇着一口白牙，小碎步地朝佩娟移动过来，佩娟大步迈开："我听到你打喷嚏了！走开啦！"

"我在这儿——人家在这儿！"

这一声娇嗔嗲唤，不用看就知道是年小舞了。佩娟和小Q对视一下："三、二、一！"齐刷刷地拉开一条横幅，小Q吹哨，佩娟喊："热烈欢迎已婚女王陛下回京！"

只见年小舞一头微卷栗色长发，一袭白色席地罗马长裙，耳朵上一副拳头大的银圈儿耳环，脚踩十厘米绕踝"恨天高"——

"粉、粉包……"小Q"噗嗤"一声，哨子掉落在地上。是的，年小舞背了个粉色蝴蝶结大包。

"这……啥牌啥款……"佩娟其实也注意到了。

年小舞墨镜一摘，想露出一个女神般的微笑，不料那咧到耳丫上的嘴，遮不住一口白牙，八九颗牙齿都露在外面向闺密们挥手！

佩娟忽然话锋一转："欢迎已婚'年小骚'回到北京啦！"

年小舞一听，凶相毕露，加快了步伐，拿着墨镜冲向佩娟。没一会儿，俩人就扭打成一团儿。

三个人"咯咯"地笑，撕扯了半天，她俩才发现：咋就年小舞一个人？牧歌呢？

"小媳妇，你男人嘞？你男人咋整丢了呢？"小Q学着小舞妈那口东北话。

等待接机的人群哄笑起来，都目不转睛盯着年小舞看，还有拿手机"咔嚓咔嚓"拍照的——这姑娘，真是美。

年小舞踩着"恨天高"，不耽误脚底生风，甩起粉红色的大包竟然跑了起来，惹得"观众"们一阵惊呼，只见她将包一掷："小的们，接化妆品！"

"呜呼！"佩娟和小Q一跃而起，腾空接住天降大礼包，夕阳金黄，点燃了三人，姑娘们似乎同时燃烧起来，成了一团火焰，点燃了大厅每一颗年轻而跳跃的心。

在高速路上闹成一团叽叽喳喳的三个人，丝毫不在意一个小时的车程被堵成三个小时。司机被喋喋不休的"晚间闺密"节目吵得头大，肚子又很饿，焦躁得很。但很快被年小舞强塞过去的一瓶蓝莓汁收买了，司机师傅心满意足地和姑娘们一同愉悦地享受高速尾气。

"小舞，讲真，牧歌呢？"

"那王八蛋飞长沙给哥们儿庆生去了——我想你们，自己回来了。"

佩娟和小Q对望一眼，做夸张了然状。俄而，副驾驶上的年小舞回过头轻声问："娟儿，安素怎么没来？我发了短信的。"

不断攀升的气氛遭遇霜降，被问的两人都不吱声，从"喜怒形于色"的小Q表情看来,那只是"淡淡的忧伤",年小舞判断安素并没出什么大事。

"走了吗?"年小舞反倒很平静。

佩娟在环保帆布袋里翻找了一阵,抽出两张明信片来,认真地递给前面的年小舞。

两张明信片,一张是寺院,一张是富士山。年小舞翻过明信片,只有寺院那张有字:

小舞,佩娟,Q:
　　罪孽深重,远渡修行。感谢你们给我第二次的生
　命,我将珍惜。
　　　　　　　　　　　　　　　　　安安　日本

年小舞轻轻吐了一口气,盯着寺院明信片,思忖良久,幽幽地说:"师傅,日本寺院,女众能出家吗?"

"呦!您可问倒我了,这个还真不知道。"

小Q停止嚼薯片,佩娟摇开车窗,出租车里只剩呼呼大风夹杂着北京特有的气味儿。熟悉的味道扑面而来,哦,北京。年小舞深吸一口,闭上眼睛。

三小时并没用上,三人便抵达了年小舞奢华的独栋小楼。二话不说,土匪一样冲向冰箱。小Q和年小舞最先冲到冰箱门前,一打开,两人你瞅我我瞅你——傻眼了,不约而同望向佩娟。佩娟探头一看,嗬!好么!一冰箱的东西,全是生的!没有一个拿过来就能吃!

"娟儿……"两人异口同声撒娇,佩娟无奈地瞅了瞅两只麻爪儿的"呆头鹅",年小舞的眼神在一瞬间失去了女王色彩,转而降低到和小Q一样的邻家小妹妹层次上了。

"抢?"俩人脑门上,一人挨了一下。

"都上一边儿去吧,还不是我来做饭!"佩娟得意扬扬,好似全国人民都仰仗她的厨艺一般。

二人撒欢儿跑掉了,佩娟拍了拍肚子,看着冰鲜的鲈鱼和土豆,各式各样的青菜……这应该都是保姆准备的吧,也没留点熟食……正溜号儿,小舞换上睡衣跑了过来,一把搂住佩娟的脖子:"娟儿,我妈妈也不会做饭——我这苗条的小身板没随了她,真是托她不会做饭的福了!"

佩娟很惊讶,一回头,旋即笑得前仰后合——只见小Q穿了一身年小舞的睡衣,本是过膝的睡裙,硬被小Q穿成了拖地裙,胸部扁平的小Q完全撑不起为乳沟准备的深"V",活像一偷穿妈妈睡衣的小女孩儿。

"Q！你那胸真是随你爸呀！快去换一件儿！"

见佩娟也嘲笑她，小Q快快地跑掉，上楼去了。佩娟一推年小舞肩膀，年小舞清晰的锁骨映入眼帘。

"娟儿，那孩子，怎么总也长不大啊？"

佩娟若有所思。"瞎说，哪有长不大的孩子呢？"转过头继续寻找食材，忽然想起什么来，"小舞，我都没问过，你爸呢？"

年小舞没答话，越过佩娟的肩膀头，伸手挖了一个土豆出来："我要吃酸辣土豆丝！"她憨笑，佩娟摇摇头，开始拉开装青椒的盒子。凉气袭来，佩娟忍不住打了个喷嚏："啊嚏！"震天响。

她忽然反应过来什么似的，一下子跳离了冰箱，把年小舞推向冰箱，当成人肉盾牌作掩护，小心翼翼地用乌丢丢的目光瞅着冰箱："小舞，去翻菜出来。"

年小舞十分不解，看佩娟一副畏畏缩缩的怂样，噘起嘴："什么啊？中国大妈什么时候这样娇气，还怕……"

年小舞瞪大眼睛："怕感冒？"

佩娟诡异地眨眨眼，歪着头，往后退了几大步，算好了距离，一头后栽倒在沙发上，用双手摩挲着小腹。佩娟不想说话，她就想卖个关子，让小舞说出来。她闭上眼睛，又睁开，又闭上。盯着房顶绚丽的水晶吊灯，一颗一颗，她竟然幼稚地伸手，数了起来。好美的吊灯，比她和肖顿的塑料鲨鱼吊灯昂贵了不知道多少倍，但没关系。佩娟此刻，只有知足的快乐，仿佛水晶一个一个开出了七彩的花苞，花苞绽放，飞出了一个一个洁白的小天使，在她的眼前环绕，她前所未有地平静，盯着这些小天使出神。

年小舞愣了半天，拿了土豆向佩娟蹭了过来，坐在佩娟头边儿，像没见过似的，用目光把佩娟从头到脚撸了一遍。嗯，头发丝，嗯，脖颈，胸——有什么胸，小腹……年小舞掩嘴。

佩娟双手搂住小舞的脖子，她知道，她一定会猜到的。

"啊！你……"土豆"咕咚"滚在地上，佩娟却从沙发上一跃而起，以迅雷不及掩耳之势一下捂住年小舞的嘴。佩娟瞪着眼睛惊恐地瞟了一眼楼梯，对年小舞使劲儿摇头。眼神示意她不要说，直到年小舞会意，佩娟才松了手。

年小舞压低声音，做贼一样："你是不是，有了？"

佩娟点点头，严肃起来："有些事，暂时不能让小Q知道，以后再和你细说……"

年小舞咬着嘴唇，目光复杂地看着佩娟，久久不说话，眼泪在眼眶打转，双手使劲儿地捏着佩娟双手，能捏出水来似的。

"娟儿，我……"年小舞用力地点点头。

佩娟讶异："真的？"

年小舞又笃定地点点头，手捏得更紧了。

"两个多月了……"

佩娟的眼睛瞪得更大了。

"你们奉……"

年小舞大笑,放开佩娟的手弯腰追捡滚远的土豆。佩娟张着嘴,看着年小舞圆滚滚的屁股撅老高,终于忍不住抬起脚,对着年小舞的屁股狠狠地踹了下去。

两个星期后,碧生新书发布会。

佩娟不知道多少次采访别人,都是幕后,今天她第一次做主持人。面对台下的同行和观众,她紧张得不知如何是好。小Q是摄影师,负责整场发布会的拍照和录像。这里她再熟悉不过了,这是碧生最喜欢的咖啡馆——小萌主芭比Q不但为他们免费提供了活动场地,还当起了免费现场协调,跑前跑后,墨绿的头发甚是惹眼。

还有半小时活动开始,馆里就挤满了"大大小小"的人儿。有爸爸妈妈带着儿子,有爷爷带着孙女,外公带着外孙……牵着的,抱着的,坐腿上的,好不热闹。有一对漂亮的双胞胎姐妹,一进门就被店里挂着的各种动物彩绘剪纸惊呆了。

"妈妈!妈妈!那是佩佩,还有,佩佩的老花!"

"不对,那不是老花,老花是一只母鸡,这是一只公鸡!"

"谁说老花是母鸡的？老花是公鸡！"

"妈妈，你说，老花是公鸡还是母鸡？"

两个孩子你一句我一句斗起嘴来，母亲一脸无奈，她对这种"互掐"，已经习以为常，但除了中立，还是没什么好办法。这时芭比Q伸头在两个小脸蛋中间，迷人的大眼睛左边瞅瞅，右边瞅瞅，皱着眉头："哎呀呀！是谁家的小天使吗？你们肯定是仙女吧？凡人怎么会这么漂亮呢？"

两个小女孩不约而同地望向芭比Q，都被这精致的容貌惊呆了，顿时都不说话了，芭比Q继续哄这对小姐妹，把手伸向了其中一个小女孩儿："既然你这么不喜欢你妹妹——那我把她带走吧——"

这时候，被询问的小女孩抬起头看着妈妈，妈妈笑了，冲她眨了眨眼睛。小女孩突然一把抱着被芭比Q拉着胳膊的姊妹，冲芭比Q嚷嚷："你是谁？你走开！她是我妹妹！不允许你带走我妹妹！"

说着竟然哭起来，妹妹相信了，转过身也抱住姐姐，把头埋在她肩膀上。佩娟看着，忍俊不禁，想起小时候自己和二木也是这样的，不禁眼眶湿润。

"好了好了，是母鸡还是公鸡，你们一会问问作者姐姐就知道了呀！"母亲安慰着女儿们，却让听到这句话的年小舞，暗自神伤。她看了下表，走到佩娟身边："娟儿，差不多可以开始了。"

佩娟点点头，看了看堆满鲜花的演讲台，跑前跑后调座位的图书编辑，满头大汗的音响师傅，到处取景的小Q，最后，目光落到层层叠叠码好的书堆……

"小舞，我紧张……"佩娟心扑通扑通直跳，似乎一张嘴就会吐出来。

年小舞拍了拍佩娟涨红的脸："咋，大记者，上过'两会'么不是，这还是事儿？"

年小舞嬉闹的声音成为一种笃定，柔和的灯光模糊了年小舞的脸，佩娟看不清年小舞的脸，直到眼里不断滚落的泪水被小舞轻轻拭去："傻姑娘，碧生是不会回来的。但我们，不是有了彼此吗？"

佩娟的泪水不断滚落，滚烫灼烧着年小舞纤长的手指，小Q不知何时走了过来，连拍了两张，放下相机，一起拥抱了她们俩。三个人，在熙熙攘攘的人群后面，紧紧地相拥在一起。

佩娟忽然松开怀抱，擦干眼泪，笑着，走上了讲台。掌声一片，整个咖啡馆已经被填满，门被堵得水泄不通，佩娟对门口骑在肖顿脖颈上的侄子点了点头，侄子朝她挥了挥手，手中拿着碧生的童话书。佩娟低头把演讲稿移开，半分钟后，清澈的女中音缓缓流淌而出："非常感谢各位小朋友和大朋友来参加碧生姐姐的读书分享会，我是碧生的小伙伴儿，娟子姐姐。"

"娟子姐姐！"一个童声响起，只见一个梳着羊角辫的小女孩高高举起了胳膊，爷爷很紧张地赶紧去拉她的胳膊。佩娟用手势阻止爷爷："嗯，小朋友，你想问什么？"

小女孩皱起眉头："碧生姐姐为什么没有来？"

"对呀！我想见碧生姐姐！"

"我也是！"

一时间，台下稚气的童声此起彼伏，都吵着要见碧生姐姐。似乎所有人都在等待她回答。她本以为，当她解释到这个问题的时候，会泣不成声，抑或泪流满面，无法回答。然而此时此刻，一股力量注入她的体内，忽然之间，她前所未有地平静，她发现年小舞身边有一个人，她看清了，那是碧生。

碧生一袭素衣，惯常的麻花辫，正站在年小舞身边。

她拿起话筒："碧生姐姐还在死神小黑的火车上，所以她今天不能来。小朋友们，你们知道什么是死亡吗？"

"我知道！"一个小男孩站了起来，"就是到了另外一个地方，没有爸爸妈妈，也没有朋友。"

"不对！如果爸爸妈妈也死了，那个地方就会有他们了。"

"就是跟着死神小黑去旅行。"

"就是躺在小盒子里，一个人。"

回答不绝于耳,佩娟向每一个回答问题的小朋友点头,台下的家长们表情或严肃,或轻松,或凝重,目光随着讲话的孩子转动。这是一个,他们也不知道,也想知道的问题。

"小朋友们,我现在给你们讲一个关于碧生姐姐的故事,你们想听吗?"

台下忽然安静下来,佩娟关掉麦克风。

"从前,我和碧生姐姐,还有另外三个姐姐,小Q,小舞,安安生活在一个美丽的树林里。碧生姐姐是森林里唯一一个会唱歌的小女孩,她整天在森林里游荡,遇见她喜欢的人,她就给他们唱一支歌,再送上一个她自己采的野果,于是他们就成了朋友。她先后和安安、我、小舞、小Q成了好朋友。但是森林太大,碧生姐姐的四个朋友互相并没有见过对方。直到有一天,碧生突然决定去远行……"

佩娟哽咽,孩子们竖起耳朵,身子前倾,等待故事。然而大人们的默不作声,是因为,他们猜到了故事的结尾。

佩娟咬了咬嘴唇。

"碧生决定得很突然,没有通知她任何一个小伙伴儿。小伙伴们很伤心,来到了她居住的小木屋,却只找到了一个方形的盒子,里面有一本写满了心愿的小本子,叫作愿望清单。这时候,一个巫婆出现了,她说,只要实现了这上面碧生写下的所有的心愿，就会知道碧生去了哪里。"

佩娟停住，单反挡住了小Q的眼睛，而被牧歌环抱着的年小舞早已泪流满面。

"我，小Q，小舞，安安姐姐就开始不断实现上面的愿望。一件又一件，后来我们才发现，清单自己会思考，它总是给我们写出新的愿望，好像永远也完成不了。或者说，我们早就完成了碧生姐姐的愿望。因为，那个愿望是，我们四个成为好朋友，继续在森林快乐地生活，有了彼此，不再孤单。我们实现了所有的愿望，这时候，巫婆出现了。她告诉我们，碧生和死神小黑走了，其实我们早就猜到了，但我们并不悲伤。因为，我们有一天也会遇见小黑，也会跟着他走，然后在火车的终点站遇见你们的碧生姐姐。"

"死亡，就是让我们懂得生命的可贵，伙伴们的可贵，让我们再次相遇的东西。"

佩娟说完，向大家行了个礼。安静了数秒之后的人群，掌声雷动。

小Q放下相机，凑近年小舞耳畔："小舞姐，我决定回家了。"

意料之外，预料之中。年小舞明白，小Q这么决定，意味着什么。

她发现小Q头上，今天没有蝴蝶结。

年小舞一把抱过小Q："保重，要好好照顾自己，有困难，就来找我，知道了吗？"

小Q轻轻拍了拍年小舞的背："谢谢你们照顾我，我现在决定好好照顾我自己，照顾好我最爱的爸爸妈妈，爷爷奶奶，对不起，不能陪伴你们了，对不起，这段日子给你们，添麻烦了……"小Q的呜咽声淹没在现场情绪的汪洋大海中。

清晨艳阳高照，午后乌云四起，竟下起了绵绵的细雨。窗外撑开一张张斑斓的伞花。一把透明的小伞下，竟然塞了四个小小的姑娘，每人肩膀都淋湿了一大块儿，最左边的长发姑娘抱着一本淡绿色的书，它被用塑料袋包裹得严严实实，看起来，像是那本《佩佩和小黑的死亡火车》，说不定，也许，就是呢，谁知道呢……

谁知道，佩娟入股的，年小舞和牧歌出来单干的公司赚了钱没有呢？谁知道都在北京的她们，有没有做邻居，有没有结下个娃娃亲呢？

谁知道，小Q三年之后有没有在北京开个人画展呢？佩娟和小舞资助和包装小Q，有没有呢？

谁知道，安素的修行结束之后，有没有找到人生的意义获得新生，重新选择回到北京的亲友们身边呢？

死亡，死亡让我们分离，然而，死亡也让我们相聚。

谁知道呢？
天下也有不散的宴席。

图书在版编目(CIP)数据

北京宴 / 子君著. —重庆:重庆出版社,2017.11
ISBN 978-7-229-12821-0

Ⅰ.①北… Ⅱ.①子… Ⅲ.①长篇小说—中国—当代
Ⅳ.①I247.5

中国版本图书馆CIP数据核字(2017)第269586

北京宴
BEIJINGYAN
子君 著

责任编辑:刘 喆 赵仲夏
责任校对:夏 宇
装帧设计:小__何工作室
题记书法:栾 晶

重庆出版集团 出版
重庆出版社
重庆市南岸区南滨路162号1幢 邮政编码:400061 http://www.cqph.com
三河市天润建兴印务有限公司印刷
重庆出版集团图书发行有限公司发行
全国新华书店经销

开本:880mm×1230mm 1/32 印张:10.5 字数:186千
2018年1月第1版 2018年1月第1次印刷
ISBN 978-7-229-12821-0
定价:42.00元

如有印装质量问题,请向本集团图书发行有限公司调换:023-61520678

版权所有 侵权必究